物换

WUHUAN XINGYI

星移

朱宇清 著

作家出版社

目录

引子

我是谁？

这世界有光，为什么还会有黑暗？只因光直线前行，黑暗，在正道之外。

心如同暗夜的流星在一点点坠落，漫天的星辰与他们无关。七大星界千万颗智慧生命星球、亿万民众似乎正在离他们远去。明明血脉相连，他们却又似新生的异数。

这是一种不可言喻的绝望与孤独，同时交织着一种深不见底的恐惧。

纷乱的回忆刹那从暗黑中四面潮涌而来，如闪电击中他孤寂的内心。空流突然怒吼一声："不！世界抛弃了我们！"转头发疯地冲了出去。跟着冲出去的还有沄滟……

外面，是冰冷的黑夜，电闪雷鸣，暴雨冲刷着大地，无尽的雨柱从长空坠落……

"我是谁？我是谁？！"

他们撕心裂肺地嘶吼，天地没有回答。雨一直下……

长安，一如她那古老的名字，又一次在七大星界隐而不见的密计与广域时空杀伤性武器的毁灭中化险为夷。

渔火，一个诗意的词汇，亦是曾经决定红尘星界五千多颗星球存亡的超级武器。

　　当其引发的惊涛骇浪风住潮落，在一个个星球化作一浪一浪的奇谈，远在数亿光星年之遥的青霜星界，却再次掀起了席卷寰宇的黑色风暴。

　　七大星界民众的目光，穿越万千星辰，从红尘星界星都——地球，射向了青霜星界星都——金杖星球，细看迷雾重重之下涛生云灭。

　　任金杖星球幅员辽阔，个头比地球还要大；但在青霜星界难以计数的星球文明中，若非其星界之都的特殊地位，也不过是一粒可忽略不计的微尘罢了。

　　现在，七界三千多万颗智慧生命星球上的民众，都在注视着这粒微尘上的一举一动。

第一章

生死两星界

星域坐标：青霜星界星都，金杖星球首府御溪。

擎天大殿的后山，雾霭茫茫，山崖幽深，缥缈而阴郁。然而在此巨木丛生的幽谷之中，却见一张张如同地球上远古弯弓形状大小的全息飞行器，往来破空，穿梭如流。

这是莫雨——执掌青霜星界行政权力的首座——专用的秘密传讯工具"风鸣"。风鸣飞行之际本无声无息，只是抵达时发出极细微之声，以示提醒。

前方，巍峨的擎天大殿上空，悬浮一巨柄金色权杖。权杖正中是青霜星界星徽——青色的雪花，寒意似自九霄而降；杖头，凭空盘旋十三颗藏青色珍珠，象征着主宰青霜星界权力的十三颗星球。权杖日间金光万丈，夜间碧光幽远，无时无刻不在向青霜星界数百万颗智慧生命星球昭示着至高无上的权力。

莫雨，每当青霜星界民众想到这个名字，浮现的却是"默语"这样充满无奈的字眼。在所有民众的心中，擎天大殿与其说是权力的神域，不如说是首座的牢笼。莫雨，就是这个牢笼中最可怜的傀儡。

然而，此刻，在擎天大殿后山浅斟细品的莫雨却是一派怡然，丝毫没有半点众所周知的压抑、不平与无奈。其实，在这个完全属于自我的空间里，莫雨素来平静而自洽。而这一切，外界一无所知。这里属于实施时空场分界压制的独立空间，由统管协调七大星界行政事务的七界联境为莫雨定制，绝对安全。

这些往来不息的风鸣秘密传递的信息，自青霜星界时空感融站获取而来，不受任何干扰，每一艘风鸣传送信息后即自行消失，不留一丝痕迹。

在今日纷至沓来的信息中，有两条最为重要。

一是七界联境代表团与青霜星界七大权力星球的球长，即将从地球启程，一起前来金杖星球，商洽决定七界命运的"时空感融科技"管理边界与机制事宜。

二是在红尘星界君山星球的一处峡谷内，发现了当初投射广域时空杀伤性武器——"星空茧房"的蓝焰星界战舰残骸；但地点离应坠毁的位置相差十分遥远——足有两千多公里；尤为诡异的是，战舰残骸内竟然未检测到两名战员的任何物质信息。

莫雨身披青衫，半卧在躺椅上，对第一条密讯仅仅瞅了一眼，似乎完全没将这件牵动七界的大事放在心上。却对第二条信息思虑良久，喃喃自语道："蓝焰星界真是好手段啊！奈何天外有天。看看我们青霜星界的这些庸才，都做了些什么？"

"星空茧房、蓝焰星界、七界联境……"莫雨的脑海中一遍又一遍地重复着这些字眼——蓝焰星界制造的引力场武器"星空茧房"，这种广域时空杀伤性武器已经足够可怕了；但是七界联境派去的两名战员，难道竟从中死里逃生了？

果真如此，那七界联境的力量当真是神鬼莫测！一片变幻不定的流云飘过了莫雨古井不波的心空。

突然，一缕金色的余晖透过厚重的云层射到莫雨的脸上。莫雨微微一怔，旋即弹射出一艘风鸣，沿着金光溯流而去。莫雨的目光一直追随着风鸣消失在云天之际。

这道金辉，正是七界联境总部从辽远的异域深空向莫雨传来的紧急密令——在青霜星界全域范围内，搜寻投射"星空茧房"的两名战士信息，哪怕是残躯的微尘。

"难道七界联境也不知道他们究竟是生是死？或许是我高估了七界联境的能力……"莫雨心中一团迷雾。

血红残阳的最后一缕金色羽衣，掠过了无数直刺天穹的"狼牙"。这笼罩在暗夜来临之前、光影交织的幽森"狼牙"剪影下的世界，如同长夜噩梦中恐怖的地狱。

然而在此境之中，赫然有一身披裂痕斑驳的金衣战甲的男子，孑然独坐于一颗"狼牙"之上，面朝残阳，似乎在欣赏此生从未见过的风景。深紫色的眼眸中苍茫寂寥之色渐归于祥和，淡金色的面孔浮现似有若无的淡然微笑。

他看起来身形颇为高大，大约三米开外。硕大的铠甲掩盖不住他那满身的疲倦，面容看上去却有一种别样的坚毅俊朗。

历经现实惨烈的战火之后，他平息了心中的悲愤。在这宏大的宇宙文明生态链之下，平衡法则与丛林法则愈加纵横交错，任何文明的存亡发展必须直面更大的不确定性。活着还是死去不再是生命个体的考问。或许自从文明诞生的那一刻起，时空的旅途，既是心潮澎湃的自在远方，亦是不确定性的死亡旋涡。作为卷入这时空波澜中的一枚小小棋子，他看得见遍地的血与火，却看不见那些伪装的冰冷的枪口。他甚至连死去的权利都没有，活着只是一种需要。他注定必须成为穿越星空绝密棋局的棋子。

在男子身旁不远处的地上，躺着一位熟睡的妙龄女子。这女子身着残败银衣铠甲，血迹斑斑。与身旁的男子比起来，身量颇为娇小，面庞因失血显得格外苍白。一袭银发泻地，仿佛沉睡了千万载的精灵，时间的流逝与她无关。

这女子不用细看就知道是典型的地球人模样。那男子与女子的面部特征虽有些相似之处；但身形体貌一眼就能看出，绝非来自同一星球。

就在残阳完全沉没的一刹那，沉睡的女子醒了，她身形一动未动，只是慢慢睁开了眼睛，有如拨开重重迷雾一般。男子如有心灵感应，立即起身走过去。

"你是谁？"女子问道。不待男子回答，又自言自语道，"我又是谁？"

"我是谁？"男子浑身一震，面上闪过一丝不易觉察的痛苦之色，俯下身子温声问道，"沄滟，你醒啦？"

女子依旧未动，脸上满是疑惑，似乎在努力回忆什么。良久，她眼中突然涌动着莫名喜悦的光彩，一把抓住男子的手："空流，是你，真的是你？咱们这是在哪里呀？"沄滟一边说一边艰难地坐起身来。

夜色中，鬼魅的"狼牙"幽影依然可见，沄滟不由下意识地抓紧了空流的手臂。

"来，别怕，咱们先坐下来，慢慢说。"空流扶着沄滟，肩并肩坐下来。

"你都想起了什么？"空流转头问道。

"'星空茧房'发出一道亮光。然后就什么都不记得了。我现在的感觉就像是睡了很久很久，睡得都有点累了。"沄滟说着话，脑海中浮现的却是和空流一起在战舰上最后相互凝视的画面，不由得感到脸上微微发烫，死亡的切身体验撕开了她长久压抑的情感缺口。

"哈哈，看来一切正常，脑子没坏掉就好。咱们的确是沉睡了好久，我也就比你早醒过来半星时而已。"空流停顿了一下，语调略微严肃地问道，"在那道白光之前呢？"

沄滟尚在陌生环境的适应之中，有几分懵懂，听到空流的问话，突然坐直了身体。她在努力地回忆着什么，脸上浮现出一种奇异的表情，缓缓说道："哦，起初、起初我感觉整个世界没有了色彩，扭曲成了一团，极快地向我涌来……我害怕极了，但什么都没有到来，却又似乎没有尽头。

"后来、后来我突然什么都看不见了，宇宙一片漆黑，我从来没有见过如此可怕的黑暗，像被裹进了封闭的铁球中心。我感觉我只有意识而没有了身体，那是一种无法言语的绝望与虚无……再后来，仿佛不知过了几生几世，暗黑无边的铁球里忽然刺进一道白光，然后我就什么都不知道了，连死的感觉都来不及有……"

空流目视前方，一动不动，跟随沄滟的话语似乎陷入了无法自拔的回忆。稍许，他叹了口气："你说的这些我都有过，但在黑暗到来之前，我似乎看见了漫天星辰，星空闪烁得分外明亮，然后像流沙一样坠入了黑暗的深渊。那一刻，'星空茧房'留在我心中的恐惧，我想，我永生也不会忘记。"

"你竟然也会有恐惧的时候？"沄滟向空流身边靠了靠，"我无法想象，将来有一天，这种武器可能会将整个星系的星球一颗颗收割掉，那将是一种怎样的场景。我们还是不要去想这些可怕的事吧。"

"我自身并不害怕，我担忧的是这种可怕的后果。我们的使命告诉我，我们需要去正视这一切！"

"嗯，这个我明白，不过我更关心的是你将我带到这里来，要做什么？"

"我可没有带你来这儿，我都不知道究竟发生了什么。"空流苦笑着耸耸肩。

"啊！不是你把我带到这儿来的？"

"嗯，我哪有这么大的本事，咱们一醒来就在这儿了。我爬起来一看，你躺在旁边睡得正香。我趁你多睡一会儿的时间，梳理了一下思绪。"

空流醒来以后，不由自主地端详了几眼沄滟睡着时别样美丽的面庞。他脸上带着笑意，自然将此隐去了没有说，心中忍不住地偷着乐。

"那一定是七界联境把我们弄到这里的，不然谁会有这么大的能量。我感觉咱们七界联境才是真的可怕。"

"知道这里是哪儿吗？"空流没有直接作答，只因他心中的疑虑一点也不比沄滟少。

空流向来比沄滟话多，不待沄滟追问，即解开她心中的疑问："这里是旱海星球，属于青霜星界。"

"什么！咱们竟然不在红尘星界，那咱们怎么到这里来的？"沄滟虽然早知道自己不在事故发生地的君山星球，但没想到竟然不知跨越了多少光星年的时空，换了星界了。心中的惊异可想而知。

"咱们怎么就安然无恙地活了下来，然后怎么到的这儿，我也是一头雾水。卿岚首座说得没有错，也许是你又一次救了我的命，看来你的恩情我注定是还不清了。"空流内心的感激之情难以言表，沄滟仿佛就是他命中的福星。

沄滟想起了卿岚首座的话，心中一荡。看来她与空流之间可能真的有某种渊源，不然冥冥之中怎么可能就这么凑巧。

"这事确然也玄妙得很，也算不上我救的你。"沄滟一边巧笑道，一边试着回想某些细节，却有种说不出的卡壳的感觉。

"只能说咱俩在一起，运气就不会太差。"空流扫了一眼沄滟，自顾自地开怀大笑起来，边说边从怀里掏出七界全息时空地图递给沄滟。

信息显示，旱海星球位于青霜星界凝云超星系团的冰凌星系。冰凌星系状如寒冬时分挂在屋檐下的冰柱，宽不到5万光星年，长度超过45万光星年，大约包含2900亿颗星球。旱海星球远离星系中心巨引源，位于其偏末梢的位置。而冰凌星系所在的凝云超星系团大概涵盖17万个星系。整个青霜星界，当前触达的疆域拥有671个超星系团。

"你看看咱们离你的家乡地球有多远？"空流的目光掠过七界全息时空地图上的浩渺时空。

"这怎么计算？只能按照时空感融站的通航路径来算。"沄滟转而惊问道，"咱们不可能直接从地球到达旱海星球，这两个星球之间没有时空感融站连接。只能是从地球到金杖星球，再到这儿。难道咱们竟然已经到过金杖星球了？"

"想来应是如此，不然无法解释。但如此一来，究竟是谁有这等能力能将咱们悄然带到此地而不被各方所知呢？你要知道，有多少股力量都在搜寻咱们哪！"

沄滟亦是一脸疑惑，转头忙着测算："约4.8亿光星年，算上中间转换的时间，最快的话，也得小一星日才能到。"

空流拉出旱海星球的画面说道："你看，旱海星球属于青霜星界权力执掌的十三个星球之一，名声在外的称号叫作'狼牙星球'，当然，他们自己并不喜欢这个称号。"

"你看看这一座座的山峰就知道了，几乎所有的山峰都长得如同高耸尖锐、交错相连的狼牙一般。这黑压压的獠牙，若是异星星民初见，难免心生恐惧。"空流用手划空一指。

沄滟浅浅一笑："我第一眼瞧见，也感觉有几分古怪；不过我不害怕，你放心好了。只要咱们体内的'环适宝'系统正常运行，各星球的环境适应性会自动调节，到哪里都不惧。"

作为身经磨炼的七界联境特别行动组成员，空流对此自然深信不疑。不过毫无准备、突然降临到一个陌生而又敌我情况不明的异域星球，空流知道，接下来的遭遇必定异常凶险，他必须尽全力保护好沄滟的安全。

"首座，想必你已有计划，咱们接下来该如何行动？"沄滟正襟危坐地问道。

"长远的计划不是没有想过，只是变数太多，确保安全是第一要务。咱们不急，先花点时间详细商议一下。"空流扭头正视了一下沄滟俏丽的侧影，没想到沄滟适应环境的能力如此之快。一觉醒来死生如梦，不知如何到来，亦不知该往何处去。身处异星，更需要的是彼此精神与感情上的支持慰藉。现在，沄滟如此称呼他，显然是自觉进入到公务的角色。

二士深知当前处境极其危险，他们必将成为七界各方势力围猎的头号目标——他们身上牵扯太多的秘密。此外，突然降临异星，不确定的风险因素无处不在，何况身在青霜星界权势星球之一的旱海星球。当务之急唯有隐藏身份，从长计议。

区域坐标：红尘星界星都，地球首府长安。

蓝焰星界驻红尘星界星都地球的星际飞地——蓝田星城夜晚摇曳的蓝光似乎比往常暗淡了许多，唯有蓝焰星界的星徽——蓝色的火苗，在夜色中不知疲倦地挥霍能量。

一处机要会议室内，蓝焰星界星际特使尤里面色沉郁，沉默良久才缓言道："刚刚接到来自老家的最高级别指令，让我们发动一切力量，务必赶在各方势力之前找到他们！"

尤里话音刚落，空流与沄滟的全息影像资料赫然浮现。

"十三夜"首领爱丽丝似乎并不在意尤里的焦虑，轻笑道："这小子我打过交道，有点意思，异能战力不错。不过关于他具有特殊的意识盗取能力，我也是后来才知道。我认为，他应该是经过了七界联境生物变异因子改造；否则，不可能突然冒出来这么一位能力极强的超能力者，正常的训练途径绝对没有可能。"

伏射——爱丽丝的上座，扫视了她一眼，说道："我在受命伏击七界联境首座微禾的时候也接触过他；但不要猜测，我们需要真实信息。"说完又看了看尤里，"你们难道没检测到什么吗？"

尤里有几分不耐烦，强抑情绪道："你们将全息信息展开，里面介绍得很清楚。他们当时登上咱们投射'星空茧房'的战舰以后，自然就扫描提取了他们的信息。检测分析发现，他们的生物基因信息，与他们各自星球的智慧生物有所不同。我们从未见过这样的智慧生物结构。"

与会的三名军方公务者与两名科学公务者听了俱感惊奇。查看完信息，爱丽丝道："难道他们都是合成智慧？"

尤里无奈地摆了摆手："严格检测过了，他们不是合成智慧，也就是说根本不是什么机器。再说了，合成智慧根本上不了投射'星空茧房'的战舰。他们确信就是智慧生物无疑，但是又没有发现被改造过的痕迹。所以只有两种可能，一种可能是，他们属于各自星球上特殊的智慧生物物种，也许是经过绝密技术秘密培育出来的，这种物种具备超常的能力，能够用来完成特殊的任务。另一种可能就是，七界联境的生物技术十分先进，其改造智慧生物的科技手段，我们根本检测不出来。"

一名科学公务者眉头紧锁："是碳基生命，确信无疑；但我们检测到了碳炔结构，组成肌体的元素更丰富，碳炔结构强度超过钢二百余倍，其柔韧性与聚合物和碳基生命的双链 DNA 相似，扭曲时可以自由旋转；只是这种无机分子与有机分子如何在体内完美融合，的确令人费解。"

尤里双目一张，提高声调说道："掌握更充分的信息只是为了更了解你的对手，但是不管情况如何，我们的任务目标不变，必须完成。目前，最有利的就是，除了我们，基本上各方势力都以为这两名战士已死。当然，各方势力都在试图寻找他们残余的身体信息。

"最可怕的是，不知道究竟是哪方力量救走了他们。能在'星空茧房'扭曲时空场的威力之下将其活着带走而我方什么都没有发现，这种科技能力太可怕了。我们有关方面分析，红尘星界不可能具备这种能力，一定是七界联境方面施了手段。当然，关于科技与武器的问题，不属于我们任务的范畴。我们的目的只有一个，尽快找到他们，活的更好，特殊情况，即时击杀！"

作为从"星空茧房"的毁灭打击下存活下来的智慧生命，空流与沄滟一定掌握了非常有价值的信息。包括空流和沄滟的身体本身，具有极大的研究价值。况且，抓住他们，既可防止对外泄露更多关于"星空茧房"的信息，又能了解神秘的施救方的情况。

"如果是七界联境带走了他们，咱们还能找到吗？"一名军方公务者深感棘手。

"我们的情报信息显示，他们或在地球或在金杖星球。只要不在七界联境大本营——紫陌星界星都无双星球，七界联境的力量就没有那么了不起。况且，咱们的星都神弧星球已经向各星界的星际飞地下了密令，我方政界、军方与异能者三方协同行动。你们要考虑的不是是否行动，而是怎样行动！"尤里的语气似乎不容反驳。

一名科学公务者冷笑了一声，另一名科学公务者也跟着摇头道："果真是无知者无畏！你们以为，现在的时空感融时代，各个星球建立了星际互联，连成七界了，大家就是这个七界里一颗颗实力平等的星球啦？

"你们可别忘了，七界之内，有的星球还处于向智慧生物进化的阶段，而有的星球都可以驾驭自然规律超越宇宙洪荒之力了。个中差异远非动物与饲养员可比。

"打个古老的比喻吧，有的星球文明如同一只蚯蚓，稍微炽热一点的阳光都能把它晒化了；而有的星球文明却能把恒星当作煤球，烧炉子。"

尤里昂首傲笑："你说得不错，可我们不是那只蚯蚓，我们是取煤球烧炉子的！"

"你真的了解七界联境的时空感融科技吗？取煤球烧炉子，就算咱们真的能做到，不过还是在物质世界里玩耍罢了。"科学公务者带着难以掩饰的轻蔑眼神瞥了尤里一眼，继续说道，"我就简单地科普一下这里头涉及的宇宙思想学吧。长久以来，我们星际跨越的交通工具都是由物质制造的，所以永远也超越不了光速，因而也无法实现跨越宇宙时空的自由航行。

"直到七界有史以来最伟大的科学先驱——紫陌星界无双星球宇宙学家石荒芜发现，一代又一代以来，文明与智慧近乎绝望地被困在了物质世界的牢笼之中，掉进了永恒的'物质陷阱'。一直以来，我们将物质世界等同于整个宇宙。但是，他经过研究发现，物质，包括所谓的暗物质、反物质，只是宇宙的一部分，而且是极其微小的部分。宇宙包括物质的存在与非物质的存在。石荒芜将这种非物质的存在称为'先在的存在'或'自在的存在'，它是宇宙一种先于物质的、与生俱来的存在。他认为，可以将它理解为充满整个宇宙空间的'场'或者'水'，它就是整个宇宙空间。

"物质只是这个场的不对称非平衡态的一种振动，或者可以理解为'水'激荡产生的波纹、涟漪、浪花。所以说，物质的存在产生于非物质的'自在的存在'。我们现在看到的、认知的真空与物质，实际上就是'自在场'与'物质场'。真空是一种非物质的、但是像物质一样的真实的存在。它既非我们认为的，是物质的一种特殊形态，也并非一片虚无。

"由于科学理论的空前突破，'自在场'与'物质场'的融合、真正的'大统一场'理论的建立，诞生了'时空感融科技'的颠覆性革命。从而能够驱动宇宙时空，如同宇宙的膨胀收缩，真正超越光速，实现快捷的宇宙自由航行，让辽远的星球文明之间建立了星际互联，最后形成了我们今天的'奇异七色视界'，也就是我们常说的七界。

"所以说，谁掌握了时空感融科技，谁就掌控着宇宙时空疆域的主宰权。这就是为什么七大星界都在暗暗角力，甚至不惜诉诸武力，都想要争取获得由七界联境掌控的时空感融科技的管理参与权。

"目前的七界联境，还有紫陌星界，他们的科技文明已经超越了物质世界，打开了非物质世界的门，在另一个宇宙层境中漫游了。相对于我们来说，他们已经是神了。

"跟宇宙神级的文明去博弈、争斗，结局可想而知啊。所以我们蓝焰星界一定要正视现实，一味地狂妄自大必将带来彻底的毁灭！当然，也许我们有更前沿核心的隐秘科技能力我尚未掌握。若是那样就另当别论了。"

科学公务者最后叹了口气说道："现在你们总该明白了吧。"

尤里一直默然无声，其实关于七界的形成与时空感融科技的威力，他心里都明白，只是从这名科技公务者嘴里听到，感觉七界联境的科技文明如同天外神仙一般虚无莫测，这种云泥之隔的无力感，会让自身的存在似乎都失去了意义。

突然，尤里一拳砸在桌面上，面色疾变，厉声道："谁也不用说了！作为政治公务者，我只知道执行命令、完成任务。如果要说到科技文明上的差距，那恰恰是你们的事，只能说是你们科学公务者无能。况且，我们这次的任务是要寻找目标，又不是让你们去发动两个星界之间的战争。果真有那么一天，也轮不到你们上场！"

"唉！别争吵了！"伏射长叹一声，转而冷冷地说道，"现如今，七界民众可都以为那两名战员已经死了，他们已是享受无上荣光的大英雄了。同为异能者，我却只能以使命之名，暗中再干一次黑活了！"

"那又如何，我等之所为，不过是蓝焰星界宏图大略的原野上一片随风摆弄的草叶而已。我们接受指令便是了！"爱丽丝唇边掠过一丝嘲讽。

就在爱丽丝说话之际，蓝焰星界驻青霜星界星际飞地传来了密讯……

第二章

球长的秘密

一片漆黑中，空流笑着向沄滟展示了两张微微发光的全息照片。"看来得委屈你的盛世美颜了。"

"啊，这不是土拨鼠吗？狼牙星球的人就是这个样子吗？"沄滟惊叫道。

"这就得换位思考了，其他星球的星民看地球人，也觉得不如看他们同类来得顺眼。"

"我没有别的意思，就是觉得凑巧，怎么恰恰就跟我们地球上的土拨鼠一个样。"

"这并不奇怪，咱们见过的各星球星民，基本上都能在咱们自己的星球上，找到类似的动物或植物的影子。我们无双星球星民和你们地球人整体差异不大，当然还是一眼就能看出差别来。不过我们星球上并没有土拨鼠，所以并不知道他们长得是否好看，依我看，他们面部没长毛，似乎比土拨鼠长得清爽些，让你省了不少麻烦。"空流说完，止不住大笑。

"哼，那就入乡随俗好了，到时谁也别笑话谁。"

"那是自然，相看两不厌。"

空流收起全息照片，接着道："咱们既然是潜藏行踪，就尽量少说话——他们的语言，不管咱们怎么尽力模仿，口音都是有的。暂时的名字身份嘛，我想好了，既然要易形为你们地球上的土拨鼠，那就借你们地球上的素材一用，我就叫齐天，你呢，叫大圣，怎么样？"

沄滟听了忍俊不禁，掩口轻笑。

空流道："咱俩身份不用说了，两口子。"

沄滟正笑着，闻言屏住不说话，夜色中低头将脸偏向一边。

空流嬉笑着转过脸去："怎么啦，不愿意呀？"

"你是不是跟谁都愿意扮夫妻呀？"沄滟轻轻回了一声，随即扭过头来，"我要扮作你师父。"

空流听了，一下子想起来了，原来沄滟指的是自己和浔水去渔火基地时扮演两口子的事。不过，他对沄滟要当自己师父的想法颇为好奇："却是为何？"

沄滟笑道："你不是想当孙悟空吗？我就要做你师父，这样你就得什么时候都听我的。不听话，就给你念咒语。"

空流看她笑得极为开心灿烂，也跟着开怀大笑起来："那好吧，那你就叫金蝉子，我就叫悟空。"

空流说完，站起身一揖到地："师父，咱们今日就得下山，请师父即刻易形启程。"

沄滟故意敛容道："请徒儿前面带路，可驾云否？"

"回禀师父，旱海星球星民虽善攀援，但不会御空飞翔。"

沄滟问道："这个星球没有超能力的异能者吗？御空飞翔很正常吧？"

"我已经查过了，异能者当然是有的，基本是青霜星界幽草异能署的势力范围。所以咱们还是低调为好。当前位置即为旱海星球的首府十伏山，咱们先接近位于他们首府中心的行政公署，摸清了他们的政界情况，下一步怎么走就清楚了。按咱们的脚程计算，到达之时正是他们晚上最热闹的时刻。"

空流仔细研究了一下地图，将路线牢记在心，随后带着沄滟即刻动身，从山顶攀岩而下。处处山峰皆陡峭险峻，此种地形还是颇为鲜见。不过对空流和沄滟来说，行路并不艰难。

二士一路翻山越岭，大约翻过了十来座山峰，才下得山来，到达旱海星球首府十伏山的核心地带——由十座山峰围成的盆地。山下别是一番天地，远远望去，天上地下光影交织，好一派繁盛景象。空中之城尤为壮观，大概是由于地上平坦区域狭小之故。

空流和沄滟看到空中菱形的飞行器交错如织、异能者亦往来飞驰，紧绷的神经一下子放松了下来。空流向沄滟递了个眼神，笑道："咱们都上上下下爬了半天的山路了，这大晚上的，也该伸展一下筋骨了。"说完，叫道："师父，还等什么，徒儿先行一步了。"

沄滟一跺脚，急忙追上前去："这个星球的卫星去哪儿了？夜晚全是黑乎乎的，少了多少诗意。不像我们地球，有月色。"

二士正行间，空流向左前方一指："你看，那边灯光四射、彩旗飞舞的，一定是有什么重大活动，咱们先看看去？"

沄滟应了声："好！"

不多时，二士临近一看，原来是一座悬浮倒立的圆锥体水晶状建筑，类似地球上的马戏场馆。里面喧嚣声此起彼伏，不时爆发出震天的喝彩声。

空流走近观察了一会儿，与沄滟易形为场馆公务者双双轻松入内。进得场馆来，灯光璀璨，四下里坐得满满当当，抬眼一看飘动的大荧屏，沄滟脸色陡变，眉头颤动，又羞又气。

原来，满场馆坐着的星民，竟然在观赏一群"人"——地球人，这群"人"正在进行各种高难度的动作表演，表演者有男人也有女人，基本上是赤身裸体，只有极少数人装饰性地穿搭一丝衣装。

再看坐着的看客，沄滟差点气晕过去。空流赶紧上前暗中一把将她扶住。

原来，好些星民手里或抱着或用绳子牵着一个个地球上的小孩，这些小孩也基本上是一丝不挂，有的在地上爬来爬去，绝大部分腰间或脖子上系着绳子。

不管是在场馆中心表演的"男人""女人"，还是这些被当作宠物一样的小孩，长得和地球上的人类没有丝毫差别，只是肤色大多是黄色、白色、棕色、黑色其中两种颜色或几种颜色相间的杂色，只有极少数是单肤色。

沄滟的身体在不住地颤抖，空流从未见过沄滟如此烈焰灼灼而又寒冰刺骨般的眼神。空流不忍让沄滟看到此情此景，赶忙将她的脑袋揽过来靠近自己的肩膀，在她耳边低声说道："都是我的错，我是知道的，但是没有提前告诉你。其实这些……"

就在这时，一阵高亢的欢呼声如冲天巨浪响彻场馆，淹没了空流的话语。沄滟猛地从空流怀中抬起头来，只见场中的表演已经换成了技巧性搏斗，一名雄壮的男子将一名模样姣好的精瘦女子掀翻在地，死死地压在身下。满场的目光似乎皆欲刺入他们每一个颤动的毛孔。

空流正欲拉住沄滟往外走，突见沄滟腾空拔地而起，如穿云的怒箭一般向场馆中心劲射而去，转瞬即至，飞起一脚将那名男子踢上了半空中，旋即连连发掌将周边的荧屏一一击了个粉碎。

事发突然，在场的观众一片静默，转而爆发出声嘶力竭的惊呼声……场馆安保公务者与机械甲士从四面纷纷飞扑而来，转瞬间双方已经交上了手。力量太过悬殊，沄滟危在旦夕，顷刻间非死即伤，情形万分危急。

电光石火间，空流易形为旱海星球一名军中上校，飞速赶至场馆中心，极为威严地大喝道："这是我们军中走失的一名要犯，不要伤她性命，我要带走。"同时向周遭的场馆安保公务者催动隐念异能，潜入他们的意识，控制住他们的心神。

打斗果然立即停止，空流微微致礼，转向沄滟，怒目而视，粗暴地用力抓住她的肩胛扬长而去。

刚一出场馆，空流急切道："快实施幻影异能！"

二士在沄滟制造的幻影中隐身疾驰一程，看河畔有一丛林，遂落地藏身，席地而坐歇息，只是不停地喘气，并不说话。空流用余光扫了沄滟一眼，看到她眼中隐约有泪光。空流一咬牙，缓缓站起身。

"站起来！"空流面如寒霜，厉声喝道。

沄滟似乎分毫不感到意外，只是十分平静地看了空流一眼，迅速起身肃立，直视前方，泪痕浅泡。

"如果你觉得总是运气太好了，总是死不了，想死，很容易。他们那么多星民在一起，你的行为一旦被认定为存在重大安全威胁，随时会被击毙！那么多安保公务者与机械甲士，你怎么可能应付得了！何况咱们在一个完全陌生的异星环境！"

回想起刚才的危险境况，空流不由得真的有几分动气："你给我记住了！以后无论遇到何种情况、执行什么任务，都要确保生命安全，活着是最重要的。此刻，你还觉得你刚才的行为有意义吗？你改变了什么？你不再仅仅是一名天马行空的异能者。你既然加入了七界联境特别行动组，那就得按照七界联境一名隐秘战线特殊战士的规定严格要求自己。"

"我没有忘记我们的规定！"沄滟声音很低但倔强而坚定，"我们的使命是什么？不就是为了星民的福祉吗？如果见到这种摧残人性的行为还无动于衷，那我还算一名战士，算地球人吗?！"

"好！本来规定与命令是不需要道理的，那我现在就和你论论理。那些是人类吗？是你们地球人吗？它们虽然长得和你们地球上的人类一模一样，但事实是，它们只是旱海星球上的一种动物，并不是智慧生物。它们只是相当于你们地球上的低等动物而已。曾经，你们对待地球上的土拨鼠还有其他很多动物，不也一样吗？甚至很多行为还要有过之而无不及！你们虐杀吞食了多少生物！"

沄滟沉默不语，突然又说道："我觉得情况还是不一样。我们地球上，一直在倡导众生平等，现在基本已经普及到所有动物了，不再屠杀虐待它们了。"

"那你们还豢养宠物吗？还养吧？所以你看到他们牵着小的'泥泥'也是一样的。对了，旱海星球把长得和你们地球上的人类一样的动物叫作'泥泥'。是的，你说地球上不再屠杀虐待动物；但据我所知，地球上依旧有人在偷偷猎取、屠宰动物。就算抛开这些不说，你们人类的历史，长期以来以各种动物为食，而这些动物的模样，很多都能找到不同的星球星民与之相对应。那这些星球的星民是不是也要像你一样，冲到你们地球上去，找你们算账啊！"

沄滟感觉被说得理屈词穷了，低声揶揄道："道理我都明白，但是我们地球不都改进了吗？你看他们，科技发展程度当不在我们之下，但怎么还这么崇尚暴力？"

空流放低了语调，声音也温和了许多："我们不能看了他们的一场'马戏'就下此结论，这也许是他们沿袭下来的一种文化。另外，每个星球的文明都有他们自身发展的规律和脉络，不能以自我标准去衡量。如果顺着这个逻辑延展下去，是极其危险的。现在，有不少星球在星际文明发展中，依旧没有摒弃这个政治思维，其结果往往是高举促进文明进步发展的大旗，实行暴力征服与武装改造。"

沄滟听了心里一惊，她自己的行为纯粹是一种情感的激发，从来没有想过星际文明之间的政治问题。不得不说，这和星际之间"以正义之名"的征服，从逻辑上来说有某种共同之处。

想到此处，沄滟转念又有些迷茫，她依旧站立未动，一副无邪的美丽精灵般的模样："首座，您说，如果我们到了一个星球上，看到他们惨无人道的血腥屠戮，那不也是他们自身发展规律和脉络的结果吗？也不应该管吗？"

空流不由得叹了口气，像沄滟这般，本该在异能者的世界超然物外，如若不是七界烽烟再起，当永远不会身涉政治旋涡。

空流许久没有听到这样看似"单纯幼稚"却又复杂难解的问题了，悠悠说道："我也不知道，我真的不知道。因为这个看似简单的问题却没有标准答案。如果有的话，这个星空世界再大，也就简单了。"

空流看到沄滟星雾蒙眬的眼神，知道她没有得到满意的答案。她认为，制止屠杀是无须质疑的选择。至于这参与选择与被选择的各方算计，并不在她单纯善良的本念考量之内。

空流往前走了两小步，头也不回地问道："休息好了吗？"

沄滟一喜，答道："休息好啦！"

"那还不赶紧走！"

沄滟一溜烟地小跑过来："训话结束啦？"

"我看你态度不错，最严厉的部分呢，放在最后说，咱们边走边说吧。"

沄滟嘟嘟嘴，没有接话。

"作为七界联境特别行动组首座，我要求你把我们的使命与规矩刻进你的骨髓里！只有这样，你才不会感情用事。现在处境的危险性你是知道的，或许我等死不足惜，但我们还有很多事没有完成。"

"首座，是我太冲动了，也许是经历这种事太少了吧。虽然我下次遇到这种事在情感上依然难以接受，但我能控制我自己，请您相信。"

"论理，也许你是对的，谁又说得清呢。只是我们的身份不允许这样做啊！其实，在我们所有的成员中，你和洢水的定力比我们都要强，这是你们与生俱来的能力。只不过经历少一些而已，你们以后比我们都要强。"

"怎么听起来像是在表扬我呢？"沄滟吐了吐舌头。

空流心里的气全消了，其实说到根上，主要是担心沄滟的安危。"对了，他们行政公署的左后侧有一家栈楼，咱们今晚就在那里歇息，先了解一些信息，再见机行事。"

第二日一早，沄滟一睁眼，发现空流不在。

旱海星球的昼夜交替比地球时间要长五分之一，也就像沄滟这样，睡眠好，竟能一觉睡到天亮。空流睡不着，一早就起来溜达去了。

沄滟查看了一下信道，空流给她留了信息——说自己到附近转转打探一下消息，会快去快回。再往下一翻，居然看到空流写的一首诗：

　　　晨风
　　褪去长夜的魅衣
　　带着星光的迷离
　　只为相逢
　　在第一缕曙光之际
　　我踏碎了芬芳
　　你只是轻柔地飘过

　　那无言的美好

　　便惊艳了晨光

　　沄滟看了心里一荡："好你个空流，真敢写，你知道这种诗是写给什么人的吗？"转而定下神来细品了一下，嗯，悟性还真是不错哟，意境挺美的。

　　原来，空流自从到过地球以后，一下子迷上了地球上的诗歌文化，尤其是唐诗、宋词，喜欢得紧。空流没事的时候就向沄滟讨教，一来二去私下里竟然就琢磨开了，写起了自由诗。只不过表达的对象与情境还不甚分明；不然，就算刀架在脖子上，他也不敢给沄滟发这样直白的诗。

　　沄滟忍不住暗笑，自言自语道："果然是一个美妙的清晨！"转头抓紧时间搜寻资料了解早海星球的情况。

　　不到半星时的工夫，空流回来了。"新到一个星球，也能睡那么久。你们这天大的事都睡得香的功夫真是一绝。"空流一进屋笑道，"都找到什么有价值的信息啦？"

　　"我也就随便查阅了些信息，没想到，这个星球的综合实力在青霜星界十三大执掌权力的星球中，竟能排到第三。看来比地球还要强啊。"

　　"你到哪里都拿你们地球做参照系，要放下地球，具有七界全域视野，这样，你行事就会考量得周全一些。"

　　"我不像你，你们无双星球七界无双呀，天生具有宇宙级眼界。我的视野只能看到我出生的三花峰的一亩三分地。"沄滟眉眼微颦，"对了，你都知道了吧，昨天马戏场馆的事已经成了头条信息啦。"

　　"那是必然的，他们已经将其定性为恐怖袭击事件了。一定会层层上报，提交技术分析。查出真相只是时间问题。所以，咱们要尽快离开这里。"

"是要尽快离开这里，还是要离开这个星球？"

"都一样！但是，还不能贸然前去金杖星球与尘浪他们会合。我们一旦突然公开出现，会引发轩然大波。你一定也看到了关于我们的消息。"

投射"星空茧房"的蓝焰星界战舰残骸内，未检测到空流和沄潋的信息——这个消息已然传遍了七大星界。蓝焰星界给出的解释是，在战舰毁灭之前，战舰已被"星空茧房"的引力撕裂，舰上的两名成员被拽出了战舰，在深空中化为了烟尘。

蓝焰星界和红尘星界均表示，不会放弃寻找他们，哪怕是找到他们在世间留下的一粒微尘。

此刻，空流和沄潋已然成为拯救星球而牺牲的大英雄，正被星民们广为传颂。

空流笑道："他们并不知道我们的秘密身份，我们算是在局势纷乱之际，给七界联境和你们飞花异能署挣到了一点好名声。"

说到异能署，曾经，科技的日益发展让诸多星球的广大星民日益懒惰，最后集体"失能"。尤其是"体能"上的堕落，最后影响到民众的心智等方方面面。

七界联境组织成立以后，提出了宏大的"异能者计划"，除了常规的民众体能强化工程外，还要培育星民原力超能者。由此，每一个星界都诞生了一个超能力流派。

超能力流派的使命主要是提升广大民众自身的体能与原力，同时培养具有特殊潜能的超能力者，即异能者，并成为维护星界和平的一支重要力量。

星际通行的"五项原则"实施以后，由于杀伤力武器在时空感融站之间严禁通行，异能者的价值日益凸显。诸多星界军政绝密战线事宜，均有异能者秘密参与的身影。直到红尘星界"渔火事件"爆发，异能者的价值再次被提升到一个空前的高度。

红尘星界"渔火事件"以后，七大星界行政公署不约而同地向七界联境提交了一份倡议。倡议提出，将各自星界的超能力流派纳入各星界行政公务组织，七大星界行政公署有调遣各自星界异能者流派的权力。

同时，为了与各星界行政组织名称相匹配，将各异能者流派统一命名为异能署。有些星界甚至提议，将异能者流派纳入军事组织，成为各星界通联署的一部分，并可派发武装设备增强其战斗能力。

显然，七大星界行政公署的一厢情愿招致了七大异能流派的一致反对，引发了一场军政界与民间流派之间的重大纷争。

各大异能流派表示："异能流派成立之初，归属科诗世界系统，属于科诗世界的科诗能系。因为需要通过科学的方法与科技手段提升民众的体魄能力。各大异能流派创立之后，科诗世界仅在规则层面进行宏观把握，异能者管理则归口于各个流派，各流派基本上属于自成体系独立管理。

"首先，不管世事如何变化发展，异能者流派的宗旨、异能者的使命没有改变。各流派异能者之所以参与到各星界军政任务中去，也正是基于当初确立的'维护所在星界星域与星民安危'的宗旨。虽然很多异能者被各星界以自己的政治权力私利与欲望所利用，但依旧不顾生死安危地去执行任务。不能因为异能者特殊的超能力有利用价值，就想将异能者流派收编，完全为政治服务。恰恰相反，在当前局势变幻莫测的情形之下，异能者流派有权利做出自己的判断与选择。我们从根本上就是一个为广大民众服务的民间组织。

"其次，提升星民原始能力的科学方法与科技手段没有改变。所以，从组织结构而言，仍应归属于科诗世界。此外，从称呼上来说，当初开创七大流派的'异能七圣'，在他们最初的原生理念中，每一个流派都像一个原始的部落或村落，以原始的本能力量守护一个个部落村民。所以，这个称谓，我们自己不会更改；当然，如果政治组织非要称呼我们为异能署，那是你们的事，我们不予理会。"

最终，七界联境审慎决议，各政治组织、行政组织，为了称谓的统一性，可以在相互的交往行文中，称这些异能流派为异能署；但各流派有权保留原有称谓。除此之外，驳回所有星界行政公署的一切诉求。

空流此次提到的飞花异能署，便是源起于红尘星界的飞花落流派。

沄滟道："这我可不稀罕。飞花异能署，你倒是说得这么顺口，我还是觉得飞花落的叫法更自然。七界联境也真是的，乱改什么名字？好好的民间流派，也想归到政治生态圈里去。"

"哦，你喜欢怎么叫就怎么叫吧。我也不在乎做什么英雄，活着就好。"空流一笑，脸上的神采随即暗淡下来，"不过，咱们的战友一定沉浸在悲伤之中，咱们却不能告知他们。"

沄滟没有说话，过了一会儿方才说道："这也是没有办法的事。对了，蓝焰星界会怎么想？"

"他们是唯一知道秘密的，知道咱俩没死。估计他们会认为是七界联境或者红尘星界方面偷偷救了咱们。如果是红尘星界，会使他们感到空前的惊骇与不安。因为这意味着红尘星界一定掌握了某种他们不知道的独特科技，所以他们一定想要弄个明白，秘密追查到底。"

沄滟歪着脑袋想了想，忍不住咯咯笑道："想来当真是有趣得紧，七界联境和红尘星界也不知道咱俩的情形，而我们自己也不知道究竟是谁救了咱俩。现在，七界之大，咱俩还活着这事对各方来说可谓是个天大的秘密。"

"你竟然还觉得很有意思？昨天冲动的时候就没想到咱们的处境有多危险吗？"空流嘴上虽是责怪，但看到沄滟的模样，也忍俊不禁。

"我有点不太明白，咱们在这个星球上，处境这么危险，但是，以咱俩现如今在整个七界的大英雄光辉形象，公开亮相，岂不是更安全？谁还敢伤害咱们？"沄滟双手托着下巴，疑惑地望着空流。

"如你所言，是没有谁敢公开对付咱俩。但是你想，咱们竟然神不知鬼不觉地换了个星界，这其中究竟发生了什么，那是多大的疑问，各方势力不得吵翻了天。

"再者，蓝焰星界想找到我们，要弄明白究竟是谁营救了我们。另外，很多势力都想获悉蓝焰星界广域杀伤性武器'星空茧房'的情况。作为各方明争暗斗的焦点，咱们只怕是再难得安宁，很有可能被某方面势力秘密除掉。另外，咱俩的秘密身份更有利于完成使命。"

沄滟不觉有几分尴尬，感觉自己问的问题有些幼稚，不过，虽事关生死，倒也淡然："看来咱们只能潜伏，秘密转至别的星球流浪了。"

"这适合我，我空流的名字，就是星空流浪者。"

"'击空明兮溯流光'，要用我们地球的诗句来诠释你的名字，多好呀！"

"嗯，太好了！果然是既富有诗意，又有时空哲学之美。典型的古典浪漫主义色彩。"空流不由得赞赏不已，"从今往后，这就是我名字的官方标准解释啦！"

二士接下来相商一番，当即决定，先尽快离开这家栈楼，再伺机悄悄离开旱海星球，前往金杖星球，暗中行事。

从栈楼出来，沄滟问道："对了，竟然忘了问你，今天你都打探到什么消息了？"

"哦，我没有进入他们行政公署，只是在外围转了一圈，这种地方都有严格的信息屏蔽措施，里面的信息从外面探测不到。只能从外面巡岗的安保公务者那里获得一些消息，都是些无关紧要的东西。对了，有个信息倒是有些价值——就在今日下午，他们军方的通联署首座要去参加一个公众日活动。作为军中一号要员，应该能为我们带来价值不菲的信息。目标地点在与旱海星球首府十伏山交界的城市，叫作'双峰之镜'。"

空流和沄滟商议，为安全起见，最好不施展异能，不御空飞行。因为乘坐旱海星球的任何通行工具都有可能留下痕迹，最安全的方式是地面徒步穿行。

空流测算了一下，如若发力疾行，中途不停歇，估计能提前两星刻达到。

二士即刻启程，顾不得欣赏异星景致，只怕有任何不当言行，一不小心被相关设备探测了去，于是只顾埋头赶路。一路行来，处处皆是狼牙状山峰，平整地块少得可怜，平地算得上是这个星球的稀缺资源了。

空流正闭着眼睛凭感觉自顾自行路，突然听到沄滟低声喊道："快看，咱们是不是就要到了？"

这点脚程，对于两位超级异能者来说，算得上是颇为轻松。

空流抬眼一看，前方不远处正是双峰之镜。原来这座悬空建造的城市两端连着两座高耸的山尖，如同悬空挂着的镜子，下方是一道河流，景观别致天成，这"镜子"和山峰颜色相近，照映着远山近水。

走到近前，沄滟笑道："原以为是一道'两水夹明镜，双桥落彩虹'的画风，没想到却是照妖镜似的魔幻主义杰作。"

"都是一种选择，或者说是一种文化偏好，也未尝不好。"空流与沄滟肩并肩，细细打量了一番，"外观整体是个球状的双面凸镜，大概是旱海星球的缩小版。"

看着川流不息的云帆、云鸟、飞羽等各色飞行器，沄滟问道："咱们还是老办法，从这边山峰爬上去？"

"可以，时间足够。你看是不是有点你们《西游记》里师徒四人去西天取经、到了西天雷音寺的感觉？"空流仰望了一眼云雾缭绕的山顶笑道。

"这四周山峰青面獠牙的，哪有半点西天圣地祥云福瑞的感觉。悟空徒儿，莫要瞎说，赶紧前面领路。"沄滟一下子神气了起来。

上山却是平整大道，不一会儿就到达了峰顶。入得城来，附近空中建筑不多，视野颇为开阔。此际看得真切，这双峰之镜并非完全架在两座山峰之上，不过是两端借了一下两山之势而已，亦是一座利用反重力悬浮的空中之城。

二士一刻不敢耽搁，来到旱海星球通联署公众日活动之所，场地周遭已然戒备森严。参加活动的星民驾驶云鸟纷纷赶来，正陆续进场。

空流和沄滟悄悄查探了一下，发现云鸟停泊场地被监控设备全域覆盖。

空流道："看来在此区域下手不行，咱们得在云鸟进入停泊场地之前动手。"

二士守在云鸟进入停泊场地的航道下方，远远观测到一艘云鸟飞驰而来。

空流道："快！制造幻影，咱们找准时机跟上去！"

那艘云鸟刚刚飞至，空流和沄滟神便不知鬼不觉贴上前去。空流立即催动隐念，施展异能控制住驾驶云鸟的星民，打开云鸟，迅速入内，提取信息、催眠、易形，须臾间一气呵成。

"咱们进去一个就行，一内一外有个照应，万一有什么危险，可以降低风险系数。"梳理完信息，空流道。

沄滟道："那你万事小心，若有事，我随时接应。我的幻影虽然持续时间不长，但万一他们过来巡察，即时幻影还是最有效的。"

二士将紧要处简要商议后，空流当即出发。

"星球安保公众日"活动在一座通体乌黑的陀螺状建筑场馆举行，确切地说，建筑形状更像两个叠起来的圆锥体。场馆内部构造从底部到顶端犹如律动的螺旋，整个场馆就是一个虚拟与现实交织、内部空间交错的旱海星球武装力量全息展。

空流一踏入场馆，就明白了旱海星球为何如此重视这个活动。这不是一个接受民众咨询并与广大星民交流互动的活动，而是一个秀肌肉的军事力量洗脑宣传活动。

场馆内的每一个声光元素，都在向星民们的神经细胞发起汪洋恣肆的宣泄。不可言喻的刺激，让兴奋、激动与豪情挂满了场馆内每一位星民全身上下的每一根毫毛，在变幻夺目的光影中癫狂飞扬。而无处不在的视镜将这里呈现出的"不可一世的强大"传至旱海星球的每一个角落。

空流紧急搜索了一下场馆各处的功能，急欲穿过拥挤的星民，找到旱海星球通联署首座所在。就在此时，喧嚣的声光一片静默，各处视镜上出现了旱海星球通联署首座琅琊邦的身影，瘦小精干如金刚铁棒一般。看来，他准备发表讲话。

琅琊邦微微扫视了一下前方，刹那间，空流便感受到他那如针尖穿透而过的刺骨眼神。

空流来不及多想，锁定位置从容前往；稍顷，估算好位置，便向琅琊邦催发隐念。隐念刚发出，空流就觉察到，琅琊邦所在之处已然设置了感息装置，以屏蔽外来信息。

好在琅琊邦并非处于感息建筑全封闭空间，虽有极大干扰，空流独特而强大的隐念异能，还是能断断续续地潜入琅琊邦的意识。

虽然琅琊邦身处要职，所知核心机密甚多，但空流对这些无甚兴趣，只想快速获取自己所要的信息。

刚一采集信息，空流心中大惊——琅琊邦与旱海星球球长琅琊王竟然暗中效忠于青霜星界首座莫雨。而这个惊天的秘密，被完美地包裹在此三者和他们最核心的心腹小圈层之内。

空流深信，七界之内，恐怕连七界联境都不知道这个秘密，这彻底颠覆了空流的认知。看来，莫雨那个被广为流传的可怜而哀伤的外衣之下，小心翼翼地暗藏着一颗猛虎之心。

空流惊异之余，灵光一闪，想探测一下莫雨、琅琊王与青霜星界其他星球球长之间，是否也建立了类似的隐秘联盟关系。

快速搜索一番，发现琅琊邦对此一无所知。

突然，各处的视镜一片漆黑，琅琊邦的形象从视镜上消失无踪。就在此时，高亢的呐喊声从场馆不同的区域同时响起："反对星球各自为政，青霜星界团结一致，七界第一属于我们！"

场馆内瞬间一片骚乱，全息影像标语铺天盖地而来，高呼声一浪高过一浪。紧接着，视镜恢复了，但琅琊邦的影像却被示威者们取而代之，现场场景被毫无保留地即时传遍了整个旱海星球。显然，系统被示威者们劫持了！

一时之间，警报大作，安保公务者倾巢而出，现场混乱不堪。只见数道亮光一闪，随着轰隆一声巨响，琅琊邦所在的发言席被击中。惊叫声中，光焰过处，竟一切如旧——原来，示威者只是操控了现场展示的武器虚拟设备。

空流于混乱中匆匆扫视了一下琅琊邦，只见其正在安保护卫者的围护下撤退，眼中神色如常。

空流抓住最后时机，采集到一丝信息残迹——琅琊邦早就知道这些示威者的行动。

在安保公务者与示威者虚拟现实交织的混乱之战中，观展的民众潮涌而出，全副武装的安保公务者如疾风般逆流而行。

在拥挤的洪流中，空流看到琅琊邦的护卫匆匆行将过来，审视之下，大喜过望，妙计顿生。

空流利用众星民身体做掩护，处于监控系统监测死角，暗中扫视一番，立即尽全力催发隐念异能。于是，数十名观众突然拥挤跌倒，琅琊邦的两名贴身护卫与众安保公务者尽力护卫琅琊邦安全。

混乱中，琅琊邦的两名贴身护卫头部盔甲坠地。空流浑水摸鱼，顺势将两名护卫佩戴的武器取将过来，神鬼不知。

出得展馆大门，星民们纷纷向自己的云鸟飞奔而去。空流知道，云鸟驶离停泊区必定要一艘艘严查。

沄滟在云鸟中听到展馆内响声震天，心中一惊，暗叫不好；转而看到星民们慌慌张张四散逃离，更是心急如焚。因场馆设置了信息屏蔽装置，沄滟无法传讯，还以为是空流出了状况。

沄滟越想越急，跳出云鸟就想前去找空流，借助幻影异能一起逃走。但满眼望去，黑压压一片，仓皇之中哪里看得到空流的影子。

沄滟正焦急四顾间，空流竟突然奔至眼前："快走，先上云鸟再说！"

　　沄滟大喜，二士赶忙上了云鸟。"出什么事了？"沄滟一边问一边紧急启动云鸟。

　　"不急，慢慢来。"空流一改紧急之态，看着后面排得长长的云鸟队伍，慢悠悠地说道，"他们自己出了点状况，咱们稳坐钓鱼台就好。"

　　云鸟飞临出口，果然有传讯提示，所有的云鸟必须接受全景扫描检查。

　　"放松，别紧张！有你的幻影护身，检查不过就像给咱俩拍照差不多。"空流坦然道。

　　"正常！放行！"传讯提示通过。沄滟悬着的心陡然一松，惊喜过望。

　　"发现异常，再次全景扫描！"警示却突然响起。

　　空流一听不好，一定是沄滟的面部表情变化引起了探测系统的怀疑。电光石火之间，空流激发隐念，控制住沄滟的心神，向探测器传递出信息：此前从没遇到过今天这种情况，心情分外紧张而已。

　　这次的检查似乎分外漫长，"二次检查正常！放行！"传讯又一次响起。

　　沄滟露出轻松的微笑，微微点点头，仿佛是在向探测设备打招呼。

　　一切正常！沄滟驾驶云鸟缓缓驶出检查口，看看距离渐远，方才加速前行。

　　空流同时为被催眠的云鸟上的星民梳理意识。待飞行到一稍空旷处，就在被控制的星民意识恢复之前，沄滟实施幻影，二士从云鸟上悄然而下，丝毫不敢停留，急速行路，出了双峰之镜，才稍稍松了口气。

空流与沄滟直奔金杖星球的时空感融站，空流一路将情况简要道来，沄滟觉得今日所获情报非同小可，必须让尘浪他们知悉并做好应对准备。尤其是对青霜星界首座莫雨，在充分摸清情况之前，还是得有所保留。

"对了，你说今日发生的状况，琅琊邦提前知晓？"

"是的，可惜时间紧急，只获知了一点信息碎片。不知他仅仅是知道，还是根本就是他们一手谋划的。"

"不管唱的哪出戏，总之，在青霜星界七大球长即将归来之际，今日之事对处于'渔火事件'舆论旋涡之中的七位球长来说，无异于雪上加霜，又将引发新一轮的舆论狂潮。"空流颇有几分兴奋，"虽然他们内部形势复杂，但对于七界联境来说，今日获知之事也许是好事。"

沄滟还是不明白个中玄机，一时来不及深思，只是调皮地耸耸肩："咱们到了金杖星球该如何行动？"

"先过了眼前这关再说！不过，我现在要送你份礼物！"空流神秘一笑，贴近沄滟紧紧拥抱了一下，从胸前快速掏出一物随手塞给她。

突如其来之间，沄滟一下子窘迫慌乱不已，正欲说话，低头一看，天呐！竟是一把超子场感应枪，急忙将其塞进衣兜。仓皇间回过神来，俏脸如雪后飞霞，又惊又喜："哪里来的？竟然有如此稀罕之物！"

"唐突了啊，为了保密起见。"

"哼！"沄滟故意面露不悦，用手在衣袋中一摸，发现此超子场感应枪堪称极为先进之款，"这个杀伤力太强了！"

"是呀，不过杀伤力再大恐怕也没有你的杀伤力大呀。"空流话音刚落，沄滟一脚踩在空流脚背上，痛得空流连声直叫。

空流看到沄滟大仇得报的神情，眉峰一扬，笑道："军中首座身边顶级的护卫佩戴的家伙，绝对是首屈一指的上上品，能差得了吗？咱俩以后就是双枪合璧，紫电青霜了。你那把枪是紫电，我吃点亏，我这把叫青霜，就用它来对付青霜星界的那帮邪恶势力吧。"

沄滟笑而不语，此情此景，让空流这么一说，惊险中竟平添了些许浪漫。

沄滟心里清楚，在青霜星界，与此前的红尘星界相比，无论是自己和空流，还是未来即将抵达金杖星球的七界联境特别行动组其他成员，处境之险，不可同日而语。

在红尘星界，由于其政界和七界联境完全站在一起，所以基本上不必担心武装力量的安全威胁。而在青霜星界，这种潜在的危机无处不在。

超子场感应枪堪称合成智能机甲或合成智慧武器的克星。它无须击毁此类武器的金刚之躯，而是直接锁定其集成大脑，通过超子场感应作用，让其瞬间脑死亡。

自超子场感应枪在一些科技领先的星球诞生应用以来，自然而然地成为智慧生物对付智能机甲或合成智慧武器最有效的克星。

超子场感应枪本身就是一个极其复杂而又具超级智慧的精密系统，不仅需要尖端物场科学、粒子感融科学、生物学与精密的科技工艺体系、精微合成材料支撑，而且造价昂贵之极。所以一般仅为科技极为发达的星球上极少数的顶级护卫佩戴。

超子场感应枪还有一个非常独特之处，它与使用者的生理特性及思维融为一体，唯有它专属的使用者才能启动使用。倘若不小心落入他方之手，不过是毫无用处的摆设而已。

顶级的超子场感应枪，无论对付哪种型号的智能机甲，基本上都能所向无敌。在超子场感应武器面前，一切智能机甲武器曾经硬碰硬、打得死去活来的战法显得野蛮而可笑。但是，事物总是有两面性，一些科技超级领先的星球，关于超子场感应武器与反制武器的研发没有终点。

"一颗超子场感应星际导弹让一个星球的智能设备全部瘫痪，应该不是什么难事了吧？"沄滟突然问道。

"那是自然，虽然七界之内还没有发生过这样的实际战争。"

"那超子场感应武器的终极目标是什么？谁能克制它？"

"终点是什么……我不知道什么是终点。"空流感觉自己的这句话说得有些玄妙，接着解释道，"要说克制它的武器，一个就是超子场感应武器本身，也就是说，如果大家都在使用超子场感应武器，就看谁的更强。再有一个就是非物质武器，也就是'反物质武器'。具体的，你以后可以问尘浪和知末，他们研究颇深。"

"我知道还有一种武器能对付它，简单、直接、有效。"沄滟咯咯笑道。

"什么？"

"大斧头！大砍刀！"

"哈哈哈哈！这个你还真说对了，超子场感应武器最怕咱们碳基动物动粗，感应不起作用。哪怕是遇到普通星民，拿刀上来就砍，一点办法都没有。"

"呵呵，这就叫一物降一物。"

"来，时空感融站快到了，咱们进去以前，尽快把它连接起来，以后就属于咱们御用的啦！"空流立即催动隐念异能融入连接。

原来，空流获悉琅琊邦的反常情况后，又探知其护卫佩戴了先进的超子场感应枪，就巧妙地制造了个意外，解除了护卫佩戴的感息头盔。从而精确完整地获取了超子场感应枪的接入和使用信息，并成功地将其从两名护卫的意识中移除。

就在行走的片刻工夫，空流和沄滟与超子场感应枪的信息均连接完毕。

只见沄滟双掌合十，似有几分法相庄严地说道："悟空，咱们算是真正有了如意金箍棒啦！"

空流一愣，二士随即相视，大笑不止。

眼看距时空感融站不远，沄滟正色道："首座，接下来可就看你的啦！时空感融站是七界联境统一的技术标准，这个超子场感应枪可是藏不住的啊。"

"这是自然，你只需保持常态，看我应变即可。"

沄滟知道空流虽然嘴上说得轻松，心下不知道盘算过多少次了，不过是为了让自己放松罢了。

根据青霜星界十三联合执政星球规定，超子场感应枪虽属顶级先进武器，但对于智慧生物而言，却毫无杀伤力，不属于星都金杖星球与旱海星球间的违禁武器；而且两把超子场感应枪，在数量上亦不超标。所以空流此番无须藏匿，唯一的风险就是来自旱海星球的追查。

空流和沄滟已然进行过周密谋划，一出双峰之镜即预订好前往金杖星球的星际飞羽，该飞羽不到五星刻就将启程。

空流测算了一下时间，旱海星球军方当前最紧要的，是处理示威作乱者；即使发现超子场感应枪丢失，在将所有云鸟检查完毕之前，不会轻易将事态扩大，不会启动外围搜索。正常情况下，不包括某些云鸟重复检测的情况，所有云鸟检查完毕的时间当在七星刻左右。

此外，还有最关键的一点就是，连接青霜星界星都金杖星球的时空感融站属于极其敏感地带，何况在青霜星界处于十分微妙境地的当下。再者，旱海星球的球长当下不在本星球。

空流相信，综合多种因素，琅琊邦以军中首座的特殊身份，不会对此地进行布控。

二士将超子场感应枪佩戴好，伸手搭在一起。沄滟喜形于色："紫电青霜联手！"

"般配！"空流偷笑道。

超子场感应枪别名"金手套"，其外形像只手套，坚韧而柔软，戴在手上即可运用自如。又因其制敌之时，舞动手指，可点可弹，弹指之间，能同时攻击集群目标，有如弹琴，加之应用了粒子超弦理论，所以又称作"超弦琴"。

空流和沄滟寻得一隐秘处，易形为琅琊邦护卫形象后，傲然而出。到得安保检查处，空流上前沟通，沄滟故意显露一副孤傲冷峻之态，目不斜视。青霜星界等级观念森严，安保公务者见到二士自是恭敬之至。

依照惯例，安保公务者需要询问所有星民出使异星之因由。听到询问，空流当即正色告知：正前往金杖星球执行绝密任务，关于二士的任何信息必须绝对保密；旱海星球通联署随后有可能测试他们安保系统保密工作的可靠性，请仔细确认我们的身份，所有的测试，只需回答"否"即可。

空流神色异常严肃，冷冷直视对方，待收回隐念异能后，厉声道："琅琊王球长即将归来，我希望看到你们更专业的工作水准！"言毕，目视沄滟，双双脚步整齐划一，昂首而去。

身后传来响亮的致礼之声。

二士进入飞羽，面上如常，一直神经紧绷，观察是否有异常情况。不多时，星际飞羽终于启动，二士悬着的心方才放下，相视会心一笑。

第二三章

飞天巡游

　　不到二十星刻，飞羽已跨越漫漫星河抵达金杖星球时空感融站。

　　"咱们是否选旱海星球驻金杖星球的星际飞地附近落脚比较好？"沄滟附在空流耳边轻语道。空流含笑点点头。

　　空流和沄滟以琅琊邦护卫的身份秘密前来，自然不能和旱海星球驻金杖星球方面的组织联系，否则身份暴露只是时间问题。选在旱海星球星际飞地附近落脚，金杖星球方面会以为二士一方面是为了联系方便，另一方面又行动独立。如此，不会引起怀疑。

　　空流和沄滟从时空感融站出来，看到目的地行程颇近，计划搭乘低空飞的前往。一般异星来客，基本上都是着急办理公务的，很少选择低空飞的。低空飞的贴地飞行，速度较慢，但是地面上的建筑景观看得真切。

　　空流和沄滟一坐进来，才真实感受到了金杖星球星民身材之巨。旱海星球星民身材矮小，飞的常规的两个座位足以容纳下几十个他们这样的体格。

　　二士刚上飞羽，就感觉到监控已如影随形而至，于是只能不时聊聊闲话，看看风景。

　　在旱海星球，沄滟一看到像地球上小孩子一样的泥泥，套着绳子像狗一样地被牵着，总有股抑制不住的愤怒与无奈，甚至是耻辱之感。此刻，在金杖星球，沄滟莫名地觉得心里轻松了许多。

初到金杖星球，沄滟看到什么都觉得新奇，心想，接下来的经历当可叫作巨人国历险记。相较地球与旱海星球而言，金杖星球从一应设施到生物、植被，巨大而魔幻，规制比地球上同类事物往往大出十几倍甚至数十倍。

道路两旁的树木大多 200 米有余。沄滟的目光正被满树如铺盖大小的紫蓝色奇异花朵吸引之时，突然，自动巡航的飞的向右急转，眼见三只灰色的巨鸟从前方掠过，双翅足有 7 米之宽。

最令沄滟感到惊奇的是，整个城市看不到一个星民的影子，有的只是各色交通工具往来飞驰，没有一点生命星球的生气。

"这个城市是戒严了吗？"沄滟刚想发问，又赶紧收了回来。想来，旱海星球星民对于金杖星球当是颇为了解的，不会问出这样的话来。

沄滟正思想间，目的地到了，用时五星刻多一点。下了飞的，沄滟一下子感觉轻松了许多。忍不住问道："怎么整个城市一个人，哦，一个星民的影子都看不到？"

"平常他们的星民就很少出来。一方面由于他们体型庞大，不喜行动；另一方面就是许多星球都存在的情况，科技催生了懒惰；当然，还有个极重要的因素，就是这个星球压抑沉闷的政治氛围与社会形态。"空流分析道。

"没有什么比思想上的禁锢更能让一个世界失去活力。"沄滟叹了口气，"嗯，青霜星界估计普遍如此，不过，咱们刚刚离开的旱海星球算是个特例，想来，当和他们的地域环境以及他们灵活的身形、好动的性格有关。"

"此外，这次'渔火事件'让青霜星界在七界名声扫地，作为金杖星球首府——御溪，自然是风暴的中心。七大球长马上就要回来了，为了避免星民及有关组织闹事，虽然没有公开戒严，只怕是已经暗中进行了全城布控。"空流指了指周边建筑，继续说道："你看看这些建筑风格就知道，除了金色就是深褐色，威严而压抑，金杖星球规制森严，行事风格素来铁血无情。当下，普通民众谁想卷到这风暴旋涡中来？"

"那咱们赶紧进去吧，不然，就咱俩站在这穹顶之下，当真是异类了。"沄滟拉着空流赶紧走进栈楼。

在栈楼下榻后，空流仔细检查了一遍，还好，房间内没有布控全时监控系统。

"咱们找机会还要再找一个下榻之处，最好在七界联境的星际飞地附近。不过，得换一个身份，就用咱们之前约定的金蝉子和悟空的身份就好。这个护卫的身份太显眼了，而且不知道哪一天就会暴露。当然，这个地方咱们还得继续留着，退了反倒会引起怀疑。虽然屋内没有监控，但是他们一定会不时查阅我们的信息。"

"是的，这个星球监控的力度与效率太恐怖了。"沄滟妙目微转，"我建议咱们明日晚间再动，暂时不要有任何举措。"

金杖星球此刻尚未过午时，七界联境代表团及球长团原计划入夜时分抵达，后考虑到多种因素，抵达时间推迟到午夜之后。

金杖星球方面对初入境者都会盯得比较紧，明日七界联境代表团与球长团抵达之后，等一切安排妥当，一方面安全警戒解除，另一方面金杖星球需要应对各种事务，空流与沄滟面临的监控压力必然要小得多。

"也不知道浻水他们此刻境况怎样，我想一定是情绪糟糕透了，而且压力巨大。"沄滟突然站起身，望着远处长长地叹了口气。

"如果她果真如此的话，那说明她还没有成熟。作为一名战士，当从战局角度考虑问题，而不能为情绪所左右。若从战果层面而论，七界联境在你们红尘星界的战役堪称完美，算是以极小的代价化解了巨大的危机。"空流一边查阅资料一边说道，头也没抬。

"你、你！我看这一路以来，你吃喝不误，心情好得很，跟什么事都没发生过似的，也从来没听你提过他们。你对谁都一样，就是个没有情感的机器。"沄滟一跺脚，气呼呼地坐下来，看也不看空流。

空流被沄滟突如其来的怒火吓了一跳："我、我……这是怎么啦？话说得好好的，怎么就生气起来了呢？我是就事论事而已。我是说，无论是刚刚结束的战斗，还是咱们即将迎来的新的战斗，邪恶势力从来不会给我们时间去悲伤、郁闷、惆怅。我们所应该拥有的，只有希望、勇气、乐观与智慧，因为只有这些才能让我们战胜未知的黑暗。"

"你不要和我讲道理，我不要听。"

空流沉默半晌说道："我没有提起过他们，不代表我心里没有他们。坏的情绪与氛围会影响你，身在异星，稍有不慎就会事关生死，从来行胜于言。还有，咱们在一起，生死与共，我有什么理由不开心面对一切？"

沄滟慢慢收回了目光，欲言又止，默默递给空流一杯水，脸上已是云开日出。空流故意不接。

沄滟又往前探了探，低声道："'水'释前嫌，还不行吗？"

看着沄滟微微低头娇花照水的模样，空流笑着接过水杯一饮而尽："尘浪他们一行抵达后，恐怕就再也没有轻松的时候了。咱们预备一下吧。"

空流与沄滟以静制动，抓住难得的时间窗口收集信息，商议后续行动计划。

夜已深，沄滟已歇息。七界联境代表团与青霜星界七大星球球长抵达金杖星球的时间在一点点迫近。

空流凝视着深沉的夜空，如同无尽的深渊。在这万籁俱寂的黑夜里，空流的脑海中不由自主地回荡起沄滟在旱海星球刚刚醒来时的话语——"你是谁？我又是谁？"

空流心中的重重疑虑远比这金杖星球的夜空更深。他的思绪回到了辽远的故乡——无双星球。

星域坐标：紫陌星界星都无双星球，首府炊烟——这是七界万千星球权力之巅。

"已经有二百多万颗星球关闭了时空感融站之间的星际通行，和我预想的差不多。"看着视镜上不断闪烁的数字，七界联境首座微禾平静地说道。

红尘星界烽火虽息，但由此席卷七大星界的余波，依旧在辽阔的星河激起翻飞的浪花，不断在诸多星球回响。

此刻，微禾正在七界联境总部与科诗世界首座何为、七界通联总署首座射基会商。

"不过有一点，目前还没有一个星球彻底断绝时空感融站，这些星球还保留了时空感融站之间的信息通道。毕竟没有谁愿意彻底与世隔绝，却又处于外界不确定性的风险裹挟之中。"射基触摸着案上紫陌星界的星徽——一道紫色的闪电，接过话头说道。

通过时空感融站，飞行器与信息跨越浩瀚星际仍然需要时间；但坐落在不同星球的任何时空感融站本身状态发生变化，七界联境都能即时掌握，无须延迟。

所有的时空感融站本身就是一个整体，它们在分散于不同的星球之前就已然融为一体——虽然并不能确切地看见它们之间联系的纽带。这里不存在神秘的超距感应作用。

所以纵使七界疆域再宽广，七界联境对三千多万颗星球的星际通联情况都了如指掌。

"你看，你们不是一切都尽在掌握吗？还叫我过来干什么？"何为一副漫不经心的样子。

"你看看啊！这个老精怪，装得还挺像那么回事。"微禾指着何为，对射基笑道。

射基亦笑道："这次红尘星界的重大危机得以妥善解决，这头功可是要归科诗世界的。"

"好说好说，红尘星界的危机化解，那都是微禾亲自坐镇，指挥有方。我就是来打杂的，重点是给二位搞好服务工作。"

三士一边说话，一边将呈现过来的关于当前七界局势的资料都审视了一遍。

"唉！算时间，代表团也该到了吧。"何为深深叹了口气，面色寂然，"这次的局面，恐怕不是科学文化交流就能解决得了的，何况没有了空流这样得力的帮手，大概率要靠你们政治和军事上的后续部署。"

微禾起身向何为深深致礼，射基见状，也赶忙起身向何为深致一礼。何为一一还礼。三士无言，各自落座。

"空流和沄潋这俩孩子，现在解密空流的信息可能为时尚早，他们的战友还在前方执行任务。但是，咱们是不能忘记他俩的，他们现在算得上是七界的大英雄，以后咱们的史册，不必为咱们执掌权力者立传，只需让他们的故事一代代传颂就好了。"

微禾理解何为此刻的心情，安慰道："蓝焰星界的解释只能作为参考。虽然概率偏低，但是活着的希望还是有的，这也是我们需要查清的疑问所在。"

何为点点头："我们可以提供任何科技方面的配合，真到了该放下的时候那就放下吧。来，咱们商讨其他议题吧。"

微禾道："那好，今日的核心议题主要有这么几个：一、各星界接下来的可能性举措，二、有关星球关闭星际通行的情况分析与应对方案，三、暗黑星空一些组织与有关星界的暗中勾结情况，四、蓝焰星界与青霜星界的广域杀伤性武器情况，五、空流与沄滟生死情况的进一步搜寻工作，六、关于与青霜星界的时空感融科技谈判问题。"

何为看了看射基："这一桩桩都是大事，互有关联。看来一时半会儿咱俩是走不了啦。"

"咱们就准备在此安营扎寨吧，这是持久战。"射基苦笑道。

"咱们是不是应该把云流意老怪物也请来呀？"何为顿了顿，认真分析了一番，"你们看啊，即将在青霜星界前线的交锋，打的是我们科诗世界科学文化交流的名义，举的是你们七界联境的旗帜，佀是特别行动组成员在原道世界都是有名分的，所以他是应该要来的。当然，老朽也是想念他这老怪物了。"

微禾哈哈大笑："算是说到我心坎上了。只怕我们这儿属于政治敏感地带，影响他的声名。咱们可以把根据地秘密挪到你那里，然后邀请他当为稳妥。"

"如此安排甚好。不过，保密还是第一位的，以免节外生枝。暗黑星空的眼睛，虽然咱们看不见，但无时无刻不在盯着我们科诗世界。"何为刚说完，射基表示立即着手安排去了。

夜初时分，七界最强大的几大组织首座悄然聚首。

云流意一进门，就看见何为、微禾与射基已然站到了门边，一个个满面堆笑。"保密起见，我们没有行动，只能静候大驾光临！"何为上前一步挽扶着云流意的手。

"看来又要密谋大事！只是不知是好事还是坏事？"云流意一

一与微禾、射基牵手致礼。

"要是七界太平了也就不用劳您大驾了。"微禾笑着招呼大家归座。

"嗯，只怕这次火都要烧到各位头顶上了，焦头烂额是免不了的啦。上次只能算是湿湿脚。"

何为等听了一愣，云流意刚一坐下，就来了这么一句没头没脑的话，只怕是大有文章，原道世界的洞见很多根本无法解释。

云流意看到众士的神情，转而若无其事地笑道："你们这是怎么啦？我就是随口一说，莫要当真，坏了眼前的兴致。"转头看了一眼何为，"我不过是唬你一唬，让你把好酒莫要藏着。这不都安营扎寨了吗？有的是时间说话。"

"这是自然，残花炼狱珍藏的'醉花魂'应有尽有。"何为看到云流意淡然之态，心里有底，只要云流意在此驻留，几大巨头聚在一起，再大的波涛也可同舟共济。

"除了好酒，我就提一个要求啊，那两个孩子你们想办法尽快找，是你们的门生，也是我的门生啊。好好找一找啊。这个是你们的职责与专长，我只能是祈祷。还有，现在正赶往前线去的，也都是我的门生。我每天都为他们祈祷。"

何为与微禾、射基彼此对视一番，这老儿果然提及此事。

微禾道："我们已经下达了指令，尽一切可能的力量全方位搜寻。我刚刚和何为拟定的议题里就有这一项。老兄的意思……是他们还活着？"

"我什么也没有说，一样什么也不知道，我有的只是希望。"云流意意味深长地来了这么一句。

何为与微禾、射基，彼此迅速对视了一眼，眼角微微颤动——七界民众致以最崇高敬意的原道世界总是这样玄妙莫测。

"对了！"微禾突然想起了什么，"我去红尘星界的时候，你们俩让我带给空流的信息……现在这个情况，不知是否会影响你们交代的事？"

"没有事。"云流意和何为几乎同时说道，均未再做任何解释。

对于眼前三位叱咤七界的老儿，其亲密无间之情，射基深为了解。然而，他却是一脸茫然：难道他们之间还各有秘密？

前往金杖星球的牧笛号飞羽之上，窗外一片混沌。尘浪伫立凝望窗外许久了，他的思绪很清晰，愁绪却一如这窗外的时空，挥之不去，茫茫无尽。

苏菲亚看着尘浪映在舷窗上孤寂的背影，徘徊几番，终于缓缓走了过去，静静地站在尘浪身后不远处。

良久，尘浪回头淡淡地微笑了一下，旋即又转过身去了，并未说话。苏菲亚能看出这笑容中隐藏着无言的寂寞。

代表团将至青霜星界，可能面临的局面及各种应对方案已然探讨过多次了，准备可谓完备。前路诡谲艰险，大家虽倍感压力却亦丝毫无惧，只是悲伤的河流总在不经意间流过心房，和着血泪与思绪一起流淌。

"走吧。"尘浪突然回身说道。二士并肩而行，一路无言，一直走到飞羽的第九节空间，远远看见泖水形单影只纤瘦的身影。二士商量好了似的，他们就这样远远地看着，然后悄悄退了出去。

自从上了飞羽以来，泖水常常来此独坐，这里有她和空流曾经共处的时光和回忆。大家已然记不清了，有多久没有看见这个笑若明媚之春的姑娘脸上的笑容了。战友之间，苍白的语言是徒劳的，唯有那份爱的守望，彼此都能真切地感受到。

作为原道世界的圣使，泖水心智沉静，定力超凡，但她深知自己还勘不破生死，了不却伤情。

那些熟悉的画面一遍遍从心底真切地浮现，却又无处去追寻……生命分明属于自己，但她又不可捉摸地属于另一半……如若失去了另一半，再完美的世界终将留下残缺的伤痕，也许只有时间能洗涤伤口；然而这洗涤伤口的药，唯有苦痛。

不用转身，也无须说些什么，浒水便能感受到战友们一遍遍来探视的目光。

金杖星球抵达在即，浒水悠悠地叹了口气，用手在桌子上不停地轻轻抚摸，仿佛想要将这时光里的温存，一点点拾回记忆的深处。

终于，她双脚重重地蹬了一下地面，决然起身，目光直视着前方，一路走去。

会议室的门虚掩着，里面没声响，浒水轻轻推门而入，发现大家都在自顾自地忙着自己的事，没有任何交流。

看见浒水走了进来，众士若无其事地抬起头，微笑着，只是轻轻点点头。浒水亦是轻轻地摆了摆手，微微致礼，想找一个角落坐下。

尘浪刚想和浒水说话，只见赫拉柔声道："来，到这里来。"

浒水走过去挨着赫拉坐下，赫拉满眼关切地望着她，轻轻拂着她的头发："马上就要到了，都准备好了吗？"

浒水低着头，指尖用力地戳着下巴："我，我只是仿佛觉得，我的生命有一段虚空，有一段不见了。"她缓缓说完，猛地一扬秀发，看着赫拉笑道："不过，没事了，过去的一切不影响我迎接未来的任何挑战。"

赫拉释然地点点头："这就好，这就好。"

众士没有说话，似乎皆在回味浒水话中之情：是否曾经有过或者未来将要历经个中滋味。

几对目光不经意间交错又慌忙瞬间挪开了去……

尘浪清了清嗓子："我看时间也差不多了，战斗即将打响，我们在到达之前开最后一个会……"

等到会议室的门再次打开，众士出来之时，一个个浑身上下透射的只有冷静与坚毅，那些曾经的哀伤与未来的险阻，杳然无痕，一切与战士无关。

金杖星球的夜空一片漆黑，更何况是深夜。金杖星球之"月"——"腰果"今夜浑然看不见半点踪影，唯有擎天大殿上空悬浮的权杖光芒永驻。

在这光芒闪烁跳动的光影之中，七界联境代表团与青霜星界七星球球长这样规格盛大的队伍，无声无息地降临了。

一阵简短的寒暄告别之后，代表团与球长们径往各自下榻之所歇息。这与七界联境代表团第一次光临红尘星界的盛况相比，可谓风格迥异。尘浪等心中有数，加之之前已有过沟通，倒也不以为意。

金杖星球球长鼎冠刚踏入金印公署，就收到了来自蓝焰星界驻青霜星界星际飞地——蓝烟星城发来的密讯。

密函告知，七界联境的代表团成员中，有特别成员，可能是新培育或某种极其先进的生物技术改造的独特智慧生物。他们有别于一般的异能者，具有特殊潜能或超能力。小心为要！

第二日一早，七界联境代表团抵达的消息经由青霜星界行政公署发出，传向七界。

在七界联境驻青霜星界星际飞地——金杖星球首府御溪的鱼米星城内，代表团成员个个如欢快的鸟儿，早早起床，虽经旅途劳顿，精神却分外饱满。

知末特意对系统进行了一番安全测试后，特别行动组成员先后开启了秘密拟真场景模式，一起聊天，沟通公务。

青霜星界向外界发送的消息，内容无可挑剔——对七界联境代表团的到访表示最诚挚的热情与最崇高的敬意；同时，将己方姿态放得极低，表示将尽全力配合好七界联境代表团的一切工作；最后，对圆满的结果表现出了充分的信心与美好的期望。

自红尘星界的"渔火事件"以来，青霜星界在七界中的形象一落千丈，大凡参与七界任何公共事务，都会引发波及面极广的抗议浪潮。

七界联境不得不下令，除时空感融科技这一涉及七界长治久安的问题协商之外，暂禁止青霜星界参与七界任何公共事务；并将根据七界联境规则，结合各星界民众之民意，研究惩罚措施。

面临如此境况，青霜星界的低姿态早在各方意料之中。

"看这个局势，也许这次谈判之顺利可能超乎我们想象，说不定一个回合就直接画句号，圆满了呢！"知末在自己房间一边做空中拉伸运动，看着各路消息，兴奋地说道。

"你怎么尽想好事呢！当然，一切皆有可能，这样，你就可以早一点去蓝焰星界咯。"赫拉突然话锋一转，"你的动作不对！"

知末吓得一激灵，从空中掉了下来："那还是慢慢谈好！我可不想那么早和那些可怕的物种打交道。对了，哪、哪个动作不标准？"

伊凡笑道："知末大师，你是得好好锻炼一下，明天的巡游仪式，你又是重点保护对象，我可不想你好戏重演一次啊。"

知末明白，伊凡说的是在地球上被蓝焰星界异能者劫持一事。知末朝伊凡挥舞了一下拳头："巡游嘛，反正我就放飞自我了。到时看你的本事了，我可不管！"知末反将了伊凡一军。

尘浪向大家发送了一份资料："各位，还是要抓紧时间养足精神，稍后，青霜星界就要和我们商讨明日的'飞天巡游'仪式，这个仪式他们是要面向七大星界传播的，各方面细节与安全性都十分重要，后面恐怕就没有时间歇息了。"

次日，御溪盛况非凡，好像是换了一番天地，往日星民几不可见的城市，此刻摩肩接踵，喧嚣震天。全息标语、条幅、气球、彩桥等漫天彻地飘浮，星民随处可将其抓在手中。与此同时，安全巡察力量全域戒备，异能者亦频频调动协防。

看着身形硕大的金杖星球星民各处云集的壮观景象，沄滟笑道："我怎么有点巨人国历险记的感觉呢！"

空流道："这是本能，就好比你们地球上小狗看见大象，心理上自然有些胆怯。不过，小有小的美好。大象对蜜蜂、小鸟不就毫无办法吗？扬长避短而已。"

"嗯，咱们自然是小心巧妙行事。你别看他们行动笨拙一些，但这个星球的动员能力之强确实非同小可，一夜之间即可全民行动，部署得有条不紊。这也算是强权政治的一大特色，但并非强权政治的专利。假若他们和地球之间发生争端，这样的对手你想想都可怕。"

"你这个顾家的情结还挺重啊，什么事都想到你们地球。现在星际互联的星界格局，轻易不会有战争，谁有这个能力挑战七界？如若有的话，当一定是掌控了接近神级的科技，那结局一定是宇宙级毁灭性的，而不是某个星球的事了。"

连日来，空流和沄滟一刻也没闲着，一直在研究金杖星球各处军政要地及异能者部署情况，当然，对诸多情形，特别行动组成员出征前，在科诗世界训练之时都有掌握；不过，此际亲临实地，所获所感自有不同。

今日这样七界瞩目的重大事件，是了解、测试青霜星界内控与外防的绝佳时机。虽说风险极大，但空流和沄滟还是决定要前去凑凑热闹，蹚一趟浑水。二士早早收拾利落，径往活动地点金印广场。

金印广场位于擎天大殿正前方，重大政治文化活动皆在此举行。金印广场可谓形如其名，如同一枚金光灿灿的巨大金印，扣在御溪中枢，金印的权柄傲然独立于广场中央，高耸入云，有如从天而降的神柱。

"徒儿，这个有几分像你的如意金箍棒！"沄滟玉指轻拂，灿然笑道。

空流一看，还果真像孙悟空显神威将金箍棒升到天宫时的情景。心想，一路以来沄滟倒是越来越开朗幽默了，回道："师父莫急，待徒儿一会儿前去收了神通。"

能进到金印广场里面的星民都需要接受邀请、经过审查，这对于空流来说不是什么难事，二士轻松过关后找了个较为靠前的普通观众席对号入座。

层层叠叠的座位约有上千米高，估摸能容纳数百万星民。大约驻星都的青霜星界各大星球代表都来了。

只见一个金色圆圈，离地面约 600 米，悬浮在半空中，环绕着广场中间的柱子，将观众席与里面的空间隔了开来。

广场中间除了那根孤零零的柱子，空无一物。放眼望去，观众席上已然坐得满满当当，不知有多少种星民、多少种语言交织其中，堪称智慧生物物种大聚会，当真是蔚为壮观。

沄滟笑着低声道："有种参加动物运动会的感觉，好像来到了大森林里。"

空流道："宇宙本身就是一个星际文明丛林。"

沄滟掩口笑道："嗯，我觉得，就我自己是个人，其他都是动物。估计其他来参会的各星球星民也是这种感觉。"

"你看我也是动物吗？"

"呵呵，反正，你不是个人。"

"我怎么听着这话，与'不是个东西'是一样的意思呢。"

"哈哈，我可没说，你自己体会。"

空流跟着笑起来，望着广场中心一本正经地说道："你坐错了地方，你应该在里面的。"

沄滟一惊："真的吗？为何？"

"唐僧不是怕被妖怪吃掉，要坐在孙悟空用金箍棒画的圈子里面吗？"

沄滟这才回过味来，嗔道："吓我一跳，我以为真的要进到里面去呢。如此说来，你等这些坐在外面的，岂不都成了妖怪啦？"

空流笑道："倒是又被你反将了一军。"

空流与沄滟正说着话，突然，场中之柱与金色圆环平齐的部位数道金光一闪，一众星民竟从柱子内破壁而出，立于金光之上，个个如同天神一般。场内瞬间沸腾了。金光围着柱子缓缓转动，无处不在的视镜将一个个星士展示得十分真切。

出场的分别是七界联境代表团首座尘浪，七界联境代表团成员、原道世界圣使浼水，七界联境代表团成员、文锦世界圣使苏菲亚，青霜星界首座莫雨，幽草异能署掌座青古道，金杖星球球长鼎冠和其助理惊鸿影。

分别的时间虽然不长，但历经了一场生死之变，在遥远的异域再度看到战友们熟悉的身影，空流和沄滟内心都不禁心潮澎湃，几欲呼喊出声。远远瞧见他们一个个神情从容淡定，心下渐渐稍安。

沄滟不经意地扫视了空流一眼，又将目光快速移开："你看见老战友们怎么一点都不兴奋呀？"

沄滟觉得，以空流的个性，看见了老战友，至少得和自己说点啥，尤其是见到了洢水。不料，从空流的脸上竟看不出一丝波澜。

空流一直注视着场内，甚至头都没回，只是淡淡地说道："你不也一样淡定吗？"

空流早先就对沄滟说过，金杖星球的监控探测能力极其强大，尤其是对外星来的星民，监控得更加严密，所以要步步小心；但空流明白沄滟此刻的话外之意。

"这不都是你教我的吗？"沄滟说完，突然低声惊呼了一声，"你看，惊鸿影，你看见了吗？这是怎么回事？"

在沄滟看来，各星士出场均无意外。就连洢水的出场亦合情合理，洢水原来的原道世界圣使的身份是保密的，但在拯救君山星球的时候已然公开了。

唯独惊鸿影的出场，让沄滟感到大惑不解，因她前往地球谈判时候的公开身份是鼎冠的助理，不应该出现在此种场合。

沄滟看了一眼空流。空流耸耸肩，亦是大惑不解。二士看了看周边各星球观众的神态，看来大家想法与自己差不多：估计很多观众连惊鸿影的名字都不知道。

稍许，鼎冠身下的光柱向前延伸些许。作为今日活动的主持，鼎冠要开始致辞了。

当鼎冠介绍到惊鸿影时，众皆恍然大悟——原来惊鸿影竟是青霜星界通联署首座，执掌青霜星界武装力量。要按座次，还在鼎冠之前。

只因青霜星界制度森严，信息讳莫如深，武装力量情况外界更是知之甚少。诸多星球只知道有青霜星界通联署这么一个机构存在，至于其实际是否配备了武装力量，实力究竟如何，无从知晓。

据常理推断，青霜星界十三大联合执政星球都拥有各自强大的武装力量，青霜星界通联署当不过是空架子而已。

当然，不管其实力怎样，并不影响惊鸿影以青霜星界通联署首座的身份出席这样的外交场合；何况，至少在名义上，今日全部的安防武装力量部署，当由其统一指挥。

沄滟对空流耳语道："不管青霜星界通联署是个什么情况，不过，白这么一位年轻的女子担任此职位，还是令人颇为费解。难怪此前大家都觉得她十分冷艳孤傲。"

空流耳语道："首先呢，她也未必年轻，科技这么发达了，外表怎么能反映真实年龄？只是通常来说，都是任其自然地，让外表反映出真实的年龄；不过，像军中这样的特殊身份，依照青霜星界的风格，外表与真实情况不符，不是没有可能。也许，他们是需要通过这么一个形象，向外界传递某种信息。"

空流笑了笑，接着又道："冷艳孤傲，要看对谁，上次她对尘浪不是分外温柔吗？"

"你是想，可惜不是你吧？"

"我可没想过，只要你们对我温柔一点，我就谢天谢地了。"

沄滟莞尔一笑，思量道："军中一号代表突然如此高调亮相，总觉得有点怪。你看，你们到我们红尘星界的时候，这个职位几时抛头露面过。"

"说明你们星界的治理比他们进步，他们追求强大，崇尚武力之功。如你所言，这里面大概率有文章。"

"你们七界联境对这些情况也不掌握？"

"怎么叫我们联境？我原来可不属于联境啊。现在，咱俩一样啊，都是七界联境代表。据我所知，并不掌握。这也是咱们此次的使命之一，要把这些情况摸清楚。"空流接着分析道，"你想啊，实现星际互联这短短的百余星年以来，七界联境一直在忙于帮助各星球搭建时空感融站、维护星际通行秩序、协商星界规则，哪有时间来搞情报工作。各星界、星球间的谍报工作倒是没消停过，只是星际通行管控极严，时空渺渺，谈何容易。很多时候，就连自身一个星球上的事都搞不明白呢。"

空流和沄滟正说话间，场内爆发出震天的欢呼声。原来，鼎冠简短的致辞结束了，接下来是观众期待的活动的高潮部分了。

今日"飞天巡游"出场的七位主、宾，将分别骑乘金杖星球独有的七种巨鸟，带领鸟群在御溪境内驰骋四方，领航巡游。这是青霜星界的古老传统，亦是最高规格的接待礼仪，七种飞鸟巡游方阵代表七大星界。

只听得一声长啼，声唳九霄，一片青云从天而降，由一只大鸟领头，一群纯青色的鸟群飞凌台柱之前，共九十九只，笼罩了大半个场地。此鸟名曰魅雀，生于九幽之谷，性猛而行疾，嘴如利剑，锐而直，身形展翅若流云，其色与山色、青云相近，飞腾间若隐若现，行若鬼魅，由此得名。

鼎冠深致一礼，飞身跃上头鸟，代表青霜星界方阵向一方缓缓巡游而去，护卫星舰如影随形。伴随着欢呼笑语，各色标语、全息影像漫天而起。接下来的各方阵规制皆如此。

第二方阵之群鸟名曰赤霞，代表红尘星界，由惊鸿影骑乘。赤霞生于火山之畔，喜火趋光，性烈而急，常有飞蛾扑火之行。其色红若赤焰，头顶一团硕大绒毛，状如红日，唯有双爪为水蓝色，飞行间如流霞飘于天际云水之间。

第三方阵之群鸟名曰金驹，代表橙帆星界，由青古道骑乘。金驹生于绝壁高原之上，其性好动，力大无朋，动植物皆可为食。金驹周身橙黄如金，形如身长双翅的飞马，身下前有两爪，后生两足，陆地奔腾亦速；头上正中有一直立长角，角有鬃毛，飞行间如旌旗招展，风云猎猎。

第四方阵之群鸟名曰沙凰，代表黄道星界，由莫雨骑乘。沙凰生于大漠深处，其性坚韧喜静，常卧于沙底沐浴，以矽砾风露为食。沙凰周身以黄色为主，尾部五色斑斓，集黄、红、绿、紫、白五色于一身。其飞行之际，时口喷黄沙，群鸟嬉戏，金沙漫漫。

第五方阵之群鸟名曰鲲影，代表绿缈星界，由苏菲亚骑乘。鲲影生于海上孤洲，其性温和自在，以草木为食。鲲影周身碧绿，双爪洁白，身形曲线流畅而优美，飞行之稳健在七大巨鸟中首屈一指，常翱翔于惊涛骇浪、暴风骤雨之中。

第六方阵之群鸟名曰精枭，代表蓝焰星界，由洇水骑乘。精枭生于极夜之地，其性暴而行慎，喜阴暗潮湿之所。精枭头部幽蓝而闪光，余下部位墨黑，嘴生利钩，双足各生七根利爪，头生三目，常暗夜而行，群集如雷电风暴。

第七方阵之群鸟名曰天玄，代表紫陌星界，由尘浪骑乘。天玄生于极昼之巅，其性逍遥而好动。天玄周身纯紫色，双目双足皆玄黄，舌如闪电，双足各生三根利爪。天玄喜居高俯冲，善于长途迁徙。

群鸟云集，嘶鸣之声不绝，但皆行止有度，齐整有序，景象奇异而蔚为壮观。空流所属的物语异能署，善于调用物类之灵识；知道这些鸟类均经过了非同一般的训导，于是通过闻其声、察其行，仔细辨别各鸟类之习性。

沄滟一一打量各鸟类身形，最小的精枭双翅展开也在 35 米上下，最大的鲲影超过 110 米之巨。沄滟看到金杖星球星民与各类生物如此巨大的身形，算是设身处地深刻了解了他们对于疆域领地那种刻在骨子里的原始欲望。

七路鸟群所过之处，鸟鸣声与欢呼声汇成了宏大的交响乐，辅以各态全息影像，由此组成了自然与科技编制的华彩剧幕。盛大的仪式感让广大星民们暂时忘却了这是一个等级森严的星球。

"想不想骑一下？这与咱们自己御空飞翔和乘坐飞行器，感觉是不一样的。"空流冲沄滟神秘一笑。

"嗯，想来有趣！哦，不对，不是有趣，是逍遥游的感觉。咱们能骑到吗？"沄滟双目闪亮。

"那是当然！不过，这种没意思，是被训导过的。我们要骑就骑纯野生的去。等局势平定下来了，合适的时机，我悄悄带你去找。"

沄滟相信空流有这个能耐，抿嘴一笑，俏皮地竖了个大拇指。

热闹非凡的巡游仪式终于落下了帷幕，群鸟方阵从各方一同回归金印广场，然后纷纷消失在场中的立柱之内。

紧接着，金环之内浮现出数排金光闪闪的座椅，一边坐着七界联境代表团成员，一边是执掌青霜星界权力的星球球长及有关成员。尘浪及青古道等，走过去落座在中间位置。

鼎冠在主持席上邀请尘浪、莫雨分别发表讲话。观众都还沉浸在巡游仪式的兴奋中，对这些程式化的外交辞令毫无兴趣。

突然，莫雨伏地下拜，鼎冠等十三位星球球长不约而同地站起身来。现场的观众亦是大吃一惊，偌大的空间顿时安静下来。只见莫雨又接连伏地拜了两拜。

莫雨颤巍巍地站起身来，神色异常激动。他用一种别样深邃的眼神向十三位星球球长这边扫视，球长们快速地交换了一下眼神，默默地坐了下来。

莫雨的目光缓缓扫过广场，用低沉的声音说道："七界联境代表团的到来，之于青霜星界，这一神圣时刻，是面向未来的新时空、新起点；但是，也正是在此刻，我们应当正视过去，正视我们曾经的错误、愚蠢甚至是罪恶……这是我们青霜星界的权力执掌者应当对红尘星界的星民，对整个七界星民做出的、发自灵魂深处的忏悔……我们应当作出深刻的反思，进行严肃的惩处……"

鼎冠已经站起了身，向主持席滑翔而去。紧挨着鼎冠而坐的是青霜星界第二强大的幽岸星球球长亚瑟，亚瑟也站起身，向另一边急速走去。

莫雨停止了他的讲话，声调十分平静地问道："请问鼎冠球长，有什么事？"

鼎冠迟疑了一下，说道："哦，没、没什么事。我以为您的讲话快结束了，提前赶到主持席好做准备。"

"亚瑟球长，请问您有什么事吗？"

"哦，莫雨首座，我想看看为您准备的讲话稿是不是拿错了。"

"我没有讲话稿。"

"那是不是我们听错了，还是有什么势力在什么环节制造了混乱？您刚才的讲话有些不合时宜。"

"一切十分正常，我没有看出哪里有任何不合时宜！"

亚瑟回头看了看其他在座的球长，他从他们的眼神中看到了怒火，得到了毫无二致的支持力量——这不是在擎天大殿之内的会议开场仪式，不需要受那吹弹欲破的、皇帝的新装一样的规矩所制约。

猛虎一样的雄心与由来已久的发自内心深处的蔑视，让他的愤怒像喷发的火山，不受控制地倾泻而出："您没有按照规定办，破坏了我们奉若神明的制度！莫雨首座，这超出了您应有的权限。您代表不了我们十三位球长的意愿，请尽快结束您的讲话，回到您应在的位置上去！"

　　这一切发生在面向七界传播的庄严盛大的活动仪式之上，现场的气氛一下子推到了冰火激荡的锋线。

　　莫雨没有说话，只是讳莫如深地微微一笑。

　　这时，惊鸿影缓缓站起身来。

　　所有的目光汇聚于她飒爽而妙曼的身姿。此刻，她的神情冷峻而坚毅，微微摆动了一下手指。电光石火之间，四名绿甲护卫从四面闪驰而来，架起亚瑟，如旋风般疾驰而去，顷刻消失无踪。

　　"我在此郑重宣布，解除幽岸星球球长亚瑟在青霜星界的一切职务与授权。"莫雨此刻的声音有如金石。

　　在执掌青霜星界权力的十二位星球球长听来难以置信的话语声中，惊鸿影如同一切未曾发生，优雅落座。

　　台下的十一位星球球长一动不动，他们的目光一齐投向鼎冠。鼎冠立于主持席上，呆若木鸡，不敢与他们的眼神相接。

　　"这是一个意外的插曲，也是一个并不圆满的结尾，但也许是一个美好的开始。"莫雨寥寥数语结束了他最后的发言。

　　"这是一个意外的插曲，也是一个并不圆满的结尾，但也许是一个美好的开始。再次对出席本次活动的各星界星球代表以及各有关组织代表表示最诚挚的谢意。今天的活动到此结束。"主持席上的鼎冠，重复了一遍莫雨的话。

　　在各方错愕之中，活动落下了帷幕，但一场大幕刚刚开启。

第四章

磨刀基地

与来时喧嚣嘈杂的场面大不相同，来自数百万颗星球的嘉宾们默默退场，安静而迅疾。

如此局面，每位嘉宾深知，战争已箭在弦上，射出只是时间问题。青霜星界通联署、金杖星球及其他星球，各方或许正屯兵布阵，厉兵秣马。

空流和沄滟刚从会场出来，俱是一惊，大街上刚刚还普天同庆的景象转瞬间繁华尽散。除了四面奔走的参会嘉宾，哪里还有星民的影子。

空流和沄滟正行走间，金杖星球下达了全球戒严令，所见唯有安保飞羽与星舰穿梭不息。

"咱们不回住处了，去尘浪他们下榻的鱼米星城外暗察。"空流拉着沄滟转道向鱼米星城方向而行，"咱们旱海星球的身份，在金杖星球享有星际豁免权，即使在戒严情况下亦可自由行动，只要不触犯他们的规制就行。"

"莫雨可能很快要为他的行为付出惨重的代价了。这对七界联境来说不是个好消息，尘浪他们处境艰难而危险。"沄滟忧心忡忡，也没有问空流为何此时要去鱼米星城。

"莫雨之举确实大出各方意料，因为他分明不过是个摆设而已。但我细察惊鸿影今日行为举止，加上此前从旱海星球军中首座琅琊邦那里获得的信息，或许事实未必如各方料想的那么简单。"

"没看出来啊，你对惊鸿影那么关注。"沄滟轻轻哼了一声。

"误会，纯属误会，我只是关心公务而已。很多事情，要从细微处、多维度着眼，或许能看得更加真切一些。还有，你难道忘了我和你讲的琅琊邦的情况了吗？"

"嗯，让我想起了'小马过河'的故事？"沄滟道。

"哦，倒是新鲜，怎么说？"

"莫雨就像一只过河的小马，既不像小松鼠想象的处境那么危险，也不像大象认为的那么处之泰然。各方势力碰撞，定有一场惊涛骇浪。"

"你分析得既生动又形象。"

不多时，二士来到鱼米星城之外。空流观察了一下地形，在河畔小桥边坐下。沄滟挨着空流坐下，问道："咱们做什么，看风景吗？"

"顺带看风景，我们需要的仅仅是等待。"

"等什么？"

"先安享美好时光，你一会儿就知道了。"

鱼米星城之内，却是另一番光景，气氛紧张之极。尘浪召开了特别行动组成员紧急会议，周密分析部署之后，立即分头行动。

沄滟正在琢磨空流葫芦里卖的是什么药，突然听见空流说道："出来了！"

沄滟抬眼一看，尘浪、苏菲亚还有赫拉前后脚出了鱼米星城的大门，刚出大门，尘浪和苏菲亚向左而行，赫拉径直向河畔而来，身后各有一艘七界联境的金色护卫战舰贴近跟随。

显然，他们要去的不是同一个地方。

沄滟看到赫拉执掌，分外亲切，忍不住想要站起来，旋即又坐了下来。"接下来要做什么？"沄滟用眼神询问空流。

"暗中跟踪。"

"跟踪谁？你怎么不动呀？"

"不着急，要跟踪的对象还没现身呢？对了，你的'环适宝'互联感应关闭了吗？"

"自踏上金杖星球就关了。"

"那就好！"

特别行动组成员的星际环境感应自动调谐装置，也就是俗称的"环适宝"之间是自动感应的，可以准确地获悉彼此的位置。显然，空流现在还不想让其他成员知道他和沄滟的存在。如今的局势，明暗两条线更有利于特别行动组完成重大使命。

"你说尘浪和苏菲亚去哪里了？"沄滟低声问道。

"一定是去擎天大殿找莫雨去了。按常理，应当是莫雨前来拜访尘浪一行，但当下局势，莫雨当坐镇擎天大殿，出来十分危险。而青霜星界不管是哪方势力，不敢公开针对七界联境成员做出任何不当之举。不管今日变局的幕后如何，七界联境职责所在，自然会首先找青霜星界了解情况，并从中尽力斡旋。"

"嗯……不过，当初，你们不是以七界联境文化科学交流的名义到各星界出访的吗？说是要尽量避开政治，如今又公开插手政治事件，这说不通吧……"

"噫，你想问题的视角还真是特别啊，此刻怎么想到这上面去了？是的，什么叫政治？政治就是变化无常。此一时彼一时，当初，我们七界联境代表团第一次出访你们红尘星界，是一定要和政治离得越远越好，否则会受到各方极大的阻力。不过，七界联境代表团在对红尘星界危局的成功应对之后，时空感融科技不再仅仅是一个科学命题了，它已然是当前一个最重大的政治问题了。"

"还有，"空流计算了一下赫拉走过来的时间，继续说道，"尘浪的身份本就是七界联境的首席公务参谋，所以，谁也不会说七界联境代表团不应当涉足当前的星界政局纷争。相信尘浪他们已经将当前情况传讯给了七界联境总部。当然，七界联境派驻青霜星界的特使也会参与协助工作。好了，你们的执掌过来了。金蝉子，从现在起咱们不要说话了。"空流提醒沄滟他们所用的身份。

"金蝉子是你叫的吗？叫师父，悟空！"沄滟快速回应了一句，赶紧闭上了嘴。

赫拉走到河边停了下来，面向河水，伫立不动，看姿势，像是在做祈祷。沄滟看了一下距离，大约有八九百米远。约莫三星霎工夫，赫拉似乎祈祷完毕，转身跨上护卫战舰离去。

"执掌是不是去我们飞花落在青霜星界的分支组织了？"

空流没有说话，微笑着默默竖了个大拇指。

赫拉执掌是以红尘星界送行人员的身份前来的。当然，其真正的使命是应七界联境代表团的邀请提供安全护卫，能不能把强大的异能者力量用好亦是七界联境代表团完成使命的关键所在。对于七界联境代表团而言，除了某些政治势力的军方力量暗中布局以外，青霜星界幽草异能署与蓝焰星界仙菌异能署的异能者亦是可怕的安全威胁。

在各方对七界联境代表团的一举一动密切关注之际，尘浪和赫拉等公开露面，然后再乘飞行器而去，显然是有意为之。

看着赫拉离去，空流领着沄滟转头沿着河边逆流而上。行至几棵粗大的树木林荫之处，空流放缓脚步停了下来。

沄滟默算，大约走了六七千米，正疑惑间，只见一金杖星球星民突然从水底浮出水面，游上岸来。

"咱们要跟踪的目标就是他。"空流附在沄滟耳边道。

附近星民颇为稀少，空流示意沄滟拉开些距离，装作行路者。

"他是谁？"

"老战友啊，猎户伊凡。"

沄滟大吃一惊，方才明白，赫拉执掌刚才在河边是为了催动异能制造幻影，掩护伊凡潜入河水之中。让沄滟更加惊奇的是，空流怎么知道他们的做法？

"你是不是用了隐念异能，是不是对我们经常使用？"沄滟急切问道，忽然感到两颊微红。

"怎么会？只会用到对敌任务之时，不到万不得已的非常时刻怎能如此？"空流看到沄滟突然如此质问，故意没好气地说道。

沄滟意识到自己的失礼，这如同问空流你是不是偷了我的东西一样，未免尴尬。沄滟嘟着嘴道："首座，你不要生气嘛，我不是那个意思，我就是对你的神机妙算比较惊奇哦。"说完，摇了摇空流的胳膊。

空流面上装作生气，心下又觉着好笑，他已经不是第一次被口头误伤了，而且往往是关系比较近的好友、战友。

"你没有说错，我还真打算弄假成真了。我对你事先打个招呼啊，我准备真的偷一下你的意识。我就是要看看你整天都想些什么，给你一一记下来！"

"徒儿，你敢！"沄滟有点急了，一下子提高了声调。

空流赶紧封住了沄滟的嘴："你知道咱们现在在干什么吗？行动上要放松，思想上要严肃。超级追踪者猎户的名头可不是白叫的，伊凡要不是一心想着锁定追踪的目标，早就发现咱们啦。记住，执行任务的时候，我不是你徒儿。你这威名赫赫的英雄，也一样要听指挥。"

沄滟微微叹了口气，笑道："你也是七界英雄，只不过咱们一起被刻在墓碑上了。"

听了沄滟的无心之语，空流心中不知为何突然掠过一丝酸楚，只觉得此刻分外值得珍惜。

"对了，你知道伊凡要追踪谁吗？惊鸿影。"

"惊鸿影？"沄滟吃惊之余，心下释然，要想了解莫雨的动机、底牌，还有青霜星界当下局势的走向，执掌青霜星界军事力量的惊鸿影无疑是最好的突破口。

尘浪前去找莫雨是明线，伊凡这一路是暗线。

如果说现在要想获知惊鸿影和被带走的幽岸星球球长亚瑟的情况，非号称"猎户"、拥有绝顶追踪超能力的伊凡亲自出马不可。

沄滟道："你这只黄雀倒是会捡便宜。"

"这个比喻不甚恰当，咱们和伊凡是一路的。对了，跟踪伊凡要千万小心，不然会坏了他的大事。你要时刻准备实施幻影超能力。"

易形后的伊凡一路向北而行，看来惊鸿影果然不在青霜星界通联署。按方位推算，伊凡是要去磨刀基地，那是金杖星球首府御溪边缘最为荒凉的地方。

青霜星界通联署的全部军事均部署在磨刀基地。

实际上，说到所谓的军事存在，众所周知的，不过是有那么一支极小的保卫青霜星界公务者安全的护卫队及常规军事设施而已。至少在青霜星界十三个联合执政星球看来，其力量简直可以忽略不计。

上百星年以来，青霜星界通联署部署的那点军事存在的任何风吹草动都逃不过众多暗中盯防的眼睛，所以，它从未有过半点改变。

像紫陌星界那样，所有星球除了保留常规的社会安保力量之外，任何的军事存在全部划归紫陌星界通联署统一管辖。这一点，在青霜星界看来，简直是天方夜谭。

空流忽然明白了莫雨让惊鸿影这样一位看上去花瓶式的年轻女子执掌军事的良苦用心，无非是为了打消各方势力的疑虑以求身安。但就是这样一位女子，今日在七界众目睽睽之下，近乎超然地做出了与其实力不相称的震惊各方之举。

也许这是一次情急之下的临时起意，也许是一场深谋远虑的棋局，磨刀基地里也许如同各方所了解的那样，什么都没有。

不管真相如何，空流知道，这一切必须弄清楚，它不仅关系到七界联境特别行动组的秘密使命，也关系到青霜星界甚至是整个七界的局势安危。

空流和沄滟一路小心尾随伊凡，大概因戒严之故，沿路行者甚少。不快不慢地走了不到一星时，来到一座巍峨高山之下，远远望见巨鸟出没、林深莽莽。待行到山脚近处，游客竟然甚多，看外形，有不少来自异星。既然有游客往来，看来该山没有什么猛兽。

沄滟见状，不禁想起了庄子的《逍遥游》，笑道："徒儿，看来他日可来此乘巨禽以遨游。"

空流一本正经道："自当了却师父心愿，同上灵山。"

山上树木皆极为高大、枝叶繁茂，丛林密集，光线幽暗，空流和沄滟追踪起伊凡来更加吃力，不敢有丝毫分心。各色鸟叫声不绝于耳，一些啼鸣声甚为恐怖，但对空流和沄滟来说，只感觉到新奇有趣。

空流竟然与一些游客一道，不时与鸟儿互答逗乐。不觉间，到达了山顶，眼前豁然开朗，转过一巨石，一阵狂风扑面而来，眼前竟是一片茫茫海域。兴奋的游客们凭海临风，逸兴笑谈，指点江山。

举目远眺，遥见海天之间有一褐色巨峰孤立，状若一把竖着的菜刀。"刀锋"一面正向着空流所在之山。这正是磨刀基地。

"你看是不是叫菜刀基地更合适？"空流笑道，一边和沄滟说话，一边紧盯伊凡动向。

"你看那一浪一浪冲向孤峰刀刃的巨浪，像不像是在给这把菜刀磨刀？再者，磨刀霍霍！军事基地还是这个磨刀之意听上去更有雄壮之气。"

"有道理……"空流正说话，突然发现伊凡钻进石头缝里去了，急忙招呼沄滟跟过去。待空流赶将过去，却发现从石缝的另一头出来一名古岩星球的星民，身量比空流所易形的旱海星球星民还要小。不过，以空流和沄滟的本事，一眼就认出来了，伊凡又易形了。

伊凡又向前走了几星刻，四面张望打探了一番，沄滟拉着空流实施幻影异能，远远藏起身形。只见伊凡凌空飞上了一棵巨大的树木枝叶深处，不见了身影。

沄滟低声问道："他要干什么？"

空流没说话，只是用手指了指另一棵大树树梢。沄滟看了半天，没发现任何异常。

空流附耳道："那棵树上也有一名古岩星球的星民，早就藏在那儿了。其实，他是七界联境驻青霜星界的一名使者。看来，七界联境派驻到这儿的公务者也不是一点事没干。"

"怎么说？"

"现在来不及说了，咱们赶紧再往回撤，离远一点，然后往下走，到没有游客的地方去。"

空流边往回疾走边凝神倾听，沄滟也不便多问，只是紧跟其后。突然，一声尖厉的鸟鸣声响起。

"来了！"空流说完，打了个呼哨，声音不大却极为清越。只见两只巨鸟从天而降，通体碧绿，正是那日飞天巡游仪式上所见的巨鸟之一——鲲影。

"快上！"空流说完，纵身一跃，伏于一只鸟背之上。沄滟惊喜之余，稍作迟疑，亦纵身跨上另一只鸟背。

空流道："我刚刚不是说了吗？要带师父上灵山呀！稍等一会儿再出发。记住了，不要坐着，要趴下，咱们今日不是巡游，是要暗探，不得显露半点身形。再有，千万要抓紧了，这里可不比你们地球上的海洋，一旦掉到海里，就会瞬间尸骨无存。"

沄滟此刻方才明白，原来空流早就计划好了，要借巨鸟越海去到磨刀基地。空流上山时，一路上与鸟儿逗乐，也是在激发独家超能力与鸟儿沟通，互为了解，寻找合适的巨鸟藏身渡海。看来空流早已将这两只鲲影收服，它们一直在高空相随。

"伊凡是不是也乘鸟儿过去？"沄滟又想到伊凡应该不会训导鸟类，"那他的鸟儿是从哪里来的？"

"咱们刚才听到的那声尖厉的鸟鸣，就是他要乘坐的那只鸟发出的。应该是一只金驹，就是在另一棵树上的那名七界联境使者训导的。一般来说，得训导半星年以上方可呼唤自如。七界联境使者应该是掌握了磨刀基地的一些外围信息。"

沄滟一想：按地球时间，训导一只巨鸟得花三四年时间，可空流刚刚就在谈笑间收服了两只野生鲲影，这个能力可谓令人叹服。

沄滟正思忖间，空流道："将身体全部藏在羽毛之中，隐蔽好！有任何情况，我会传讯于你。"说完，轻喝一声："起！"

两只鲲影腾空而起，羽毛激扬震荡，转眼凌空海上。海天之间，浪卷雾腾，风云随变，各色大大小小的鸟类自在翱翔。

空流从羽毛缝隙间望去，伊凡乘坐的金驹恰在右上方不远，却丝毫看不到伊凡的身影。

　　要秘密上磨刀基地，看来没有比这个更好的法子了。任何异能者、飞行器或机甲设备都难以逃过全域监控。当然，空流这种潜入的方式，磨刀基地并非没有考虑到。只不过即便通过巨鸟飞越海域秘密抵达磨刀基地，任何星民赤手空拳在防护森严的军事系统前也难有作为，哪怕是能力超凡的异能者。

　　这些野生的巨鸟虽被收服，但狂野自在的天性分毫未改，并非直取目的地，而是不断往来上下翻飞盘旋，螺旋式前进。空流一面要盯住伊凡乘坐的金驹，一面要控制两只鲲影的飞行状态，尤其害怕沄滟驾驭不了，一不小心显露了身形。

　　空流听见前面传来两声嘶鸣，忙打起十二分精神，瞥见两只金驹一左一右向伊凡乘坐的金驹俯冲而来，伊凡乘坐的金驹向下急坠，离海面约有百米之遥，突见海中跃出十数条长五六十米的青倪，箭一般射向金驹，眼看将近，一个个张开血红大嘴。

　　金驹张开利爪，惊慌之中奋力展翅向上扑腾。两只攻击的金驹来势不减。情形万分危急，空流来不及多想，驱动两只鲲影一左一右直接撞击过去。两只金驹大惊，长鸣一声，拍翅急转而去。空流向下望去，一张张血盆大嘴正向海面纷纷坠落，真个是惊险万分。

　　空流怕伊凡觉察，引导鲲影穿云而去，从高空遥遥追踪。不多会儿工夫，空流跟着伊凡保持一定距离落地，所乘巨鸟待命等候。落脚之处亦是一片密林，草木较来时的山峰更为丰茂。磨刀基地四面环海，原是一个地形独特的海中孤岛。

　　沄滟一脸苦笑，看来趴在鸟背上的感觉并不好受。空流和沄滟跟随伊凡在密林中穿梭了一会儿，心中默记行走路线。

　　只见伊凡来到并连的两棵大树前，四周打量一番，觉得安全之后，突然飞身而上，倏忽不见了踪影。

　　稍许，空流和沄滟寻踪而至。沄滟指了指树顶，空流会意，二士双双飞临其上。空流指着一棵树笑道："这个通道甚妙，如果我猜得不错的话，这些巨木里面都是空心的，我们揭开树杈表皮，从树干里面一直下到树的根部，这些树根一定都被打通了，只是不知道最后的出口在哪。"

"这个秘密工程不小呢！七界联境特使们做的工作比我们想象得要多。"沄滟说完，突然忍不住咯咯笑了起来，"我们要当一回人参娃了。"

空流一愣："什么人生娃？"

"哈哈哈！生什么娃！这是我们地球上的一个神话故事，故事里的人参娃娃可以循着树根行走。"

"你们的祖先真是伟大，竟然预测到了数千万星年后一个遥远星球上发生的事情。"

"纯属我胡乱联想而已。"沄滟纵身过去，伸手就要掀开伪装的树皮，"咱们快进去吧。"

空流慢悠悠走过来："不急，跟紧了会被伊凡发觉。对了，这种有限的空间，要释放信息干扰剂，清除咱们留下的气息。这样伊凡返回来的时候就不会知道咱们来过了，他以为是七界联境的特使处理的。"

"他不会去问七界联境的特使吧，到时不就露馅了吗？"

"隐秘战线的工作原则是不该问的不问，所以大概率不会问。"

沄滟揭开树端的树皮，往里一望，树干果然被挖空了，就二士的身形而言，足够宽敞。黑暗中再定眼一看，足有二百余米深。空流和沄滟飘然而下，树干内部几乎没有什么磨损的痕迹，看来通道使用的频率不高。

就这样，二士小心翼翼地在盘根错节的树根内部绕来绕去，也不知走了多久，终于走到通往树干的位置。空流大喜，抬头望去，树干尽头应是出口。空流示意自己先行探路，沄滟紧随其后沿着树干内壁缓缓升腾而上。

空流到达尽头，暗暗使劲往上一托，树皮开了，射进一道光来，果然是出口。空流和沄滟轻手轻脚爬出来一看，正处于一棵大树树顶的三枝树枝分杈处，四周的树叶围得严严实实。

空流悄悄拨开树叶向外张望，边上是一小片树林，近处能看到墨绿色的蜂巢状建筑。

空流正四处打量，沄滟突然戳了他一下，低声道："坏了！"

空流回头一看，吓了一跳。四只五六米长的巨青蜂不知何时飞来，瞪着棕色的大眼睛，悬停在相距三四米处死死地盯着他俩。巨青蜂的四条腿如锯齿亦如弯刀，全部绷紧。

二士一动也不敢动，眼角余光相接，沄滟询问是不是可以实施幻影躲避，空流表示，他先试着和这些巨青蜂交流一下，如若失败了再逃。于是，空流两眼一闭，置近在咫尺的危险于不顾，全神贯注激发隐念超能力，意图与巨青峰交流。

沄滟大气不敢出，眼睛一动不动地盯着巨青蜂的腿部，终于，巨青蜂紧绷的腿放松了。待空流睁开双眼，四只巨青蜂已经无影无踪了。

"它们的眼神太可怕了！你都和它们说什么啦？"沄滟松了一口气。

"我什么也没说，不过用最本源的意识和它们交流。我告诉它们，我们就和这些树枝、绿叶一样，既对它们没有任何的威胁，也不是它们可口的食物，于是就和解了。主要是我觉得，也许我们会用得上这些巨青蜂，冒险提前做好功课有备无患。"

"嗯，据我所知，这些巨青蜂是磨刀基地的宠儿，它们灵动而敏捷，被用来训练各类士兵的机动、应变、操作与攻击能力。包括机甲智能，也需要应用到生物仿生学。"沄滟透过缝隙看着空中与地面不时掠过的巨青蜂，也为伊凡捏了把汗，"我们把伊凡跟丢了，怎么办？不知他怎么应对这些家伙。"

"他已经把咱们带进来了，找不到他也不妨事。在这有限的区域内，想要找到他也不难。目前没听到什么动静，想必他平安无事。也许他潜伏在某只巨青蜂身上飞到什么地方去了。这里或许有七界联境星际特使安排的潜伏内应。"

"目前要考虑的一个关键问题是，咱们随身携带的超子场感应枪。过关卡时，倒是可以实施幻影暂时隐藏；但是就怕里面的某些特别区域，采取的是全时域探测，咱们待的时间久了必定会被探测出来。毕竟这里是军事禁区，不同于一般的场所。"沄滟似乎有些难以抉择，"还是说，咱们现在把它藏在什么地方，回头再取？"

"我也仔细考虑过这个问题，越是在危险的地方越是要考虑抗风险的几率。如果说咱们有超子场感应枪在手，加上你的幻影异能与我的隐念异能，一般来说，除非出现极端情况，咱们全身而退基本上没有问题。还有，万一伊凡那边出现什么状况，我们能够接应，所以咱们最好还是带上。至于隐藏问题，我们可以在进入全时域探测场所前，设法找到身形足够大的机甲智能，制服以后，藏身在里面。当然，要制服机甲智能而又不能暴露，需要冒一定的风险。"

"徒儿果然智勇双全，就这么愉快地决定了。"沄滟说完，率先贴着树干悄悄滑向地面。待空流跟着落地，沄滟道："咱们瞧仔细了，可以先易形为他们士兵的模样。"

青霜星界通联署不招募金杖星球星民，磨刀基地的士兵均来自星界的其他星球，身形像金杖星球星民那么巨大的不多。空流和沄滟摸清情况后，直接易形为来自旱海星球的士兵模样，如此一来要方便许多，施展超能力时也不会打什么折扣。

空流和沄滟易形后，四处走动，一边疏导地面上三五成群玩耍的巨青蜂，一边暗中搜寻合适的机甲智能——青甲智灵卫士。青甲智灵卫士的能级要高一些才比较理想，这样的青甲智灵卫士能够出入重要的核心区域。

找了好些时候，终于出现了三名能级为五级的青甲智灵卫士，这在磨刀基地里，算是等级最高的了。空流和沄滟一喜，赶紧跟了上去。但喜中有忧，多出一名青甲智灵卫士来怎么办呢？有超子场感应枪在手，将其制服不难，不过到了一定的时间一定会被发现。

空流目测了一下三名青甲智灵卫士前行的路线，心生一计，急忙向一只正在地上来回翻腾的巨青蜂催发异能。巨青蜂似乎有点恼怒了，抬腿向空流与沄滟不轻不重地一挥，当即将空流和沄滟踢了个骨折。

看着三名青甲智灵卫士走近，空流和沄滟低声惨叫，晃晃悠悠站起身来，一瘸一拐。三名青甲智灵卫士赶紧围了过来，将他俩一把扶住。空流和沄滟赶忙表示感谢，请求两位青甲智灵卫士搀扶他们去一趟安康中心治疗。

三名青甲智灵卫士一同扶着二士前往。空流慌忙道："有两位就够了，一来别耽误你们的事；二来咱们的原则是不要轻易占用不必要的资源，否则会挨批评的。感谢三位卫士啦！"

"上士说得对！"一名青甲智灵卫士打了个招呼，径直离去了。另两名青甲智灵卫士扶着他俩刚转到一处树林边上，沄滟立即实施幻影异能。随即，二士默契地同时启动了超子场感应枪，不过，并未将青甲智灵卫士击毙，而是实施了即时智能大脑通路封锁。磨刀基地总控台以后即使查询到了，也以为不过是青甲智灵卫士休眠重启或临时机能短路了，这是一种极其正常的现象。

空流和沄滟打开青甲智灵卫士背后的开关，入内藏身，各自的超子场感应枪弹出虚拟操作台，当即与青甲智灵卫士接入。

因超子场感应枪此前已与空流和沄滟实现感应同化。如此一来，两名青甲智灵卫士就自然而然地同时接受磨刀基地总控台与空流、沄滟的掌控了。对于磨刀基地总控台而言，会认为这是青甲智灵卫士的自主意识——青甲智灵卫士在授权范围内容许自我意识的存在。

"这个特洛伊木马不错！"沄滟向空流秘密传信。

空流认为比喻得十分贴切："我们不能耽搁木马太长时间，咱们启动吧！"

在空流和沄滟的操控下，青甲智灵卫士恢复了正常行动。空流和沄滟默默隐藏其内，快速阅读其过往信息。这两名青甲智灵卫士属于最高能级，确然就是惊鸿影的机甲护卫队成员。

行走了没多久，两名青甲智灵卫士回到了值守的位置上，离惊鸿影的内宅不远。惊鸿影的别院之外，每间隔一定距离，均有青甲智灵卫士分列左右把守，护卫队成员按时间节点向前推移轮换。

大概入夜时分，空流和沄滟藏身的两名青甲智灵卫士值守的位置转到了惊鸿影的内宅。通过屋内的传感装置，内在所有的视角一览无余。

仅着内衣的惊鸿影正靠在躺椅上闭目休憩，疲倦写满了一身。显然，自从飞天巡游仪式归来之后，她为了部署公务，一刻也未曾停歇过。即便在此刻，她的大脑依旧忙得不可开交……

空流和沄滟像静默的机器一样盯着眼前的画面，唯有消化青甲智灵卫士过往信息打发时光。空流一想到和沄滟共处一室，一动不动地看着一位休憩的美女，不免倍感尴尬。

约莫过了不到半星时，惊鸿影缓缓睁开了眼，然后立即起身，径直走向衣橱，宽衣解带……

空流猛然一惊，不由自主闭上了眼，他仿佛感觉沄滟正紧盯着他，看着他脸上的表情变幻与每一个毛孔的收放。

就在这电光石火之间，他突然惊觉自己犯了一个致命的错误。青甲智灵卫士是没有性别概念和由此生发的情感意识的，在惊鸿影的眼里，它们就是一个设备装置，而它们的功能设置也确实如此。

自己本能的外在情急反应一旦被磨刀基地总控台感知，后果不难想象。不过好在青甲智灵位置在属于惊鸿影的私属空间时，系统设置除了安全风险情形外，一切均不得被记录。

空流暗自庆幸躲过了一劫。就在空流放飞思绪之时，惊鸿影已经穿好了制服，空流和沄滟掌控的青甲智灵卫士接收到了她下达的跟随指令。

空流心想：惊鸿影不知要去哪里，倒是可以顺便跟着去看看。惊鸿影出门后步行前往，看来要去的地方并不远。

惊鸿影一路健步如飞，沉思不语，面无表情，两名青甲智灵卫士如影随形。空流和沄滟细细观察，发现各处明卫与暗卫布防极其严密，监控无处不在。

路面颇为干净，偶有落叶飘零。前方似乎是起风了，树枝摇曳，落叶纷飞，一名环境公务者正在释放设备准备清洁地面。空流和沄滟感受到了一阵劲风掠过。

刚近初夜，基地内却是异常安静，偶有巨青蜂振翅之声。除此之外，就是惊鸿影一行踩在落叶上的沙沙声了。

空流突然感到一丝异样，有两片落叶粘在了青甲智灵卫士的足底上了，严格来说，不是粘上了，而是被印上了。

青甲智灵卫士身形高大，体量沉重，穿行洒满落叶的地面，脚底粘上点东西再正常不过了。但空流因特异的隐念异能，细微的感知能力分外强烈：青甲智灵卫士的脚底粘上的不是树叶，而是被镶嵌上了一种特制的、近乎无形的传感设备。

空流的脑海中急速回溯刚刚路过的那名环境公务者的形象，不由打了一个激灵，没错！那名环境公务者就是伊凡。空流心中不由得窃喜，又有几分担忧。看来，伊凡已将有关情况摸清楚了。刚才，那阵风吹落叶的景象就是伊凡制造的。

这个主意可谓是绝妙。惊鸿影是异能者，可能异能还不低，她的脚底踏物无痕，自然是粘不上东西，但是青甲智灵卫士就免不了直入圈套了。不过，有一点伊凡可能没想到，这些青甲智灵卫士进入机密核心空间之前，都会启动全身扫描进行自我检查，很可能会将他植入的传感设备检测出来。好在现在这两名青甲智灵卫士由空流和沄滟控制，真是无巧不成书。

不多会儿，惊鸿影一行来到一片草坪之前，中间地带干干净净地长着三棵高大的树，比金杖星球一般的树木还要高许多，形态有点类似地球上的松柏。

只见惊鸿影轻轻扬起手掌，三棵树所在区域竟然浮现出一幢三角形的建筑来，建筑的外形亦是青绿，其间隐约似有阳光一样的色彩散落跳跃。看来此处甚为隐秘。

空流和沄滟跟随惊鸿影穿"墙"而入，一个曲线通道载着他们来到建筑上部。空流和沄滟同时大吃一惊，只因他们老远就看见了幽岸星球球长亚瑟的侧影，亚瑟正在墙上画着什么东西。

亚瑟看到惊鸿影，脸上的神情却如同见到了久别重逢的老朋友，喜悦而略显激动。惊鸿影伸出了手……

空流和沄滟却赫然发现，听不到惊鸿影和亚瑟的谈话。应该是惊鸿影屏蔽了青甲智灵卫士对他们谈话内容的记录功能。

他们究竟说了啥，只能指望伊凡植入青甲智灵卫士脚底的传感设备了。但有一点几乎可以确定，惊鸿影在飞天巡游仪式上带走亚瑟，是一场事先设计好的大戏。

看来，在执掌青霜星界权力的十三个星球中，实力排名第二、第三的旱海星球和幽岸星球已然秘密站在莫雨这一边了。其他执掌权力的星球情况尚未可知，青霜星界的内部局势果然复杂。

空流和沄滟看着惊鸿影与亚瑟无声交流的画面，思绪却在飞速运转。突然，惊鸿影猛然站起身来，与此同时，空流和沄滟藏身的两名青甲智灵卫士接到了指令：有不明身份者秘密闯入。

空流和沄滟心中大叫不妙，伊凡可能被发现了。

惊鸿影向亚瑟打了个招呼，带领两名青甲智灵卫士急速滑向建筑底部，随即破壁而出，建筑自动隐去了身形。

空流料想伊凡已然通过传感器获悉了惊鸿影与亚瑟的谈话内容，于是赶忙暗暗催动异能将两名青甲智灵卫士足底的传感设备毁于无形。

信息正源源不断传来，果然，由于伊凡在那些落叶上秘密撒落的传感设备数量过多，被基地的探测装置发现了。他们正在全力搜寻由伊凡易形的那名环境公务者。看来，伊凡为了获取惊鸿影谈话的内容，来不及处理那些落叶。

磨刀基地总控台下达指令，要求所有经过那片落叶的士兵与设备立即进行自测：是否被暗中安置了传感设备。自测的结果，自然是所有士兵与设备均未被安置传感设备。

这一点空流早就料到了，伊凡部署的传感设备的附着功能是具有可控性的。也就是当惊鸿影带着两名青甲智灵卫士经过时，伊凡实施了操控。否则，如果所有经过那片落叶的星士与设备，都能吸附伊凡部署的传感设备，那这些被吸附的传感设备早就被检测出来了。

惊鸿影一边疾行一边下达指令，镇定、果敢而条理分明。

空流心下琢磨：莫雨可谓是谋划老成，外界以为他在这个位置上摆放的分明就是一个花瓶而已。

基地警报声四起，士兵与青甲智灵卫士正在向目标区域飞速集结，起飞的侦察飞行器光芒与青霜战舰已然全域布控。

空流与沄滟心下着急也是无计可施，只希望伊凡能多隐藏一刻是一刻。眼下这种局势，一旦被发现，必定是凶多吉少。这时，传来的消息大为不妙：潜入目标已被发现并锁定，潜入者为一名古岩星球异能者，正藏身于一只巨青蜂身下。

空流与沄滟一听，心想这下算是无力回天了。

惊鸿影大喜，下达指令务必要生擒。旋即，惊鸿影抛下两名青甲智灵卫士，飞身先走了。情况已明，她料想再无任何危险了。

空流看惊鸿影的身影已走远，示意沄滟趁乱赶紧实施幻影，启动超子场感应枪，将两名青甲智灵卫士瞬时制定，从其体内跳将而出。

空流拉起沄滟朝目标区域奔走，同时全力驱动隐念异能操控巨青蜂。不多时，基地的巨青蜂纷纷兴奋骚动起来，在空中集结成群，一时之间，伊凡藏身的巨青蜂融入了铺天盖地的蜂群之中。

空流见此情形，松了口气，刚到磨刀基地时做的功课算是派上了用场。伊凡的险情算是暂时缓解了。

基地方面发现情况不对，立即召唤众蜂归巢。奈何巨青蜂数量实在太多，待到众蜂陆续还巢，伊凡早已没了踪迹。

伊凡虽已脱险，但基地方面还在派重兵搜寻。空流和沄滟盘算着暂且避一避风头，待局势稍稍平定下来再走不迟，主要还是考虑到伊凡进入的秘密通道的安全性，避免被基地发现。像这样一条密道的建立当是花费了巨大的心血与代价。

大约一个星时后，空流和沄滟寻机从密道辗转而出。从密道空间中探测到的微物质情况来看，伊凡就是从这条密道离开的。

空流和沄滟来到基地外围，远远望去，夜空中的巨鸟依旧翻飞不息。二士加紧脚力向海岸悬崖走去，空流催动隐念异能向来时的两只鲲影发出召唤。

正行走间，身后传来一声断喝："站住！干什么去？"

空流和沄滟回身一看，一名高大的巡防智能卫士已走上前来。空流笑道："我们正在执行巡防任务，眼下的情形你也知道。"

巡防智能卫士未置可否地应了一声，扫描了一下空流和沄滟的身份信息，疑惑地说道："不对呀，基地外围的巡防任务只下达给我们执行！已经实行了全面封锁，你们不知道吗？请跟我走一趟。"

实施封锁的消息二士自然知道，但没想到不同的安保队伍分区执行任务，他们易形的士兵队伍到不了基地外围。

未等沄滟答话，空流道："没关系，自当遵照规矩行事。"

空流话音未落，看到巡防智能卫士正要汇报情况，心念急转，极速启动超子场感应枪，一晃间，只听得巡防智能卫士一声惨叫，轰然倒地。巡防智能卫士设置了受伤害警示模式，临毁灭前发出了警报。空流急迫间未曾想到这一层，直接启动了击杀。

空流拉起沄滟边跑边喊道："赶紧跑，不要腾空，我们没有遮挡，近程更容易被击中。"

近处巡查的智能卫士从四面奔涌而来，向二士集中扫射。空流和沄滟飞身跃起藏到一方岩石之后。

"要不要实施幻影？"

"暂时不要，如果他们发现我们失去了踪影，会联系更多的队伍搜捕，你的幻影一旦消失，咱们的麻烦更大。你看，他们目前过来的卫士不足二十个，先将他们吸引过来，咱们再启动超子场感应枪，如能快速集中消灭他们，便有逃出去的希望。"

智能卫士强大的火力将巨大的岩石击得四分五裂，眼看就要藏身不住了。

"快！启动区域扫射感应模式！"空流叫道。

"射！"空流和沄滟齐声发喊。

只听得一片惨叫声四面传来，接着是此起彼伏的轰隆声，转眼间，一片寂静。空流和沄滟对视惊奇不已，没想到超子场感应枪的威力如此之大，这些坚不可摧的钢铁甲士，在其面前如蝼蚁般不堪一击。

空流和沄滟赶忙从硝烟弥漫的岩石后爬出来，看看周遭再无卫士，立即腾空疾驰，两只鲲影正在低鸣盘旋。二士翻身而上，远远看见大批机甲卫士正潮涌而来。两只鲲影昂首一齐嘶鸣，振翅绝尘而去……

第五章

帷幕战略

即便在最晴好的天气，金杖星球的夜色也甚为黯淡，只因为其送来"月色"的卫星"腰果"，在夜空浮现的不过是巴掌大的朦胧剪影。不过，由此，风车星系得以在金杖星球的夜空释放她的美丽。风车星系如同远古车轮大小的旋转风车，美轮美奂，每到夜晚，其光芒竟胜过卫星"腰果"许多。

从磨刀基地脱险，经过一夜的奔波，空流和沄漩感觉格外疲惫，双双仰望星空没有说话。良久，沄漩突然说道："我觉得，这场即将爆发的大冲突中，恰恰只有金杖星球这一方没有长远规划的应对战略。"

空流漫不经心地应了一声，转而一激灵坐直了身体："你说什么？"他直视着沄漩的眼睛，良久，才悠悠地说道："高士！果然是高士！佩服！"

沄漩腼腆一笑，哼了一声道："我可消受不了这份突如其来的待遇！在你心中，我本来是弱智吗？"

"不是！不是！我是真心佩服。其实你看我们无双星球，一些星球觉得我们的科技文明发达得超乎想象。其实像我，基本上是靠理性的直觉判断行事。你们地球人的归纳能力与推演能力极其强大。"

空流说得没错，经过磨刀基地这一番短暂相接，沄漩就对各方的态势作出了极为精准的判断。

对于今日及未来可能出现的局势，看似无所能为的青霜星界莫雨首座早就未雨绸缪了；蓝焰星界单就其先前在红尘星界之所为，显然布局深远而周密；七界联境方面自不必说。

反倒是在青霜星界看上去势力最强大的金杖星球——也许只因长期以来，潜在的威胁几乎从未显现——无可撼动的优越感让他们失去了忧患意识，在"战略、计划、行动"，这三位一体的宏大布局里，只在当下匆忙设定了计划与行动。

那其他各方的战略、计划、行动究竟是什么呢？这是以空流为首的七界联境特别行动组的头号任务。

收到伊凡赶回来的消息，尘浪一行赶忙在鱼米星城的机要会议室等候。

"让大家久等了，此行还是颇为凶险，差点就被他们收走了。幸好不知是哪方力量暗中相助。"伊凡一进门就急匆匆地说道。

"辛苦你了！也只有你，经验老到的猎户，才能全身而退！身份没有暴露吧？"尘浪笑道。

"没有。若是暴露了那不就是任务失败了吗？"

赫拉给伊凡递过来水和点心，伊凡用眼神道了个重谢，接着将经过详叙了一遍。

他在情急之下不得不将传感窃听装置毁掉，毁掉之前匆忙听到了一点片段。这其中，他清晰地听见惊鸿影在与亚瑟的交谈中，提到了"帷幕战略"这几个字。

在七界联境特别行动组成员中，精通各星球文化的"活化石"苏菲亚，通过对青霜星界的社会文化与首座莫雨的心理分析，早先就提起过，整个青霜星界，尤其是金杖星球，等级制度森严，崇尚强权政治，社会文化孕育的政治理想必然追求强大的丰功伟绩。

由此，坐拥无限星空辽阔疆域、站在权力风口的政治公务者，要么如同千钧层岩下压制的岩浆，要么如同偏执燃烧的烈火。所以莫雨夫必就如外界看到的那样——一个披着至高无上权力外衣的、可怜的傀儡。从眼下掌握的情况来看，苏菲亚的分析显然是对的。

"莫雨首座及青霜星界行政公署、青霜星界通联署，一直以来不显山不露水地长远谋划，虽然出乎我们的意料，但也可能是好事。对于七界联境一直致力于推进的七界和平一体化进程，以金杖星球为代表的青霜星界十三个权力星球同盟显然是一支巨大的反对力量。"尘浪边说边浏览青霜星界的全息地图，"不过，莫雨追求的目标究竟是什么，这有待掌握。"

苏菲亚说道："刚才伊凡提到了非常重要的'帷幕战略'，看来，莫雨是利用我们到来的这个契机，以七界联境为筹码拉开了大变局的帷幕。当然，不仅仅是他们，蓝焰星界等有关方面亦是如此。"

"我们要争取尽快掌握各方战略、计划包括实施军事行动的实质性内容，这是第一要务，也决定了时空感融科技的谈判进程与走向。"尘浪说完，扫视了大家一眼。

淠水、知末、赫拉都点点头，没有说话，似乎都陷入了对当前错综复杂的局势的思索之中。

赫拉看到气氛有些凝重，看了伊凡一眼说道："我送你离开以后，云了趟飞花落在青霜星界的分支机构，这支辅助力量需要时没有问题。"

赫拉刚说完，尘浪也将去莫雨处的情况向伊凡做了个概述。对尘浪与苏菲亚代表七界联境前往拜会，莫雨方面的礼节极为周到完备。莫雨对在飞天巡游仪式上发生的意外事件可能会带来的动荡深表不安，尤其担忧可能会对七界联境代表团推进的时空感融科技事宜，产生不利影响。

莫雨所表达的意思，听起来似乎显而易见——这完全是一个偶发事件。

莫雨表示，青霜星界的这种政治格局也不是一天两天了，他作为一个权力的摆设，显然期望这种局面得到改变，但也习以为常了。对他而言，个体的荣辱早已不再重要。但是，由十三星球行政联盟行使实际政治权力的青霜星界，此前在红尘星界暗中部署危及数千颗星球生死存亡的渔火装置，不管是阴谋还是失误，必须承担责任，受到应有的惩戒。

在面向七界的飞天巡游仪式上，他作为青霜星界名义上的最高政治管理者，出面道歉是天经地义的，十三位星球球长连这一点都反对的话，那实在是无法容忍的！所以他被迫做出了出乎意料之举。

"显然，他自己的谋划与部署，他一个字都没有说。不过他的表述听起来合情合理。所以，我只能说，七界联境坚定地站在他这一边。"尘浪苦笑了一声，"实际上，我不只是说说而已，我们必须站在他这一边，至少，当下应如此。其一，青霜星界行政公署，至少在形式上是属于联境管辖的机构；其二，莫雨的表现是为广大星民所支持的。对于这一点，莫雨洞若观火。他已经将我们绑在了他的战车上了。"

截至目前，无论是金杖星球还是其他十二颗星球，均未与七界联境代表团进行任何互动。不过，该来的一定会来。

位于金印广场的金印大厅与擎天大殿，分别坐落于御溪的两边，一南一北，遥遥相对。

在金印大厅的金杖星球公务署内，球长鼎冠已然由震惊、愤怒转为平静，随着各方消息不断传来，他不停地在室内踱步，慢慢地不由得心生暗喜，转而兴奋不已，一个大胆的计划在他的脑海中豁然浮现。

鼎冠下达密令，向十二个星球驻金杖星球的星际飞地发去了绝密信函。

比预想的反馈还要迅速，鼎冠收到了所有密函的回信，一致表示对金杖星球的提议无任何异议，坚定支持。其中，五个星球还特意提醒，要尽快进一步磋商细节，考虑好一切可能情形，确保做到万无一失。

鼎冠踌躇满志地打开了青霜星界的全息地图，一切成竹在胸。

第二日一早，莫雨收到了金杖星球递交过来的外交文件，文件没有丝毫客套话，直截了当地提出：希望莫雨召集十三个星球的球长开一次会，就如下几项议题进行正式裁决。

一是幽岸星球球长亚瑟的解职问题，职务究竟该不该解除，谁有权作出裁决；二是"渔火事件"，青霜星界应作出怎样的公开表态，谁来承担责任，承担责任的限度是什么；三是青霜星界行政公署与十三星球行政联盟的运行机制问题，权力的界限与边界在哪里；四是希望这次会议能得到七界联境的认可支持，并建议最好能在七界联境驻青霜星界的星际飞地召开。

文件的最后指出，这些问题的厘清有利于青霜星界的和平稳定与发展，希望青霜星界行政公署在一星日内予以答复。

鼎冠刚刚向莫雨发出文件，就立即向鱼米星城的七界联境代表团发出请示，请求能够前往拜会。

"第二次正面交锋的时刻来了！"尘浪用目光询问众士之意，紧接着笑道，"来，知末大师，你先说说看。"

"这，政治的事，怎么问我？我不懂。不过、不过既然你都说了，正面相接的时候来了，咱们自然是该接招吧。至少目前为止，双方还不是敌对关系，正好了解一下他们的意图。洵水，他们此来没什么危险吧？"

洵水只是淡淡一笑："目前没有觉察到什么。"这个快乐而明丽的女子，话比以前明显少了许多。

尘浪道："好，我就是要听听你最直观的意见。历经红尘星界的大战役，知末大师对时局的判断力可谓是日渐提升啊。那就这么定了。既然决定了要见，那就给对方一个积极的信号，见机行事。"

众士相商一番后，立即回复金杖星球，即刻安排会见。

鼎冠接到七界联境回函，欣喜不已，立即着手准备。鱼米星城距离金印大厅，乘坐飞羽不过短短的两星刻时间，鼎冠却派出了十二艘飞羽及配套护卫舰队的宏大阵仗，同时将会晤之行传向四方。

看到视镜上极力压慢速度缓缓而来的鼎冠一行，尘浪笑道："看来鼎冠的这个面子，咱们非给足不可呀！不知莫雨与惊鸿影看到会作何感想？"

"我想也是，不过，冲着惊鸿影在地球谈判那时的表现，于公于私，你这个平衡度可得掌握好哦。"苏菲亚轻描淡写地来了这么一句，众士窃笑。

在极尽渲染的盛大排场之下，鼎冠的姿态却是极为谦恭。一番寒暄之后，鼎冠再次深致一礼，然后才开始了他的发言。

一反之前在红尘星界谈判中的表述，鼎冠开口就表示，爆发了"渔火事件"这样的惊天危机，不管目的与过程怎样，都是滔天之恶，青霜星界行政权力管理者都应受到应有的惩戒！包括十三权力星球球长联盟与青霜星界行政公署。至于他自己，同样愿意承担一切应有之惩。

七界联境代表团成员知道，鼎冠此来定有所求且日后必有所图。但对方此话一出，众士还是颇感意外，难道金杖星球为了对付青霜星界行政公署，竟不惜要拿自己开刀。

且看他葫芦里卖的什么药，众士不动声色。

鼎冠接着道："此番言语，并非我等深刻感悟到了什么。放在整个星界这一宏大背景之下，任何个体的得失都是微不足道的。无他，只是希望青霜星界能发展得越来越好，每一个星球的科技文明都能持续向前，像紫陌星界无双星球等，均是我们进步的标杆。

"再有就是，飞天巡游仪式上的偶然事件，实则有其必然。青霜星界的这套行政权力运行机制或许存在天生的缺陷，是到了该改变的时候了。七界联境代表团此来本就是为了七界的和平发展，正好带来了千载难逢的契机。"

"对于'渔火事件'，七界联境一定会作出应有的惩戒给各界星民一个交代的。关于你刚提及的事项，请问贵方有何具体建议？"尘浪带着赞许的语气颔首道。

鼎冠起身释放了全息影像，展示的内容诉求与递交给莫雨的文件大体相同，只是表述上客气了许多，并进行了大量的铺垫与说明。

尘浪端详良久，缓缓说道："贵方的这几项建议，既有具体的现实问题，还涉及要解决的根本性的规则问题。总体的方向是好的，但是在程序上需要多边磋商，还需要报请七界联境总部。当然，我既然获得了微禾首座的授权，那我就代表七界联境表个态，愿意助力推进此事。不知你们是否报请过青霜星界行政公署，是否知会了其他十二个星球？"

鼎冠躬身答道："刚刚提交给青霜星界行政公署，应该到了莫雨首座手中。哦，其他十二个星球，我们会及时与他们沟通，寻求他们意愿的。因涉及局势的安稳，相关议题的磋商，在最终结果出来之前，是否不宜向公众透露？"

"星民民心的动荡问题的确值得考虑。问题的关键是，如上议题磋商，参与的主体都有谁？如果仅仅是你们十三个星球代表与青霜星界行政公署的代表，青霜星界行政公署方面是否会有异议？还是从你们青霜星界数百万颗星球中公选代表参与？这些核心问题需要你们进一步沟通。如若你们与青霜星界行政公署方面达成一致，我们七界联境的原则是，当你们意愿一致时，予以充分的支持。在无法管控的分歧出现之前，尽量少干预。"显然，尘浪看似平淡的话语触及鼎冠最敏感的问题。

鼎冠的心在急速下沉，谈话如果到此结束，那一切计划将会成为梦幻泡影。他如同在坠落悬崖中奋力抓住了一根藤蔓，急速冲口而出说道："那可不可以这样，我们与莫雨方面，就我方提出的议题及贵方刚刚谈到的方面一并进行沟通磋商，也就是说，开个磋商会议，推进探讨这些问题怎么办，并不进行裁决。"

"这个当然是可行的，本来就需要加强沟通，不一起沟通，怎么能推进解决问题？"

尘浪一句话又将鼎冠一颗绝望的心从悬崖底拉了回来。

"这个思路很好，我们可以督促青霜星界行政公署尽快与你们沟通研讨。"尘浪又补了一句。

这事基本上成了！鼎冠大为动容，感谢不迭。

"七界联境代表团，你们来得正是时候！"刚登上回程的飞羽，鼎冠抑制不住喜悦之情，自言自语道。紧接着，鼎冠下令第一时间给莫雨补送了一份文件。

离金杖星球通告青霜星界行政公署的最晚回函时间不到两星刻，青霜星界方面依旧没有任何消息，难道要启动第二套方案，鼎冠两次想要下令，都忍住了。

终于，最后一刻，青霜星界的消息来了。

鼎冠深深吸了口气，轻轻点开了信息，赫然写着"同意会商"。

鼎冠欣喜若狂："七界联境果不负言！"

看来来自七界联境方面的督促，让青霜星界不得不最终接受了金杖星球的会商提议。

青霜星界行政公署随即在时空信息弧上发布了会商信息，金杖星球方面紧随其后立即对该消息进行了证实。

青霜星界空前紧张的局势似乎稍有缓解，但星都金杖星球的全球戒严并未解除。十二星球对驻留在星都的球长的安危保持高度关注，并进行了相对应的军事部署。

两星日后，青霜星球行政公署与十三星球行政联盟的双边磋商会议在鱼米星城如期召开。

青霜星球行政公署派遣青霜星界首座莫雨出席；十三星球行政联盟除幽岸星球由次长出席以外，其余皆按惯例，球长出席会议。

七界联境代表团成员尘浪、赫拉、洇水、苏菲亚、矩末、伊凡等，在另外一处机要室内，全程关注会议发生的一切。

与往常不同，莫雨今日既未坐在高台之上，亦非摆设；他与其他所有的参会球长代表一样，在七界联境所属的圆桌会议室里，享有平等的权利。

照例还是莫雨首先发言。莫雨直视鼎冠说道："那就还是按过往老规矩，从你开始，依次发言吧。今日是筹商研讨会，各位代表可以畅所欲言。"

"按照惯例的话，还是得请您先发表意见。"鼎冠脸上挂着难得的如沐春风的微笑，说完，扫视了各球长代表一眼。与会代表皆点头表示赞同。

鼎冠硕大的身躯为之一挺，扬了扬脖子。

"这些星球的球长政客们，且不说站在哪边，他们一定要先了解莫雨和鼎冠各自吹的什么风，风向不明之前，谁肯轻易表态。"苏菲亚一边观看一边整理青霜星界各星球的资料。

莫雨眼中闪过一丝落寞的神情，略显几分无奈地说道："那，好吧。"

鼎冠不露声色地将这一切尽收眼底。

莫雨似乎连抬眼看众球长的勇气都没有，低头面对文件，直接开始了他那略显冗长的陈述，不时微微抬头发出呼吁。

细听来，莫雨的文件引用了诸多规章条文，逻辑与用语均十分严谨。看得出来，莫雨做了精心准备。不过，莫雨提出的所有观点都在大家的预想之中，毫无波澜。

鼎冠大部分时间都在闭目养神，莫雨的表现恰恰将弱者的无奈表露无遗。在强者的眼里，弱者的一切付出都是不屑的徒劳。

轮到鼎冠发言了，鼎冠起身致礼，姿态得体，神色谦和。他深知，一切都在七界联境代表团的关注之下。

鼎冠环顾四周，微笑着，用他那标志性的缓慢低沉的语调说道："莫雨首座的讲话引经据典，我就不再狗尾续貂了，正好可以省去这些，不占用各位的时间直入主题了。首先，第一个议题，我十分赞同莫雨首座的观点，基于幽岸星球球长亚瑟的举动，在那种情形下，青霜星界首座有权解除其职务。"

鼎冠此言一出，举座皆惊。

就连坐在陪同席上的惊鸿影也抬头睁大了眼睛。另处一室的知末更是个直性子："噫，这个家伙难道吃错药了，这么好说话啦？"

"大师，急什么？且往下看。"尘浪在七界联境经历过的军政外交事务太多了，早就见怪不怪。

在众球长的窃窃私语声中，鼎冠停顿了稍许，接着道："当然，青霜星界首座有权再恢复其职务！这是青霜星界行政公约明明白白地规定授予的权力，这一点不需要讨论，无论是过去，还是将来！"

"厉害！难怪他要将这个议题列为第一个。这一石三鸟之举直接达到了几个目的。"

尘浪轻轻敲了一下桌子。

"啊！是吗？怎么讲？"知末惊奇地问道。

"且看，回头再为你解答。"

在一片静默中，鼎冠道："关于第二个议题，也很简单。'渔火事件'，有的观点认为，应由青霜星界最高行政公务管理者，也就是莫雨首座承担责任；另有观点认为，应由行使日常实际管理权力的十三星球行政联盟的十三位球长，也就是包括我在内的各位负责。

"在这一点上，我同样赞同莫雨首座的提议，青霜星界首座与十三星球行政联盟的各位球长共同担责。因为不管我们内部运行机制是怎样的，对外，我们青霜星界是一个整体。至于究竟需要承担怎样的责任，那由七界联境决定。"

"你别说啊，这个鼎冠还真不推卸责任，有两把刷子。"伊凡对勇敢者、义气志士素有好感。

赫拉笑道："就怕像你这样的，头脑简单，不分好坏。鼎冠，他一个野心家，是你说的那样吗？"

"是的，在赫赫有名的大执掌眼里，我还比不上智能卫士。"伊凡自嘲道。

只听鼎冠继续说道："对于第三个议题，同样，我基本赞同莫雨首座的提议。青霜星界现有的行政运行机制是两套体系，青霜星界行政公署是象征性意义上的权力机构，也是最高权力的象征。

"十三星球行政联盟是实际的行政执行管理机构。但是，目前，与七界联境进行公务对接的，又是青霜星界行政公署。也就是说，青霜星界行政公署成为整个青霜星界对外联通七界行政事务的实际执行管理机构。

"这带来了运行机制上的混乱。最简单的就是，青霜星界对外联通事务改由十三星球行政联盟对接。刚才莫雨首座也提到了这一点。但莫雨首座显然更倾向于第二种，也就是将青霜星界行政公署与十三星球行政联盟合并，像紫陌星界一样，由一套政治体系运行。我也表示赞成。

"不过，稍有一点不同意见就是，莫雨首座提到，需要将成员星球的席位增加。我认为这一点需要慎重，首先，成员星球的增加会严重影响行政决策效率；其次，假设将星球代表数量从十三个增加到一百三十个，难道就更具广泛的代表性了吗？这之于数百万颗智慧生命星球来说，并不能说明什么。况且，一直以来，广大智慧生命星球对此并未提出过不满。所以，我认为为了稳定，没有必要进行调整。

"此外，莫雨首座还提到，如若不增加成员星球数量，那就对现有的成员星球定期进行选举轮换，有利于公平与创新。我认为，从现实出发，青霜星界的世界观一直以来就是追求强大、崇尚强者。

"如果说选出来的十三个成员星球，在星界中文明发展程度平平，那么他们的能力与视野具备管理整个星界的水平吗？那些文明发展程度更高的星球能够认可他们、服从管理吗？答案显然不乐观！所以，我认为，不要更换成员星球，可以更换这些星球的球长。

"最后一点，我还是赞同莫雨首座的观点，合并后的行政运行机构实行首座负责制，首座可通过选举机制产生。首座依照规制享有任命和罢免青霜星界行政公署成员的权力。如果近期能够就如上议题达成一致，我们在七界联境代表团的监督下立即就可执行。"

知末满脸不解："我怎么一路听下来，感觉这个鼎冠说得句句在理呢！而且，你们看啊，他基本上都同意莫雨的意见。这么看来，这家伙不像你们说的那样，像个跋扈之主啊！"

伊凡笑道："我亦有同感，看来，我这个武夫和知末大师英雄所见略同啊。"

赫拉用眼角余光轻轻扫了知末一眼："有什么好奇怪的？他执掌这么大的一个权力机构，说出来的话能没有道理吗？如果所有的事只用听听的话，那就没有说一套做一套这个说法了。"

知末摸了摸下巴，摇了摇头，看了赫拉一眼，想要争辩。尘浪轻轻抬手，知末遂不再多言。赫拉偷瞄知末窘态，得意一笑。

这边刚说两句话的工夫，那边，幽岸星球的次长已经开始发言了。

细看莫雨的表情，鼎冠与各球长的发言似与他无关。他满脸戚戚之色，一直眼神空洞地望着前方，仿佛想看透什么却似乎什么都没有看见。坐在他身侧不远处的惊鸿影眼里，哀伤中藏着怒火。这一切都没有逃脱众球长的眼睛。

幽岸星球次长的发言短得出乎意料，他已经开始总结了："总之，莫雨首座与鼎冠球长的观点基本上是一致的。我从莫雨首座的讲话中学习到了许多，我完全赞同鼎冠首座的总结，它为我们指明了青霜星界政治运行机制优化调整的方向与路径，相信青霜星界会以更加坚定的步伐朝更加强大的目标迈进。谢谢！"

"这个马屁精，话讲得太有艺术了。"看到鼎冠嘴边浮现的笑意，苏菲亚冷冷一笑。

接下来的一幕让众士愈加哑然，只见众球长如同复读机一般，几乎是完完全全地将幽岸星球次长的发言复述了一遍。会议在这样机械刻板的各色话语声中很快就结束了。

"好，下一次……我看，可以就具体议题表决了！"鼎冠庞大的身躯愈发高大了，微微抬首前倾，逼视着莫雨。

"我看……可以！"莫雨望了望众球长，唯独没有看鼎冠。

"天哪，一个个执掌整个星球的球长竟然将会议开成这样，太可笑了吧！"知末看得目瞪口呆，张大了嘴。

"权力的游戏就是如此，任你位置再高，在能决定你命运的绝对权力或力量面前，只有碾压与服从！"苏菲亚一语中的。

"你看，这个开会的效率，多高！值得咱们学习。"尘浪似乎见怪不怪，淡然一笑，轻松地往后一靠。

"咱们是否需要去和他们打个照面，毕竟在咱们的地盘上。"一直未说话的洢水问道。

"哦，不用了啊，来的时候咱们没有出面，走的时候更用不着了。"尘浪轻声说道，站起身来，指着视镜继续说，"咱们只是借地方给他们一用，他们要的无非是显示这个会议的公正合理性而已。咱们还是那句话，在一切浮出水面之前，不轻易干涉。我们所要做的，就是按照七界联境总部的战略部署做好充分的准备。"

尘浪知道洢水一直心情不好，嘱咐大家要多多关照她的情绪。

知末早就等不及了，说道："来来来，你给我们讲讲，这都是什么个局面？"

尘浪望了望苏菲亚和赫拉，笑道："那我就简单说一说，估计苏菲亚和赫拉执掌大体都明白。你们看，鼎冠将幽岸星球球长亚瑟解职列为第一个议题，有几点考量：第一，这是后来系列事件的诱因。第二，体现了他对亚瑟球长的关心，这种同理心会获得其他球长的支持。其实他对亚瑟被解职这件事本身并不关心，这也不是本次会议的要务。

"第三，他提到，'青霜星界首座有权解除其职务'，而且强调'不管是过去还是将来'。因为幽岸星球综合实力排名第二，亚瑟也是鼎冠潜在的、实力最强的竞争对手。如此一来，他以无可非议的制度之名，借莫雨之手轻而易举地排除了一大威胁。

"最重要的是，鼎冠的终极目标是管理整个青霜星界的首座位置，所以他必须坚决捍卫青霜星界首座的绝对权力。同时，还能起到震慑其他球长的效果。这样一来，鼎冠简单的几句话就达到了多个目的。"

"他这个心思要是用来搞科研，肯定比我强！"知末恍然大悟，连连拍脑袋。

"那倒未必，科学讲究的是规律，而不是心机。接着再说一下。你看，鼎冠所言，听下来，基本都是同意莫雨的意见，感觉他们的意见一致似的。他后面轻描淡写地讲到稍有一点不同意见，这是最核心的关节之所在。

"也就是他那'一点不同意见'将权力牢牢地锁定在了现有的十三个星球手中，换句话说，也就是确保了他能成为青霜星界最高权力的攫取者。但是他的意见听起来却是十分在理。"

伊凡眉头紧锁，问道："那这么看来，鼎冠已经一边倒地胜券在握了，我获取的情报看来并不能反映什么。"

"不！恰恰是你获取的情报表明，问题并不那么简单。莫雨一直都在示弱，他一定在隐藏什么……"

尘浪正说着话，有消息传来：惊鸿影没有和莫雨一起走，而是悄悄折返了，要求与尘浪秘密见面。

知末一听，满脸笑意，正要打趣，赫拉看了苏菲亚一眼，飞快向知末递了个眼神，知末摸摸鼻子打住了。

"那就安排在二号机要会议室吧！"尘浪略加思索，传达了指令。"走吧，咱俩过去！"尘浪招呼苏菲亚。

"她可是明确说了要与你秘密面谈的！"

苏菲亚明白，一般的公务性接待会晤按惯例都是由尘浪和她出面，但惊鸿影的信息的确说得非常明白。

"这可是军界之花呀，我可以去的，我还暗中跟她打过交道呢。"伊凡嬉笑道。

"这个，惊鸿影说了不算，你俩说了也不算。按惯例行事。"尘浪做了个先请的手势让苏菲亚走在前头。苏菲亚微哼一声，谦让后退一步，跟在尘浪后。

尘浪一进屋，便看见惊鸿影肃然端坐，眉宇间略显憔悴，但她那独有的孤傲之美丝毫不减。看见尘浪进来，惊鸿影忙起身相迎，惆怅中荡漾着温柔的笑意。她一袭天青色的制服劲装，衬托修长挺拔的身姿，飒爽英姿满屋生辉。

惊鸿影看见尘浪身后的苏菲亚，显然有几分错愕，但旋即致礼打招呼。

"苏菲亚，文锦世界圣使，你们在地球见过的。哦，按七界联境的惯例，这次代表团出行，一般的公务性接待会晤都由我和她出面。"

"是的，我们见过。圣使可谓是名满七界、诗韵天成、芳华绝世的才女啊。"

"您过誉了，您的英姿那才真叫宛若惊鸿呢！"

双方落座，尘浪示意惊鸿影先说。

惊鸿影开门见山道："所有的过程想必你们都看过了。我们，也就是青霜星界的和平稳定，需要你们的帮助。我想听听贵方的考量与计划。"

尘浪没有直接回答："莫雨首座为何没来，而是派您秘密前来？"

"我们的一举一动都会引发各方关注，为了避免不必要的猜测联想，还是低调行事为好。"

"嗯，深表理解。对于您提到的青霜星界的和平稳定，不是说谁需要我们的帮助，这本身就是我们的使命与职责所在。此前，我和莫雨首座会面就已经阐明了我方的观点，我们会站在维护和平方的一边，也就是会站在你们一边。至于说我们的计划，这一方面涉及保密；另一方面，七界联境总部最新的指令还没有到。"

"嗯，那就好……不过……"惊鸿影显然没有得到想要的答案。

"那你们有什么应对措施吗？难道真的就是如此毫无能力的……"尘浪将"傀儡"二字隐去未说出口。

"我们青霜星界行政公署的情况，七界联境一向是知道的，各界星民都知道。向来如此，能有什么办法？未来的青霜星界恐怕更是强权统治下的铁幕了。"

"这种情况谁都不愿意看到。我相信，七界联境，还有其他星界及各界星民不会放任事态这么发展下去的。"苏菲亚的话算是一种抚慰。

"是的，你们也不要轻言放弃，该做的努力还是要做。各方的力量都在关注事态的发展。当然，要想改变，何其不易。"尘浪微微叹了口气。

苏菲亚道："从宇宙文明学科的角度来分析，任一星球上的智慧生命群体，在科技文化政治经济社会等各类文明形态中，政治文明的发展进步都是最缓慢的，甚至是倒退、断裂的。

"其实，智慧生命群体最初的政治形态往往是和谐平等的。大家一起打猎，打来的猎物一起分。物质财产与身心权利基本上没有什么差异。你看，现今诸多星球的科技文明发展到了何等程度，但有几个能做到这一点？"

惊鸿影听闻，眼中神光流动，动容道："圣使不愧为文明研究的高才，说得真是透彻。我们并没有抱怨什么。青霜星界的现状，也不是某几个星球之因，它反映了数百万颗星球上众多政治组织与星民的一种价值取向与思维认知。"

尘浪与苏菲亚皆点头称是。

惊鸿影又道："我此来并无他意，或许是见到了你们，就能获得一些力量与慰藉吧！谢谢你们，我该告辞了！"

尘浪与苏菲亚忙起身相送。惊鸿影没走多远，又回头和尘浪挥手告别，倒退几步才转身离去。自始至终，她没有透露半点消息。

"作为军方首脑，她的所作所为不过是奉命行事。她应该不像莫雨那样心机深沉，从她的眼神能看出来。"望着惊鸿影远去的背影，尘浪转头对苏菲亚说道。

苏菲亚向旁边挪开一步，说道："你倒是看得真切！她都走远了，怎么，你还不走吗？那边还等着咱们探讨后续部署呢。"

"嗯，嗯……走吧。"

第六章

蜉蝣计划

鼎冠回到金印公署，这在个由他绝对掌控的天地里，他感到分外的踏实。

对于习惯了长期站在权力山峰的鼎冠而言，在七界联境的鱼米星城表现得谨小慎微的压抑，让他极度不适，此刻需要尽情地宣泄释放，他忘情地大笑不止。

那些球长们的表现太让他满意了，回味着一个个球长的表情，无以名状的满足感布满全身，这是他毕生最得意的时刻，青霜星界权力的顶峰已然触手可及。

金印公署之外，金杖星球放出去的消息正在飞向七大星界：经友好磋商，青霜星界行政公署与十三星球行政联盟就青霜星界行政运行机制问题达成高度一致。青霜星界在走向不断强大的和谐发展之路上又前进了一大步。

青霜星界行政公署方面，没有发布任何消息，既没有肯定也没有否定。外界普遍认为，这是某种意义上的默认，存在有被动接受的可能；基于青霜星界行政公署向来的弱势地位，在各界眼里，这种被动反倒被视为一种正常。

在权力的游戏里，失衡的重压总是天然地压向弱者的一方。

"这就是政治风云，昨日还阴云密布的，今日似乎就云淡风轻，一片和谐景象了。"沄滟正在关注各方面消息。

空流从推演的局势全息影像前转过身来，"广大星民们估计是这样想的，金杖星球连戒严令都撤销了。在真正的危机爆发之前，咱们得抓住这个难得的喘息之机掌握核心情报。"

"不知道尘浪他们那边是什么情况，可惜咱们现在这种状态，和他们失去了联系。"

"不必担忧，一切正常，一切也尽在掌握！"

"哦，那就好……你怎么知道的？"沄滟突然回过神来，惊问道，"难道你们暗中有联系？"

"哦，那倒没有！抱歉，因涉及机密，此前没有告诉你。"空流神秘一笑，学着地球人的模样拱拱手，说，"现如今告知你也无妨。咱们体内的星际环境感应自动调节装置，也就是环适宝，同时也是一个信息传输装置。根据设置，特定佩戴者之间可以进行信息往来。比如，咱们在各星界的星际飞地之间也能进行信息交互。所以我只要接近鱼米星城，就能随时获知尘浪他们那边的情况。还可以通过七界联境的特别通道给他们传送信息、下达指令。"

沄滟一点儿也不介意："那倒是极好，难怪你要住在鱼米星城附近呢！那我们之间呢？是不是也可以进行信息交互呀？"

"是的，不过，你的权限没有开通。一旦开通，尘浪他们就知道了。我属于最高级别的权限，只有七界联境总部微禾、科诗世界何为首座他们可以获知。而且是，只有他们在这儿的情况下。"

"那要是被敌方抓住了怎么办？"

"你想的倒是挺多。没有机密口令，就算被敌方抓住了，他们也启动不了呀。此外，紧急情况下，可以启动自毁程序，将这项功能移除。"

虽然身处青霜星界，但是尘浪显然一丝一毫都未放松对蓝焰星界的警惕，除了亲自负责当前最紧要的青霜星界局势，同时安排赫拉与伊凡两个异能最强的情报专家，应对这个深深隐藏在幕后的最强大的敌手。

这与空流想到了一块。但空流决定和沄滟一道先对金杖星球的情况进行探查。

空流分析，蓝焰星界虽然是和平局势最大的潜在威胁，但在目前的态势下，他们不会浮出水面与七界联境发生正面冲突，他们只是想搞乱局势，暗中操纵或者进行代理式战争。

他们同样需要根据金杖星球及青霜星界行政公署等各方情形的变化出牌。所以，及时精准掌握金杖星球及青霜星界行政公署的真实信息至关重要。相较而言，金杖星球志在必得，整体布防状态最为松懈，易于渗透。

"咱们什么策略，几时行动？"沄滟对空流的分析深表了然。

空流上下打量了沄滟一番，笑道："我看你状态正佳，即时便可出发。至于策略嘛，光明正大前往。"

沄滟一听，眼中一亮，即刻了悟于心，不由神采飞扬，当下整装待发。

当初，空流和沄滟以旱海星球军中首座琅琊邦之护卫身份、执行绝密任务为由前来金杖星球。时下，二士即以此身份前往金杖星球通联署。

刚出下榻处大厅，沄滟突然问道："虽说对方也知道咱们是旱海星球隐秘战线特殊护卫，但事先发密信过去知会一下，比贸然到访要好吧？"

"请师父放心，这些基础性的工作徒儿都已经为你处理妥了。"看到彼此又回到了旱海星球星民土拨鼠般的模样，空流忍不住打趣道。

二士自觉此番任务无甚风险，说话间，足踏下榻栈楼提供的风轮一路飞驰，不到两星刻工夫即至目的地。

待到跟前，空旷的穹顶之下，金杖星球通联署看上去形如参天的仙人掌，主体青绿，一根根伸展的"毛刺"白光闪闪，带着不可逼近的寒意震慑四野。

空流指着"毛刺"中不时进出的霜白色战舰、飞羽说道："这个设计上虽然不算美观，但是相对于战舰等各种武器的通勤效率来说，却不失为一个不错的选择。"

沄滟点头称是，却突然忍俊不禁，笑声听来极为烂漫无邪。空流不知所以，只是想，如若不易形的话，她此刻一定是十分明艳动人的。

沄滟用手一指，空流顺着金杖星球通联署前方的大道看去。

沄滟道："你看他们两侧执勤的卫兵，个个如铁塔一般，再看看咱们这小身板。这让我想起了我们星球上《西游记》中，孙悟空上凌霄宝殿见到一个个天神的情景。信可乐也！"

空流听毕哈哈大笑："我听你讲过这个神话，还真是挺像。不过咱们今日可不是来大闹天宫的，咱们是来龙宫盗宝来了。"

二士进入警戒区便不再说话，肃然前行。显然，他们的信息已经被监测系统识别过了，一路畅通无阻。不一会儿，一道定向音讯传来，对他们的到来表示欢迎，并告知他们前往的路线。

二士进入通联署内，发现通道不是常规的建筑大厅，而是一个立式的全密闭金属质感箱体。箱体金碧辉煌，极为宽敞，想必是适用于不同体型的各星球星士。传讯提醒二士坐下，随即启动，然后七扭八拐地穿行到一处密室前才停下。

密室亦是一片金碧辉煌，想来这幢建筑内部皆是如此。深红色的宽大台桌后，坐着两位身穿藏青色军装的公务者。一位是将军，另一位显然是他的助理。

空流心想：这座通联署的整体构造全是具有隐息功能的材料，而且这种方式也接触不到通联署的任何公务者，看来，只能在这名将军和这位助理身上做文章了。

看见空流和沄滟进来，将军和助理赶忙起身，以极为热情而尊重的姿态致礼。空流和沄滟都注意到，这名将军比自己的级别要高一级。看来，对方对此行密访颇为重视，这有些出乎空流和沄滟的意料。

在青霜星界十三行政星球联盟中，金杖星球可以说是享有绝对的权威，并且，以时下态势，又向权力之巅前进了一步。

也就在刹那之间，空流就明白了这其中的关节。实力排名第二的幽岸星球，在某种程度上与金杖星球还存在一定的竞争性，或者说潜在的威胁，金杖星球对其不得不多加提防。

况且飞天巡游仪式事件，鼎冠又站在了莫雨一边，对幽岸星球球长亚瑟并未施恩。虽说在刚刚结束的磋商会议上，幽岸星球的表现并未有丝毫出格，但潜在的不满是一定存在的。

如此一来，实力排名第三的旱海星球自然就成了金杖星球极力笼络的对象。尤其在此特殊敏感时期，对其他的星球均具有示范效应。此外，空流和沄滟作为旱海星球军中首座的特别护卫，身份非同小可，此次前来金杖星球，又肩负暗中协助护卫旱海星球球长的秘密使命。如此诸多因素叠加，不难理解金杖星球何以要升格接待了。

空流和沄滟见此情形，心中自然是十分高兴：对方级别越高，掌握的信息越多。看到对方满脸堆笑，空流有意面露忧愁焦虑之色，一副忧心忡忡的样子。

金杖星球的金锋将军向前探身关切地问道："你们难道遇到了

什么麻烦，有什么需要我们做的？在我们金杖星球遇到任何情况，我们定当全力以赴！"

"当下的麻烦倒是没有……"空流加重了语气，肃然道，"恐怕不久的将来要有大麻烦了！"

金锋将军眉头一挑，惊问道："何出此言？"

空流道："既然咱们都心怀大局，肩负重任，就不说暗话了。关键的表决时刻就在眼前了，这可是青霜星界惊天的大事。青霜星界行政公署方面不足为意，但是，七界联境方面你们考虑过吗？"

"七界联境，他们会有什么动作？他们不是不干涉吗？"

"现今不干涉，是因为目前没有看到纷争。但当表决结果一出，青霜星界行政公署方面若有异议，广大星民若再度掀起风波，到那时，七界联境怎么可能不干涉！"

"你们想得倒是长远。"金锋不得不承认空流说得十分在理。他半晌不语，缓言道，"即便干涉，那又怎样？难道七界联境会诉诸武力不成？"

"我相信七界联境决然不会轻言武力，但是，扣留球长不是没有可能。亚瑟球长的前车之鉴难道你们忘了？青霜星界在取得七界联境默许的情况下再来一次，绝非没有可能！"空流在讲明道理，也在将进攻的阵地层层推进。

金锋将军道："在强大的金杖星球面前，当然，还有你们各星球……青霜星界一定会毫无作为。我们会确保每一位球长的安全！"

"毫无疑问，我们会坚定地站在你们这一边！但是作为你们的钢铁盟友，你们不能仅仅给我们一句空头保证。我们需要的是确保万无一失，我们需要切实可行的计划与行动方案。否则，谁也不敢轻易冒险下注！"

"你、这代表的是你们球长和你们军方的意思？"金锋思忖道。

"你可以这么理解。相信你们也会收到我们外交渠道的信息，也许没有我们表达得这么直接而已！"空流盯着金锋的眼睛，一字一句地说道，"我想，这应该不是我们一个星球、独家的意思表达！"

空流注意到金锋的手指轻微地颤动了一下。金锋慢慢地往后靠了靠，他似乎试图将自己一直俯视着空流与沄滟的高大身躯往下压一压，与他们平视而坐。

确然已经有其他星球提出过相似的问题。如若这些星球的球长在表决时有所异动，或者即便是投弃权票，那大好局势可就功亏一篑了，这是金杖星球所不能承受、也决不接受的。

金锋慢慢地向前坐直了身体，长长地吐了口气，像是要下什么艰难的决定似的咬了咬牙，抬眼看了看空流和沄滟，说道："好吧！我们也是不得已，我们有严格的保密规定，更何况是这样极其机密之事。就像你所说的，你们是我们绝对可靠的钢铁盟友，现如今咱们话都说到这一步了，咱们的命运休戚与共，我们的计划也就必须让你们知晓了。

"我们制订了两套计划，一套温和的计划，还有一套大规模军事计划。这个计划一旦让外界知道了，你们想都能想到，一个正常的表决会议，我们竟然在暗中进行了军事准备，那得引起多大的舆论风波，到那时，各方都会介入。我们面临的只有两个选择：其一，无条件接受任何惩戒，我们的目标彻底失败；其二，不计后果进行军事打击，但是，有关方面已然有了军事防备，后果难测。"

空流毅然道："我以我们通联署首座特使的身份担保，保密从来都是我们视为生命一样的铁规！咱们是一损俱损，一荣俱荣。你们承受什么样的后果，我们也是一样的。更何况，我们的球长还远离家乡，孤军深入你们的星球，在暴风眼中心呢！"

金锋的面容一下子舒展了许多："这是自然，这是自然。"

"但是……"空流接着说道，"表决会议召开前后，你们必然会执行计划，迟早都会被外界知道的，难道那时就不怕吗？"

金锋淡然一笑："事有先后，物有因果，此一时彼一时。这一点，阁下不用担忧！"

空流料想这方面金杖星球别有他法，便说道："那关于计划本身，我们洗耳恭听。"

金锋遂道："我们这个温和的计划叫作'蜉蝣计划'，全面军事计划叫作'乌云计划'……"

就在说话间，空流一边听金锋之言一边立即启动隐念异能，快速在金锋脑海中搜寻该方面信息。自进门的那一刻，空流就确定，金锋将军及其助理都不是异能者，不具备超能力。畅通无阻之下，空流意在速决。

虽说此番不必弄险，但亦是深入虎穴。在这样四处密封的地方，监控无处不在，举手投足、一颦一笑，如若稍稍露出一点破绽，绝无退出的可能。

待跨出警戒区之外很远，空流和沄滟才彻底放松。

"这应该算是咱们窃取情报最轻松的一次吧。除了他们说的，还有什么收获没有？"沄滟回过头来轻快地问道。

"嗯，算是吧。不过还是离不开你的协助。"空流大凡启动隐念异能，必须得十分专注，凝神静气方可。因此就在空流刚才获取金锋的意识信息时，沄滟不动声色地催动了幻影异能，让对方看到的是空流正常交谈时的模样。

"我只是为你稍加美化而已。"沄滟忘情一笑。

“可谓是一美之境遮百般破绽，有化腐朽为神奇之功！”空流给了沄滟一个大大的赞美，转而正色道，“咱们加快速度，赶往咱们在鱼米星城附近的下榻之处，我要将信息尽快传给联境总部及尘浪他们。你以后也要记住，在确保安全的情况下，情报的价值就是速度与时间。不要让情报在自己身上停留，每多停留一刻，就多一分传送不出去的危险，从而可能带来灭顶之灾！”

沄滟心中一凛，斩钉截铁地答道：“记住了！首座。”

途中，空流将“蜉蝣计划”与“乌云计划”的一些情况向沄滟做了补充讲解。

“蜉蝣计划”是一个精准绝杀的生物暗杀行动方案。

金杖星球研制了一种基因武器，代号为“蜉蝣”。这种基因武器“敌我分明”，它通过改造致病基因、培育攻击的靶向性来甄别、筛选具有不同性状特征的生物体。精准锁定特定目标或群体作为攻击对象。

“蜉蝣”几乎能够在金杖星球星民生活的任何场景空间生存，空中、地上、水中……换言之，可以无处不在。只需将被猎杀对象的细胞物质提取一点点，与“蜉蝣”一起培育一定的时间，“蜉蝣”就能产生不可更改的终极记忆。

一旦释放出“蜉蝣”，只要在同一颗星球环境域内，无论目标对象身处何处。“蜉蝣”都会通过水、空气、石头等任何物质，无声无息地找到目标。待其附身，必一击而中，然后融于目标身体之中，化为无形。

这种生物暗杀武器的可怕之处在于，精准、未知、无形且难以防范。即便你躲藏在护卫重重的军中大本营内，“蜉蝣”都能神不知鬼不觉地找到你。

在金杖星球看来，“蜉蝣计划”超越了任何打击方式，可谓是针对特定对象进行斩首行动的完美方案。亦可升级为针对一个种群的"种族武器"。

金锋将军在和空流、沄滟的密谈中透露，"蜉蝣计划"锁定的对象正是莫雨及执掌青霜星界军事的惊鸿影。

但他显然没有说出全部的真相。空流从他脑海中探取到的信息显示，"蜉蝣计划"要锁定的对象还包含十三行政星球联盟中的其他十二位球长。

以鼎冠为首的金杖星球核心政客们真可谓狠毒之至，为了权力不惜付诸任何手段！

空流和沄滟由此想到：他们也许连七界联境代表团成员都秘密锁定了。当然，这一点，可能连金锋将军这个层级的军务者、政务者都不知道。从目前了解到的行事方式来看，完全存在这种可能性。而且，实际上，他们可以通过各种途径获取到尘浪他们的皮屑、表皮、唾液、尿液、头发丝等，从而提取到有用的生理物质。

"蜉蝣"杀敌于无形的效果与蓝焰星界仙菌落异能署的异能有异曲同工之处，只不过，"蜉蝣"的打击方式比异能者不知要高明多少。显然，金杖星球方面想到了这一点，一旦执行"蜉蝣计划"，他们准备嫁祸于仙菌落异能署，并算定广大星民一定会深信不疑，皆因仙菌落异能署过往之行事方式已然背负了不少恶名。

当然，关于嫁祸的阴谋，金锋自然是只字未提，也是空流暗中探知的。

空流还没有来得及讲解更宏大的"乌云计划"，二士就已经到了下榻处栈楼。空流藏匿身份，以顶级暗线通道向七界联境总部发去绝密信息。然后，再以七界联境总部的加密通道向尘浪发出信息，并传达了简要指令。

诸事处理完毕，空流计划下一步立即剑指蓝焰星界驻青霜星界星际飞地。

"咱们已经撕开了最容易的口子，接下来，从最难处下手。"空流抛给沄滟一个水果，"像这样，由两头向中间剥开。"

沄滟远远伸手接住，跟着旋转了一个舞步："嗯，也好，青霜星界行政公署那边，伊凡已经获悉了他们的'帷幕战略'了，就让尘浪他们深入跟下去。咱们两头发力，花开两朵各表一枝，岂不美哉！"

"就是便宜了洄水和知末大师了，他们负责金杖星球的情报，咱俩把活儿都干完了。嗯，知末，我没在，没有谁捉弄他，一定少了不少欢乐吧。"空流说到这，突然想起了洄水，脸上的笑意瞬间消失。

空流还是在飞天巡游仪式上远远见到过她，虽然她光彩四射、纯美可爱如昔，他确信远远就能看透洄水的眼神，空洞中仿佛失去了一段岁月。此刻回想起来，空流心中大为不忍，不由得长长地叹了口气。

沄滟猜到了空流的心思，岔开话题说道："知末大师也有得忙了，蜉蝣武器的应对还不得靠他操盘呀！"

"恐怕'乌云计划'的军事应对部署也少不了他。"空流稍显漫不经心地应了一句。

"还有洄水，她可是时时刻刻都在忙的。什么事不都是安全第一，哪里都少不了她这个首席安全官呀！"沄滟跟着赶紧补充了一句。

空流若有所悟，眉眼一展，笑道："说的也是，她、她很忙的。你给她封的这个首席安全官的称号不错，我还是头一次听到。"

空流的心结似乎解开了不少，笑声朗朗。

沄滟微微仰着脑袋问道："如若此刻我也没有和你在一起，你会怎样？”

　　“啊！什么？这个、这个……”空流被猛然一问，竟不知如何回答，“咱们不是说洢水和知末吗？怎么、怎么突然说起这个了？你不是在这儿好好的吗？”

　　“我也是突然想起来的，就想问问呀！”

　　“哦……那还用说，自然是很孤单失落的呀！”

　　“除了孤单失落，没有别的……”沄滟嗔道，“我看不见特信使小鸟歌遥还感觉失落呢！”

　　“我不是这个意思，是思念、不舍。不对，是常常的思念、深深的不舍……”

　　“哈哈哈……假设不成立！我在呢！”沄滟一扭头，轻快地蹦跶走了。

第七章

死生如梦

鱼米星城机要会议室内，尘浪和特别行动组众成员正在召开紧急会议。收到七界联境总部发来的"蜉蝣计划"与"乌云计划"绝密信息，众士分外震惊，简直不敢相信总部竟然神速如斯。

金杖星球与青霜星界行政公署的磋商会议刚刚开完，按照尘浪等获悉的情报，金杖星球制订计划的时间应该在会议之后。依此推算，七界联境总部远在近十三亿光星年之外，即便是第一时间获得了消息，一来一去最快也需要三星日，但是磋商会议开完才刚刚两星日。

"只有一种可能，"尘浪神色凝重，边思索边说道，"那就是金杖星球在此之前就制订了完整的计划，这个时间也许更早……果真如此的话，那我们可就惭愧了。一来咱们获取的情报有误；再者，咱们深入一线却什么都不知道，反倒让远在后方的总部先行隔空取物了。"

看气氛颇为严肃，尘浪说完，站起身来，转而淡淡一笑："好了，这方面的情况咱们以后再研究，若是咱们工作不到位，那是我的责任。现在的重点是研讨七界联境总部发来的情报方案。咱们这么快就拿到了金杖星球方面的重大情报，这应是件天大的好事。所以请大家放轻松，打开思路应对当下的紧要问题。"

"这就对了嘛！"知末敲了一下桌子，朗声大笑道，"金杖星球的情报是我和浒水负责，你看我们就是运气好，肯定是七界联境总部格外关照我俩。所以，你们应该对我们表示祝贺才对呀，怎么还这么压抑呢！氛围还是要搞起来，我看接下来的科技问题主要还是我的事，我可是只有心情好，才有思路和灵感啊。"

知末说完，刻意看了看浒水的表情。自从空流杳无音讯、生死未知之后，大家在各种场合都格外关照浒水的心情。知末本就不拘小节、生性不羁，自从与浒水分到一个行动小组，更是天天想着法逗她开心。

大家听完尘浪的话，再经知末这么一说，觉得果真是这么回事，便一个个放下了心理包袱，你一言我一语地逐渐热闹了起来。

浒水向知末投过来感激的眼神，毕竟现实的结果是金杖星球的计划已经制订出来了，自己却一无所获。知末是科学大师，获取情报不是他的专长，自己对行动小组的情报获取负主要责任。

不过，浒水心下还是颇为疑惑：她坚信自己的信息情报无误——金杖星球计划的制订是在青霜星界磋商会议之后。因为获取情报不仅仅是她和知末的事，背后有一套庞大的情报网络及军政体系、技术手段在支撑。

更为重要的是，她的直觉感知向来不会错，这一点不仅她自己充分自信，在座的每一位对此都深信不疑。

浒水似乎对身边热烈探讨的氛围浑然不觉，凝神将全息情报信息翻来覆去地看，用手指在纸面上不停地画来画去，留下一道道杂乱无章的画痕。她看着看着，眼里充满了泪水，泪水无声地在眼眶里打转，接着一滴一滴地滑落……

苏菲亚首先发现了浒水的状况，用眼神示意众士。屋子里一下子安静下来。尘浪起身走近浒水问道："浒水……你怎么啦？"

浒水"哇"的一声，突然大哭起来，将头深深地埋在手臂里，哭得分外伤情。

众士皆以为洀水是在为错失情报的事而自责，一时不知所措。

尘浪柔声道："真的没事的，都已经过去了，况且，这与你们都不相干，即便有何不足，也是我的责任。"尘浪想起一路走来，以往每次都是空流孤身深入，一次又一次死里逃生获得敌方的重要机密……不禁长长地叹了口气，"唉！要是空流在该有多好啊，可惜我的专长不在于此……"

"不是的……不是的……真的不是的……"洀水边哭边呢喃道。

赫拉见状，走到洀水身旁坐下，轻抚着她的肩膀轻声细语道："我们是生死相依的战友，你有什么心事一定要告诉我们，我们一起分担，一起承受，一起面对！好不好？"

洀水慢慢停止了哭泣，擦干了眼泪说道："对不起首座，对不起大家了。我真的没事了，是我没有控制好自己的情绪，打扰到大家了。不过，首座……我有个请求，不知是否可以？"

"没事，你说，我尽力来办。"

"咱们是否可以给总部发来密讯的通道回个信息？"

"回个信息？一般咱们只是接收不用回复的。要向七界联境总部传送密讯的话，咱们有专门的通道啊！"尘浪颇为不解。

大家也是备感疑惑：洀水大哭一场后，竟然郑重地请求，要做这么一件看起来没有什么意义的事。

"是的，我请求您批准。虽然，我也说不清是什么理由……我只能说七界联境发来的这个信息有些奇怪。"

"信息……难道这个信息有什么问题？"

"这个信息的真假没有任何问题，七界联境的密讯通道没有谁能破解。是这个信息源……嗯，应该不是七界联境直接获取的。"

"啊！这个、这个，你怎么知道？"

"我也不知道，只是直觉……"

这就够了，还是那句话，没有谁会质疑洢水的直觉！

大家面面相觑，一时无话。

"其实就是发个信息呀，什么都不会影响的，我们接下来继续商讨就好啦！"洢水说话间，竟然神情有些激动，面露不可抑制的喜悦之情，又恢复了她那纯美可爱的模样。

知末不禁也跟着笑了起来："真是女孩儿家的心思就像天上的云儿地上的风。我觉得可以的，多大的事啊，首座。"

尘浪虽然不解，却道："嗯，可以的，当然可以。那你要发什么信息？"

"风起于暗黑星空。"

众士听了俱是一愣：这又是什么意思？

"怎么啦？首座，不行吗？"洢水有些着急。

"可以的，当然可以。我只是不明白这是什么意思？"尘浪还是一贯的亲和而沉稳。

"你猜？"

"呵呵，我怎么能猜着，难道说这个'蜉蝣计划'与'乌云计划'的信息，是暗黑星空先获取，然后转给七界联境总部的？"

众士都了解，这个幽深莫测的组织，以其科技能力与行事风格，做出什么样的事来都不足为奇。不过，自七界联境代表团受命出发以来，截止到目前，暗黑星空还没有做出什么出格的事来。

"也可以这么理解吧，我也不确定，我只是想证实一下自己的直觉。嗯，说起来和安全也相关，算是我职责范围的分内之事吧。"洢水的眼神愈发明艳。

"真是暗黑星空获取的又有什么问题吗？你哭什么呀？"伊凡很是好奇，上前直接问道。

"我就是想哭嘛！不行吗？"浘水抿着小嘴哼了一声。

"当然行！当然行！我就是问问，关心一下啊。"

赫拉瞪了伊凡一眼："我说你呀，不会说话就别自讨没趣啊！你呀，直肠子武夫一枚！"

"执掌姐姐教训的是！"伊凡低着头笑眯眯地站到了赫拉身后。

接着，苏菲亚按照尘浪的指令，将浘水的信息立即传送出去。

浘水看上去虽然有点姑娘家的小性子，但大家心里都明白，作为一名星界特殊战线的战士，她发送这条信息自有她的理由，并非简单地只是闹着玩。作为特别行动组安全事务执掌者，为安全计，她自有考量。只是直觉这个东西，有时玄妙得很，对他人难以言说。

其实浘水的心中藏着一个秘密，在她看来，发现这个秘密比天还要大。就在她灵光一闪的一念之间，她突然触摸到了这个秘密，于是喜极而泣，若非如此，她恐怕自己要抑制不住地癫狂了。

此前，空流驾驶战舰投射"星空茧房"，爆炸的最后时刻，浘水收到空流发来的秘密传讯："风起于暗黑星空"——这条密讯，空流只发给了自己。

浘水暗自将收到信息的时间和战舰爆炸的时间做过无数次的对比，但都无法确定空流究竟是生是死。

直到蓝焰星界公开向各星界发布消息，证实空流和沄滟已经牺牲。从此，浘水心中的光消逝了，她像一颗孤寂而毫无生命的星球在无尽的黑暗中飘荡。但她心中被无边的黑暗包裹的、幽微的希望的火种却从未熄灭……

因为直到现在为止，七界联境一直没有宣布空流和沄滟死亡的消息，七界联境的原话是，无论是生是死，一定要找到他们的本体。

看到尘浪召集特别行动小组成员研讨的情报，浉水确信自己的判断——七界联境总部不可能这么快就获取了金杖星球的情报。就在此时，一种不可名状的感觉突然从她的内心深处喷涌而出，于是她迫不及待地研读着情报信息的每一个字！

天哪！没错！这正是她熟悉的感觉！每一个星民的表达方式都是独一无二的。她发现这正是空流的表达方式！空流没有死，她相信这简直就是一定的！每发现一处蛛丝马迹，纸面上就留下一道她用手指尖用力刻画的划痕……

"风起于暗黑星空。"

浉水直到如今也没有明白，空流生死攸关之际发给自己的这句话究竟是何含义。也许是提醒浉水，发生在红尘星界的惊天危机，真正幕后操纵者是暗黑星空？暗黑星空做任何事情——任何好事或坏事，都没有谁会轻易否认其可能性。

浉水想不明白的还有一点，空流为何要将信息发给她，按道理，如此紧要关头，应该发给尘浪才对呀。难道尘浪……浉水很快打消了这个一闪而逝的念头，她觉得对战友哪怕有一丝丝的不信任都是一种罪过。

最后，浉水觉得自己终于得到了想要的答案：本能！是的，本能。那是一种在危急情况下来不及思考的本能。

每每思及于此，浉水那被悲伤浸润的灰暗的天空里，就会泛起一道沉醉的晚霞，虽然转瞬即逝于深沉的夜幕，但总能在她的心海里荡起分外期许而留恋的甜蜜——那是痛苦中交织着幸福的爱意的流连……

"空流和沄滟或许还活着！"铁一样的纪律让浉水不敢将心中的猜测告诉任何战友，她只有耐心等待是否有消息从传讯密道那头而来。

世间或许没有哪种力量比希望更神奇。

大哭一场之后，悲伤似乎从来没有降临过，沨水又回到了从前。战友们欢喜之余百思不得其解。

"知末大师，轮到你闪亮登场了，请开始你的压轴表演吧！"在众士探讨"蜉蝣计划"与"乌云计划"长达一个多星时之后，尘浪依旧精神饱满地说道。今天众士的精神状态格外好，尘浪也不由得语调轻松许多。

"咳！咳！"知末拉长声调干咳了两声，大手一挥，"呼啦"一声拉过一张椅子，一脚踏在上面，得意地高声道，"那我就不客气了，最后再说几句啊！"知末刚说完，"扑哧"一声，俯下身子压低了声音问道："首座，我是最后总结性发言吧？"

"当然是，非你莫属！"

"懂啦！好嘞！"知末素来的性情风格此时表露无遗，沨水这么开心，他像老大哥一样发自内心地高兴。

"诸位！我的总结发言虽然高屋建瓴、光华万丈、思想深邃，令宇宙风起、星辰色变，但……"

赫拉伸出了一根手指："想要找点苦吃，是不是？还不快点说正事！"

知末慌忙摇摇手："哦！不要不要！我已经开始转折了。"

众士哄然大笑。

"首先请各位放心，这事我心里有谱。基于现有的资料初步研判，他们实施计划所依赖的武器装备，我们拿出针对性的反制性武器并不难，这一点我和我们的科学公务者团队有把握，稍后我们就会立即行动。但是，我想说的重点是……"知末收回了他的脚，站直了身体，回到了他作为一名科学大师的严谨。

"高科技之战好比远古时代的矛和盾的攻防之道。我们的武器科技性能能否克制住对手只是其中一个层面，这个层面的责任由我来负；第二个层面是战局的胜负，这个并非绝对由武器决定。

"还有一个需要慎重考虑的层面就是，双方所付出的代价，尤其是伤亡的代价。比如说，如果我们对这场战争的要求，死亡数量是一百亿、十亿，还是一百万、十万，甚至是零死亡，这对武器的要求是天差地别的。

"即便七界联境的科技文明处于七界的巅峰，但七界联境从未研发过进攻型广域时空杀伤性武器，我们的武器，更多的是防御或消解、制约性的。当然，尘浪首座，您是军政大家，想必定有考量，我只是基于理性分析，做一个提醒。我会第一时间把双方武器的实战推演数据给到你。"

尘浪凝视着眼前的资料，战争的各种要素在他脑海中一一闪过。稍许，他缓缓说道："您说到了问题的最关键之处。科技力量对比，我从来没有担心过，甚至连胜负我都没有过多去考量。最核心的恰恰就是你说的第三点，七界联境的要求从来都是，最小的生命伤亡；还有，我们的武器只能是让敌方的武器发挥不出作用，而不能是双方互攻、伤害广大的星民。

"具体说到金杖星球的战争计划，'蜉蝣计划'是斩首式的，最主要的效能是震慑力、影响力，但实际杀伤范围不大。'乌云计划'使用的是一种类自然的广域时空杀伤性武器，涉及面较广，至少是星球级的。"

"我理解，"苏菲亚接过话头说道，"过往的有些战争，包括按照现有一些星球的科技水平，如果发生战争，比如超级热能武器、巨型合成智能机甲之战，战争的结果往往是一片废墟，即使是胜利的一方，得到的不过是满目疮痍的残迹，还有恒久难以弥合的伤痛。广大星民的生死更是无以言说，都是以洲、国为单位的区域性毁灭，所谓智慧生命，战争硝烟之下，不过如泥沙而已。"

"是的，此类场景，一些星球远古的科幻大片中早就预言过了。时至今日，如若发生战争，又有几多星球能够避免此等结局？今天，我们在这里，依靠七界联境的科技力量，我们完全有能力跨越这一步。这也是各个智慧生命星球广大星民心中所认定的——必然如此。"尘浪说完，不由得露出了苦笑。

知末摸着下巴，皱着眉头，围着桌子走动起来。"这恰恰是我们的压力之所在，也是我时刻担心的。能力能否达到与结果能否实现完全是两回事，尤其是战争。假如他们现在就突然实施'乌云打击'，任我们武器再厉害也阻止不了灾难性的后果啊！"

"确实，广大民众可不管你这一套，如果是我，以一个局外星民的眼光来看，要不是你知末设计的武器不行，要不就是尘浪指挥不当，再不就是七界联境的责任了，那说法可就多了。"伊凡一向是直来直去，实话实说。他看了浉水一眼，继续说道，"别说是广大民众了，如果是这样，就是我都不能接受。用沄滟的话怎么说来着？"

"太不人道了，惨无人道。"浉水捂嘴笑道，她一想到空流和沄滟还活着的希冀与秘密，控制不住真情流露。

"对，惨无人道！惨无人道！"伊凡接连重复了两句，不过，他对浉水说这句话时的笑容感到不解，觉得美则美矣，却颇为不宜。其他众士亦是同感。

浉水觉察到了大家的质疑，但她并没有掩饰自己，也没有做任何解释。

尘浪轻咳了一声，把大家的注意力引到自己身上："如同微观世界的不确定性，随机性要素太多了。我们只能以更充分、更踏实的准备来迎战了。"

只要一想到自己的使命与这些鲜活的生命息息相关，众士的肩头格外沉重。

之于生命个体，科技的发展带来的究竟是安全还是更加危险，谁也道不清说不明。极为遥远的火药时代，一个炮仗的威力不过几步之遥；现如今，一项广域时空杀伤性武器动辄可将一颗星球上所有的万物生灵转瞬化为星尘。安危不再局限于生命个体层面，维系着一个可能繁衍了数以亿星年计的文明的生灭。

科技，在萌芽之初，曾是那样美好。但现在，星民想到的更多是"不寒而栗"这样梦魇般的字眼。

单就金杖星球的"乌云计划"而言，他们在什么情况下，在何时会实施真正的打击。七界联境究竟在什么情形下可以实施反击，是抢先主动控制还是后发被动还击？此外，青霜星界军方、蓝焰星界的战略计划是什么？或许没有多少因素能够影响到战局最终的胜负，但任何因素都足以波及广大星民的生死。

对于特别行动组成员，对于七界联境来说，像古老的科幻片那样，以动辄数百万甚至数以亿计的星民生命消亡为代价的胜利，没有任何意义，也绝对不可接受！这是他们的信仰与使命所在！

"女子的直觉真是太可怕了。"空流站在栈楼的窗前，仰望着不远处悬空的鱼米星城，心里暗道。

他收到浉水传送的密讯，看到"风起于暗黑星空"这几个字，百感交集，长长地舒了口气：终于可以不用让浉水为自己和沄潋的"离去"而陷入痛苦的伤怀了。

听到空流的叹气声，正在星河机器大脑上处理情报信息的沄潋转过头来，没有说话，只是眨眨眼投过去一个问询的表情。

空流依旧站立未动，只是极为冷静地说了句："浉水知道了。"

"知道什么？"

"咱俩还活着。"

"哦，那不挺好吗？你早该告诉他们的，免得他们一直伤心。你的心够硬的了！"沄滟一边工作一边不以为意地说道。

"我什么都没有说，她猜出来的。而且，我判断……目前只有她自己知道。"

"什么？"沄滟从椅子上跳了起来，她显然此刻才意识到个中曲折。

于是，空流将在投射"星空茧房"的生死关头向洢水发送了一条信息的事给沄滟讲了一遍。

"咦，你怎么从来都没有跟我讲过呢？"沄滟绕着空流慢慢转了一圈，"你呀，还说你们无双星球的人都是靠直觉行事，不像我们地球人那样心机深沉。我看你呀，藏得真够深的！恐怕我才像你们无双星球出来的。"

"我并非有意不告诉你，如果不是洢水知道了咱俩的秘密，我也不会说的。"空流转身走过来坐下，示意沄滟也坐下来慢慢说。

"规矩我都懂，不该问的不问，不该知道的也无须知道。"沄滟微闭着眼，把头稍稍偏向一边。

"哈哈，还是有意见，不想和我说话是不是？我正好借机好好欣赏一下你的绝世侧颜杀。"

"你敢！赶紧说正事！"沄滟坐直了身体，瞪着空流。

其实空流在传送情报时，真的想过，想要留点线索，让尘浪他们去猜想自己可能还活着。这种在异星他乡看着亲爱的战友近在眼前却不能相见的孤独，一直在折磨着他。不过，理智告诉他不能这样做。没想到洢水竟然凭着超常的直觉发现了秘密。

听到此处，沄滟和洢水一样，最想问空流的是，他为什么把信息发给了洢水。她清晰地记得，在那最后的生死一刻，空流是紧紧地握着她的手的。

突然吹起的情感的微风只是稍稍拂过了她的心弦，沄滟明白此刻谈论的重点是公务。她低头一笑，然后看着空流问道："'风起于暗黑星空'是什么意思？是不是特别重要的信息？"

空流悬着的心终于放下了，如果沄滟要问他为何在如此紧急的情形下将信息发给了泗水，他不知要如何应答，因为他从来就没有想过这个问题。

"也可以说是特别重要的信息，但也许并不重要，等于什么都没有说。对了，告诉你一个秘密。当初，在红尘星界，微禾首座来地球的时候，给我带来了三个密讯，密讯的内容连他都不知道。其中有一个就是暗黑星空的公务首座知约，也就是知末的哥哥带给我的。"

"你的心中究竟藏着多少秘密？你累不累？我看你一天到晚倒是挺自在的。"

"这些都不过是公务而已，不管是不是秘密，不过是一个信息罢了，我倒没觉得是什么负累。"

这一点，沄滟和其他特别行动组成员一样，分外佩服他这份淡定从容。

空流接着说道："知约这条密讯的详细内容我就不说了，大体意思就是说，要想真正了解七界纷争的根源，也许要到暗黑星空去找。说这条信息重要，是因为知约说的可能是对的，暗黑星空的秘密太多了，到目前为止，谁都没有真正了解过。你不知道他们究竟在幕后做了哪些事。我在那个时候发给泗水他们，就是要给他们一个最终的提示。"

沄滟道："那你怎么又说也许并不重要？"

"就拿现在实际发生的事来说，哪一点看得到暗黑星空的影子？再有就是，眼前一件件事，哪件不是亟待解决的惊天大事？即便暗黑星空真有什么答案，谁还顾得上？最重要的，谁又有能力能从暗黑星空那里轻易得到什么？"

听了空流的话，沄滟若有所思。虽说眼下已经拿到了金杖星球的绝密计划，但就当下的局势来说，不过是揭开了冰山一角。一个又一个的谜团依旧如雾里看花一般，关键是连这些谜团是什么都不知道。想到此处，沄滟心中莫名地烦躁起来。

空流似乎看穿了她的心思，说道："当初在无双星球，咱们尚未启程的时候，我就说过，我们不过是暴风雨之中的潜行者或前行者而已，这盘大棋多方在下，究竟是谁在主宰一切，谁也无法预料。七界联境也好，科诗世界、原道世界也罢，甚至是暗黑星空，这些幕后的谜题，总有人知道得比我们多一些吧。我们也没有什么可选择的，路总要一段一段地去走。"

沄滟颔首道："想来也只有如此吧，一粒扣子一粒扣子地去解吧。下一粒扣子是否该轮到蓝焰星界了？"

"这个需要配合尘浪他们一起行动，他们正在制订明暗两条线的计划。"

"那你准备什么时候给浿水回复信息？"

"等一两星日吧，这样才好与七界联境的时间对得上。眼下，莫雨那边，还需要找机会突破一下。虽然伊凡获悉他们有个'帷幕战略'，我们也能感觉到莫雨的韬光养晦。关键是他们军事上的应对会采取什么措施。"

"军事手段，说到底还是基于核心技术。"沄滟显然越来越职业化了，直指问题的核心，"这向来是各方藏得最深的最高机密。"

"咱们是不是再上磨刀基地暗中走一遭？用对付金杖星球这种光明正大的方式肯定是不行的。"空流眉头紧锁，"看来，最好是找到一个合适的契机。"

"同一个星球，同一个使命。"大概将近两星日后，空流按既定的通道回复了洢水发出的那条密讯。

发完信息，空流喜悦之余，又暗暗叹了口气：你们找到了我，但我还是我吗？我又是谁呢？

尘浪收到密讯，以为是七界联境总部对洢水发出的那条信息的回复。自是不解，于是过来问洢水。尘浪看见洢水，老远就打招呼："来来来，七界联境回信了。"

"真的吗！回的是什么？"洢水闻讯，施展异能飞身冲了过来，"快！让我看看。"

"同一个星球，同一个使命。"洢水用颤抖的嗓音一个字一个字地念出来，凝视良久，眼中的泪珠如连绵不绝的雨滴，倏忽而下。

尘浪不知如何是好，想上前安慰洢水，却不知从何说起。突见洢水悲极而笑，上来拉着尘浪的手，摇晃着，摇晃着……

"首座，太好了，这就是我想要的答案！我真的是太开心了，你们也一样，真是个美好的世界。"

洢水像疯魔了一般，完全没有平常的甜美之态，手舞足蹈地蹦跳着远去。

"我要去告诉苏菲亚他们，我找到了，我找到了……"

尘浪怔怔地看着洢水远去的背影，又反复思量着收到的信息，突然心中一动："难道……不然作何解释呢，一定是的！"

尘浪想到此，大叫一声："苍天呐！"亦发足狂奔起来……

尘浪来到机要室，特别行动组成员都在忙公务，只有洢水兴高采烈地来回走动："反正我都告诉你们了啊，这是个天大的好消息。嗯，具体情况嘛，我现在还不能说……"

众士一边忙碌，一边时不时地看洢水一眼，微笑着点点头。大家因为都不明所以，心里想：只要你觉得高兴就好。

尘浪扫视了一眼："大家都在忙啊，哦，那就不打扰你们了。嗯，今天是个好日子、特别好的日子。大家抓紧制订获取蓝焰星界情报的计划，我们要尽快展开行动。我有充分的信心，一定能够完成使命，胜利一定属于我们！"

看到洢水的样子，众士还不足为怪；待到尘浪闯进来，激情澎湃地突然发表这么一段无头无脑的讲话，大家倒是觉得分外诧异："今天这是怎么啦？"

尘浪并不理睬众士莫名的表情，转头向洢水问道："很开心是吧？"

"是的，你呢？"

"我也觉得好开心！"

"你开心什么？"洢水笑嘻嘻地问道。

"我也不知道，可能和你一样吧。"尘浪打了个哑谜。

"走咯，忙去了！"尘浪说完，留下神秘一笑，飘然而去。

就在这时，苏菲亚突然起身大声说道："首座，有密讯。"

第八章

雪浪之约

尘浪返回机要室打开密讯一看，是青霜星界军中一号惊鸿影发来的消息。惊鸿影在信中说，有机要大事需要相商，希望能前来拜会尘浪。具体什么事项在密讯中并未提及。

"你今天真是喜事连连啊，异域军中之花又要来拜访你。"知末打趣道。

"这个机会我倒是可以让给你。"

"我和她？都聊不到一个星系，不敢掠人之美。"

那边，空流获取到惊鸿影要去拜访尘浪的信息，双掌一拍，对沄滟大喜道："机会来了，咱俩赶紧合计合计。"

午后，惊鸿影应约翩然前来，但并未向外界吐露行踪，属于秘密访问。惊鸿影孤身一人驾驶隐形飞羽，未带任何护卫，看来对七界联境还是颇为放心。

会晤地点安排在第七机要会议室。尘浪进门时，不经意地打量了一眼，微微皱了皱眉头，回望了一下身后的苏菲亚。一起陪同的苏菲亚看在眼里，似乎想要解释什么，但终究什么也没有说。

今日的惊鸿影身着制服，披着一件纯红色的流苏披风，与英姿飒爽的苏菲亚交辉相映，有一番异域星士飒爽的别样风流。

苏菲亚打量着惊鸿影，上前寒暄，由衷地赞叹道："依我看，七界之内，遍数军中，像你这样年轻有为而又绝色超凡的星士，真是不多见。"

不知何故，自接触以来，惊鸿影与苏菲亚就不甚热情。现在听到苏菲亚对自己如此备加赞美，惊鸿影颇感意外，连忙起身致谢："您过誉了，见笑。您才是真正的诗韵芳华，光华绝世。"

看到二位佳丽互致溢美之词，尘浪伫立一旁淡然而笑。自从在红尘星界星都地球与青霜星界的七大球长接触以来，包括此次来青霜星界与莫雨及各有关星界球长打交道，特别行动组成员感觉青霜星界政治生态森严而肃杀，政界执掌者大体心机深沉而喜怒不形于色。惊鸿影虽身居要职，却似乎不属于此等风格，其高冷的外表之下，言谈举止爽快而直接。

这有如在冰天雪地的世界里，突然生出一朵自在怒放的野花来。尘浪一行显然更愿意与惊鸿影打交道，所以对其来访分外客气。

双方落座，惊鸿影望着尘浪语笑嫣然，开门见山道："都说七界联境无所不能，我是来寻求帮助的。"

"无所不能，哈哈！"尘浪拍拍胸脯说道，"你看我们都是血肉之躯，也只是七界联境中的普通一员，哪有那么大的本事？不过，七界联境聚沙成境，妙境天成，虽说未必如传说的那么神妙，解决不了的难题似乎也不多见。请问有什么需要效劳的，说来听听？"

惊鸿影笑道："那就好，只是一件小事而已，应该用不着七界联境使出那无上的化外之力。我们料想，有七界联境的代表团亲临坐镇，不管是金杖星球，还是十三权力星球联盟，他们应该不敢贸然采取军事行动，若动用武力，那就是与七界联境，也就是与整个七界为敌了。"

"你确定，你们真的是如此考量的？"苏菲亚忍不住问道。看来，对方果真不知道金杖星球的"蜉蝣计划"与"乌云计划"。

"难道你们不这么认为？"军事工作的直觉让惊鸿影立即警觉起来。

"你们不会为最坏的情况做必要的准备吗？"苏菲亚直接追问道。

就在苏菲亚说话的同时，一张洁白无瑕的纸张被她宽大的衣袖轻拂而起，飘忽着坠地而去。就在纸张触地的瞬间，尘浪突然手掌一翻，将那张纸倏忽间吸入掌中。苏菲亚快速扫视了尘浪一眼，面色微变，但很快就镇定如常。

尘浪始终平静地看着惊鸿影，目不旁视，似乎什么都未发生，只是弹了弹手指，微笑着示意惊鸿影继续。

惊鸿影眼中寒意骤起，如同冰冷的烈风吹过雪山之巅，转瞬又消逝于阳光下的虚空，眉眼间卷起了笑意。她若无其事地望了苏菲亚一眼，以极其微弱的声音轻"哼"了一声，又微一低头向尘浪致意道："果然是磊落君子。"

尘浪亦微微点头道："多谢谬赞。请问需要我们做什么？"

惊鸿影道："还是那句话，我们料想他们不会采取军事行动。否则，我们无论做什么应对举措都毫无意义，毕竟力量太过悬殊，实力完全不在一个层面上。若真到了兵戎相见的极端局势，那就自然应是你们七界联境操心的事了。所以，归根结底，这一层的危机不是我方考虑的重点。我方只考虑不发生军事冲突下的情况。此等情形下，我方分析认为，最需要考虑的就是异能者势力。"

显然，惊鸿影绝不会泄露关于"帷幕战略"的半点消息。一方面是为了保密；另一方面，向对方表示没有做关于军事冲突的任何应对措施，目的也是为了向七界联境施压，让七界联境将军事冲突的重担扛在肩上。从逻辑层面来分析，惊鸿影的表述合情合理。

"异能者势力？"尘浪颇感意外，"幽草异能署的力量不是一直都在你们这边吗？"

"理论上如此，但实际情况比较微妙，尤其是当下的时间节点。所以，我们迫切需要知道幽草异能署的立场。"

惊鸿影接着说道："一直以来，幽草异能署很好地秉持他们一贯的宗旨，为青霜星界的安危服务。但因青霜星界的特殊情况，十三权力星球联盟实际掌控着青霜星界的日常权力运行。也就是说，过往，青霜星界如有任何需要幽草异能署配合执行的任务，都是由十三权力星球联盟的首领鼎冠下达命令的。所以，当下的情况是，如若青霜星界首座莫雨与十三权力星球联盟首领鼎冠决裂，幽草异能署究竟会听命于谁？他们可是一股极其强大的势力。"

"这可是一个十分棘手的问题。"尘浪吸了口凉气，"只是，我们七界联境也是一个政治组织，从根本上来说，是管不了他们的。只怕……"

"这个道理我们明白。相对于我们，协调此事，你们有几大优势。"惊鸿影语气一顿，略有几分不好意思，笑道，"恕我冒昧，我们也做过深入调查。因你们为红尘星界解决了惊天危机，红尘星界飞花异能署执掌赫拉一直跟随你们了，整个飞花异能署在为你们服务。

"幽草异能署与飞花异能署虽然在解决红尘星界危机的过程中有所冲突，但那都是为各自星界任务使然，双方之间并未有实际仇怨；况且他们从根上有共同的渊源，如若飞花异能署执掌赫拉能够出面为我们说说话，还是很有分量的。

"此外，红尘星界危机事件，无论如何，青霜星界行政公署，尤其是青霜星界十三权力星球联盟难逃其责。七界联境或因内情较为复杂，或许是考虑到当前扑朔迷离的局势，迟迟未作出处罚。一旦作出处罚，我想或多或少，参与其中的幽草异能署亦会受到牵连。总之，处罚的决定权在七界联境手中。

"再者，前不久，各星界行政公署欲收编异能流派一事，七界联境再次昭示了其无可比拟的强大力量，最后裁决的结果也是站在了异能流派一边。如此种种，表明七界联境若能出面，对幽草异能署的选择必定具有决定性作用。"

惊鸿影侃侃而谈，一口气说完，目不转睛地望着尘浪。

尘浪一边思索，一边微微颔首，惊鸿影的话说得在理。"您说得没错。按规矩，幽草落异能署当站在青霜星界行政公署这边。当前局势下，为了星界和平，我们理当出手协调。好吧，我们尽力一试，但结果如何，可不敢保证。此外，咱们既然在同一条战线上，那就应该坦诚相见，你们有什么战略部署及有关计划，一定要告知我们，这样利于我们协同作战。"

惊鸿影闻言大喜，起身深施一礼，然后落座说道："在此代表莫雨首座，也代表青霜星界广大民众，谢过首席参谋！我定会坦诚相见，在我职责权利范围内的，知无不言言无不尽。但有些事，想必您也理解，没有莫雨首座首肯，我不便多言。"

惊鸿影致谢之时，没有提及尘浪作为代表团首座的身份，而是称呼其七界联境首席公务参谋的身份，自然是希望尘浪能够作为七界联境代表，动用整个七界联境的力量。

尘浪微笑道："我既然允诺，就请放心。我这个代表团首座的权力可比首席公务参谋要大，此次出使青霜星界，所有的决策都可以代表七界联境公务首座微禾。"

"既如此，那太好了！好了，知道你们极其繁忙，我就不多打扰了。"惊鸿影起身离席，再次谢过。尘浪与苏菲亚一直送将出来，目送其乘飞羽离开方回。

惊鸿影刚刚离开，尘浪看也没看苏菲亚，说道："跟我来！"声音并不高，但严肃而冷峻。

尘浪与苏菲亚一前一后，一路无话，步履匆忙地来到机要公务室。尘浪环视室内："都在吗？哦，把浉水也叫过来。"

浉水春风似的飞将进屋，发现氛围有些不对：只有尘浪面沉如水地站着，其他成员都笔直端正地坐着，连平日里随性的知末也端坐如钟，似大气也不敢出。

待到浉水坐下，尘浪目光如钢丝一般，直抵苏菲亚，高声道："调出来！"

大家从来没有见过尘浪如此神情。

"调、调什么？"苏菲亚低声嗫嚅道。

"还要我说得那么明白吗？第七机要会议室！"尘浪再次提高了声调。

苏菲亚低着头，点了一下手指，弹出一张全息影像，是暗藏在第七机要会议室墙幕后的神经思维感应扫描器。当被感应扫描的对象想到某个场景、画面或信息时，神经思维感应扫描器就能将感应扫描呈现出来。此功能与空流的隐念异能有相似之处。不过，空流的隐念异能显然更为便捷。不仅仅能获得被实施对象的即时意识，空流甚至能够直接潜入对方的意识，"盗取"任何想要的思维记忆。

尘浪手指全息影像，沉默半晌，尽量压低了嗓门儿道："那好，告诉我，这是谁的主意，请站起来解释一下。"

众士彼此交流了一下眼神，除了浉水之外，齐刷刷地站起身来。浉水一脸茫然，也慢慢站起身来。

"你也知道，是吗？"尘浪有些疑惑地看着浉水。

"哦，知道、知道什么？"浉水结结巴巴地答道。

"那没你的事！坐下！"

尘浪看见赫拉也站了起来，语气明显缓和了许多："那好吧，基本上都参与了，是吧？索菲亚，你作为代表，解释一下，为什么要这么做。"

"报告首座，我来说吧！是我出的主意。"知末上前一步，身体挺得笔直，大声说道。

"好，说！"

"我知道惊鸿影要来拜访的消息以后，就想要获知他们'帷幕战略'的详细情报，所以就和苏菲亚她们商量，以索菲亚手中的白纸落地为信号，开启神经思维感应扫描器获取想要的信息。就这么简单。后来、后来，被你制止了，也没办成。没有别的，现在形势这么急迫，我也是着急。"

"这种手段，与审讯罪犯有何异？着急，谁不着急？"

"我们作为隐秘战线的一员，各种手段也是用过的。"伊凡低声为知末打圆场。

"手段本身无对错，也无道德可言，但是与场合相关。"尘浪接着提高了声调，严厉地说道，"惊鸿影来拜会，这是正常的外交场合。从国家到星球之间、星界之间，自古至今，这个最基本的规则都被坚守不破。

"否则，正常的外交场合，什么手段都用，那就要举世大乱了，这个世界也早就不存在了。而且，最严重的问题是，如果七界联境首先破坏规则，那么信誉将在一夕之间坍塌。可能就因为这一件你们看起来不起眼的小事，整个七界联境就会土崩瓦解，尤其在当下这样敏感而又危急存亡的关头。"

赫拉上前一步，立正说道："首座，这是我们的错，而且的确是十分严重的错误。这个规则意识我们都是有的，只是心存侥幸，觉得这样的方式惊鸿影不会发现的。其实，我们现在认识到，不管过程与结果怎样，这件事从一开始就是错误的。我首先诚恳认错，并愿意接受一切处罚。"

看到赫拉执掌主动站出来担责，又如此诚恳而认真，尘浪心中的怒气消了大半，微微躬身道："请赫拉执掌入列。我还是要多说几句，请大家以后务必记住，这种侥幸心理是不能有的，规则就是规则。

"政治无小事。而且，你们想，惊鸿影是何等人物，她不是一个小姑娘，也不是一个花瓶。首先，她是一名具有超能力的异能者，警觉应变能力都非同一般；况且，她还是军中首座，那得经过多少军事历练与考验。这些所谓的设备应对一定是她的必修课。刚刚发生的事实也证明，她虽然只身前来，但时刻保持着高度的警觉。"

"好了，不再多说了。请回答，是否认识到错误？"尘浪锐利的目光一一扫过众士的脸。

听到一个个响亮而坚定的回答后，尘浪接着说道："依照规定，处罚是必需的，三百次机械鞭挞、九级体能集训。除了沨水，我也在内，我负有领导责任，多加二百次机械鞭挞！执行！"

话说惊鸿影意兴盎然地登上飞羽，突然感觉衣服胸前多了点什么东西，一低头，发现是一只颇为精致的粉红色蝴蝶结，拿在手中一看，原来是一个信息传送器。惊鸿影随手轻轻一按，跳出一条信息："明晚七时，恭请芳驾赴雪浪岛雅叙，敬请拨冗赏光。尘浪诚邀。"

原来是尘浪以个人名义发出的私下邀约。惊鸿影心头一紧，感觉心跳加速、面部发热，惊喜之余竟惊慌得不知所措。蝴蝶结状的信息传送器微光闪烁，正在不停地跳动，等待着惊鸿影的回复。

惊鸿影定下心神，快速回复："不胜惶恐，定当赴约。敬谢相邀！惊鸿影。"

惊鸿影刚刚回复完毕，信息传送器骤然消失于无形。

"美人鱼已经上钩，接下来就看你的了。"沄滟看着空流，略带坏笑。

原来，在惊鸿影从鱼米星城出来之后、登上飞羽之前，空流提供通关信息，协助沄滟潜入鱼米星城，然后由沄滟暗中实施异能制造幻影，偷偷将信息传送器发送到了惊鸿影身上。这是空流获悉惊鸿影要前往拜会尘浪后定下的计策。

"你说这是偷梁换柱也好，是移花接木也罢。就算是自我牺牲一次，为尘浪做一次情感铺垫吧。"空流大笑不已。

"哼，我看你只怕是巴不得呢。"

"完全是为了任务，对了，咱们把具体行动方案再好好梳理一遍。"

夜初时分，沄滟正在规划行动路线，空流突然笑道："给你看一段影像。"

沄滟接过来一看，惊问："这是怎么啦？他们怎么会这样？"

空流道："影像是浿水发给我的。对了，上次我给尘浪他们以七界联境的名义回复信息后，浿水就明白了怎么回事。所以后来，我就给浿水开启了互传密讯的通道，算是正式建立了单线联系。"

"嗯，这样也好，以后有什么事沟通配合就会更方便了。"

空流给沄滟看的正是众士受到机械鞭挞后，伤痕累累地进行高强度体能集训的画面。空流接着把前因后果给沄滟讲述了一遍。

"这个处罚是不是有点太重了？看不出来，尘浪这么文雅的风格，认真起来也真是够狠的。主要是，他还带头执行，谁也说不出什么来。真是厉害！幸亏浿水没事。"

"这就是你看后的感受？"空流收起了笑容，"你以为我是为了让你看他们狼狈痛苦之态，替他们惋惜、鸣不平的吗？"

"噫，你想说什么？"沄滟感到甚为奇怪，满脸委屈。

"我让你看这个，是为了提醒警示你！你看你刚才的表述，如果你在的话，一定也会参与其中，犯同样的错误！尘浪的话我都说给你听了，你好像还没有建立这样的意识，这是极其危险的。我若在的话，一定会做出同样的决定，只会更加严厉！"

"这个……"沄滟突然回过神来，"对不起，我看你给我看的时候，好像还在笑话他们似的，所以没有自我警示。我想……您说得对，我若在，可能也会犯同样的错误。我们有时候，隐秘战线的角色与政治场合的角色没有厘清。这往往是致命的！"

空流正欲借机让沄滟将这种认识刻到骨子里，不能犯此类致命性错误，没想到沄滟竟然说出这番话来。沄滟从一个不问俗事的异能者、飞花落圣使到加入七界联境特别行动组，直接面对错综复杂的星界军政事务，禀赋非同凡响，进步可谓是神速。

空流许多话到嘴边，只是化作一句："好的，很好，没事了啊，你忙吧。"

第二日傍晚，空流计算好时间，易形为尘浪模样，施展异能不徐不疾地朝雪浪岛方向而去。约莫半星时光阴，空流到了雪浪岛外的刀火山。刀火山原是一处活火山，熔岩喷发之地。日夜奔腾的岩浆赤焰横流，天长日久，堆积出一道道如刀剑般耸立的山岩来。

山岩早先外围的土石被热浪与熔浆日复一日地冲刷，汇入滚滚洪流，奔流到远处的大海去了。如今这些剩下的伫立在火海中的刀山，据说金属含量极高，在烈火的"锻造"之下，已然坚硬如金刚。

刚刚接近刀火山上空，空流感觉到气流急剧变化，冷气与热浪交替，墨云滚滚，雾气交织。以空流的超能力及抗伤害能力，应付此等小环境小气候当是绰绰有余。为了看得更真切一些，空流降低了飞腾高度。

没有了云雾的遮挡，眼前的景观一览无余。数十里熔浆如火龙翻腾，耳际隐约有奇异的轰鸣之声，如同大地炼狱。在这些熔岩流动的火光之中，一座座刀山，色如玄铁，默然笔立，岿然不动，或劈向四方，或刺向穹宇。果真是一幅独特的自然奇观。空流回身再向上看，层层墨云压顶，穹宇被阻隔在了光芒之外，唯有一片无尽而不可穿透的黑暗，仿佛末世降临。

空流估摸了一下时间，发力奔出这刀山火海之地，眼前赫然是一片雪浪滔天的海域。遥见海域之中有一玲珑小岛，色如珍珠。这就是传说中的雪浪岛了。须臾靠近，足踏小岛，顿感细沙如银，温软可亲。小岛形若树叶，中间有一翡翠色、形如浪花的栈楼，那就是和惊鸿影相约的雅叙之处——波影楼。

空流登上波影楼，找到相约之室，发现惊鸿影已然到了，正品茗端坐，笑盈盈地看着推门而入的"尘浪"。

"抱歉，竟然让您等我。"

"首座好，您并没有迟到，是我到早了。"

"此处风光还是极具特色啊！"

"那是当然，只是我也很少来，若不是承蒙您邀请，怕是再过许久我也未必有机会来呢。"

"怎么会？像您，还不是想来就来嘛！"

"一来公务繁忙，哪里有时间；再者，像我等这种职务，不是想去哪里都能去的。今天是您约我，即便是莫雨首座知晓了问我，也无妨啊。当然，因为是非公约会，所以我谁也没说。"惊鸿影似怀揣幸福的小秘密而情不自禁地开心。

就在此时，空流事先安排好的食点已经到了，惊鸿影示意"尘浪"别动手，自己张罗着摆放。空流趁机观赏起景色来。

在室内可窥见波影楼全貌，从里看全楼通体透明，仿佛高高卷起的浪花，白浪里夹着碧波，似涌动奔流的雪浪，又如层层叠翠的碧涛。空流能感觉到所在的房间，此际正在微微地律动。

再看远处，原来雪浪岛三面被刀火山包围，一面与大海相接。远观刀火山，红色的流动之火与黑色的寂静刀山，刻画出一幅惊心动魄的魔幻世界，坠落的熔岩与飞腾的浪花碰撞出一曲曲水火交融的玄妙乐章。

在浪拥波簇、海风习习的孤岛中，细斟眼前的一切，确有恍如隔世之感。

惊鸿影陪着空流静静地观赏景致已经有好一阵了，缓缓说道："只怕一时也看不够吧，不若慢慢品味如何？"

空流收回视线，悠悠道："这里是可以忘却时间的。"

"你说的是风景，不是……"惊鸿影轻咬嘴唇，余光快速扫过"尘浪"玉脂一般的面庞。

"你知道我为什么要约这个地方与你见面吗？"空流并未直接作答，却反问起惊鸿影来。

"嗯，不知。你倒是说说看。"惊鸿影摇摇头。

"我有一位同事，来自红尘星界星都地球，你也知道，我们上一站抵达的就是那里。地球有灿烂的文化，尤其是他们的诗词歌赋，我这位同事时常跟我讲，我不太能懂，但是却非常着迷，沉醉其中。"

"嗯哼，竟有如此魅力，我有空也去了解学习一下。"

"是的。你看啊，你叫惊鸿影，这个楼叫波影楼。他们远古时代，有一位诗人写了这么一句诗：伤心桥下春波绿，曾是惊鸿照影来。你看是不是把你和这个地方联系起来了？"空流眼里闪着自得的光芒。

"伤心桥下春波绿，曾是惊鸿照影来。"惊鸿影一遍一遍地吟诵着这句诗，站起身遥望着远处，突然回过身来："真的是他们的诗人远古时代就写好的？简直是太神妙了！不仅是把我和此地联系在一起，甚至连我的名字都包含在其中了。"

"确实如此！我可是用了心的。"

"你有心了，谢过！"惊鸿影笑靥如春，"可是，伤心……为什么要伤心呢？这好像是一句爱情诗呀？"

"你竟然能读懂？"

"虽然异星之间文明差异甚大，但基于基本认知的判断能力还是有的。还有，教你诗词的这位应该是一名女子吧。"

"啊，是的。这你又是怎么知道的？"

"这些婉约的诗句，男子似乎没有多大兴趣教你。应该不是那位常与你在一起的苏菲亚，她是你们紫陌星界的星民。看来你公务之余，朋友不少啊？"

"我这个性格就是喜欢交朋友，各星界星球狐朋狗友甚多。"

"哦，竟然看不出来，我看公务场合你都是一板一眼的，永远平静如水的样子。"惊鸿影也觉得"尘浪"今日之风与往常接触的感觉不一样。除了那别致无双的品貌之外，更添了几分洒脱不羁。

空流暗道：这可是我与尘浪的结合体。于是，关切地说道："公私场合还是要分开的，你看你是不是也比平常多了几分温婉绰约？对了，我看你有点独来独往的风格，像你们这样负责军事公务的，日常生活中朋友是不是会少一些？"

听到空流的赞赏，惊鸿影甜美一笑，旋即眼中划过深深的寂寞之色，如同暗夜天幕坠落的流星："孤独或许是我与生俱来的宿命吧。"

"你……我是一个孤儿，自小被公务机构抚养长大，到现在都不知道我的父母是谁。"空流知道惊鸿影一定有故事，便直截了当地将自己的身世说将出来，神色亦是为之一暗。

这世间，唯有孤独，无须更多的言语，即能让人情不自禁地共情而伤怀。

"哦！"惊鸿影闻言一惊，"我也是个孤儿。"

"啊，世间竟有这么凑巧的事！"

"可不是嘛，咱们两个星球得相隔多少时空啊，能在这里相聚已算别样的缘分了。你那句诗词里提到的惊鸿照影，让我感同身受，那是怎样的形单影只啊！更何况是曾经。"惊鸿影的眼中竟然闪着泪花。

空流抽起一张纸巾，没有递给惊鸿影，而是施展异能亲自替她拭去了眼角的泪。

"谢谢！见笑了。"惊鸿影继续说道，"我从小生活的地方叫作青鸟洲，又叫作离岛，是一座孤悬海外的岛屿，风景自然是美丽的。只是这个岛上生活的全都是孤儿。"

"哦，你们星球的孤儿都有集中照看？"这似乎并不稀奇，很多星球亦是如此。只不过，在空流看来，惊鸿影所出生的星球想来科技不甚发达，不然不会有那么多的孤儿。

惊鸿影摇摇头，眼里似乎饱含着层层迷雾，迷雾之下是凄美的哀伤："其实我们都不是真正意义上的孤儿，只是自始至终没有见过父母而已。我们只是用他们的种子培育的后代，他们都隐姓埋名地为星球的科技文明发展从事着绝密的工作，至今依然不知身在何处，生死茫茫。"

空流听了只是无声地沉默，他了解这种感受。一瞬间，他觉得要向惊鸿影窃取情报似乎下不去手，但也仅仅是刹那之间的感念，毕竟亿万民众的生死危机容不得半点闪失。

"你……受苦了。"空流好半天才吐出来这么一句。

惊鸿影反而自嘲一笑："并没有，我们被照料得无微不至，生活极为优渥；只是，我的心有一个缺口罢了。"

"好吧，也许每个生命都有一个缺口。"空流报之一笑，转而问道，"你怎么又到了军中，年纪轻轻就成为军中首座了呢？也真是传奇哦！"

"我这点微末之职跟你们比起来又算得了什么，你们才是跨越时空的传说。"惊鸿影深深地叹了口气，敬慕之情发自肺腑。接着说道，"那一年，莫雨去离岛考察，我和一帮小伙伴正在玩打仗的游戏，我自小比较野。不知怎么就被莫雨首座看中了，把我带到了军中，然后好像是设定好了似的，一路飞升，把我培养到现在的位置，肩负重担。也许，孤独是我这一生的宿命。"

"是的，这份使命决定了你注定是孤独的。但是，我看得出来，你的心中充满热望，有灿烂的光，这些都照映在你的脸上，让你拥有某种特质的美。"

惊鸿影像不胜凉风的水莲花一般娇羞地低下了头——空流的每一个字都说到了她的心坎上。

"走，咱们一起去乘风破浪吧！"空流向惊鸿影发出了邀请。

"乘风破浪？"惊鸿影睁大了双眼，"你不是约我出来谈公务的？"

"公务就不用在这里谈了。当然，这也和公务有关，而且关系重大。咱们双方未来是要并肩战斗的，所以彼此之间需要建立充分的信任，无障碍沟通。"

"那你为何不找莫雨，你们之间不是更加应该建立充分的信任吗？"

"好像从你开始要简单一些。"

"那好吧，走喽。"

空流转身一按墙上的按钮，窗台前向外弹出两杆冲浪的"长枪"来，长度足有 50 米，一金一银，寒光凛凛，交辉相应，悬浮在窗前。空流和惊鸿影相视一笑，双双飞身而上，足踏长枪，向海面箭射而去。

这是雪浪岛特地为能力超强的异能者设置的冲浪游戏，因极具挑战性而名声在外。在海上自由冲浪对于异能者来说自然是小菜一碟，但是要足踏光滑而沉重的合金长枪，在惊涛骇浪中挥洒自如却绝非易事，身法与技巧都大有讲究。

空流与惊鸿影立于长枪之上，在海中随波起伏，缓缓滑行。

空流激发异能，向惊鸿影传讯道："纵一苇之所如，凌万顷之茫然。明白是什么意思吗？"

惊鸿影欣然笑道："此情此景即是也！"

空流一挥手，加快了速度。

"等等我！"惊鸿影在后面奋起直追，逐渐接近刀火山与大海的交接处，风高浪急，在此处冲浪越发惊险刺激。

二士兴致大发，展开了竞技较量，逐浪追石，两道长枪如海上蛟龙一般，缠斗得风雷激荡、山海色变。这惊心动魄的场面让雪浪岛的所有游客都瞪大了双眼。但见空流从浪尖拔空而出，突然直插海底，惊鸿影娇喝一声紧随其后。

空流待惊鸿影入得海底，全力激发隐念异能，惊鸿影顿时昏睡过去。空流一手将惊鸿影揽身过来，一臂环抱两条长枪。立即催动隐念，争分夺秒，猎取惊鸿影脑海中的信息，直奔"帷幕战略"而去。

空流一边感知惊鸿影的身体状况，一边估算着时间，来不及处理获取的信息，拼命游向海面。只因施展隐念异能最是损耗心神，空流此时已接近虚脱，凭意志与本能挣扎着浮出海面。

就在这时，空流看见远处一艘巨幕战舰悬停在海天相接之处，一众智能甲士正破空飞驰而来。空流将长枪一甩，两支长枪自动向波影楼方向巡航而去。紧接着，空流催动异能将惊鸿影唤醒。

惊鸿影幽幽醒来，看见空流正在水中托着自己，惊中含羞，问道："我、我，这是怎么啦？"

空流笑道："莫怕，估计是精力消耗过度，入水太深，一时昏过去了，现在已经没事了。不过，我们恐怕有麻烦了，你应付吧，我要回避一下了。"

空流说完，一个猛子扎进海底不见了踪影。

"好你个尘浪！看我不找机会收拾你！"惊鸿影咬牙笑道，转身凌空而起。此刻，约莫六七位智能甲士已然邻近。

惊鸿影大喝一声："止！"

众智能甲士瞬间止住，为首一智能甲士高声道："报告首座，莫雨首座获悉你或有危险，令我等四处查探，特此前来护卫！"

"你等辛苦了！不过，你们看我像有危险的样子吗？"

"确认没有，请首座启程。"

惊鸿影妙目一转，计上心来："我今日来此，是想安静安静，梳理些事情。未曾想遇见一异星异能者，行迹甚为可疑，所以跟踪至海上，起了些小小的冲突。我发现此异星星民已潜回雪浪岛上，将他搜捕出来，带给我确认。"

智能甲士回禀：雪浪岛周遭上至 9 万米高空，下至海底，已然进行时空场分界压制；封域之内，一个活物都休想逃脱。

惊鸿影道声"好！"，心想：你非要回避，如若与我光明正大地一起走，谁敢拦你？我今天倒要看看你尘浪如何应对。

军方已下令清岛，数艘云帆已征调到位，岛上的游客一个个经检查后方可登上云帆离岛。惊鸿影面笼青纱，端坐在离检查口不远的一把椅子上，像守候在老鼠洞口的猫一样成竹在胸。四周护卫森严。

看着一个又一个走过的游客，渐渐地，惊鸿影有几分不安，不时站起身来，往来踱步。"难道他藏在什么地方了，不肯出来？不对呀，就我们的搜索能力，必定是藏不住的呀。"

正思虑间，一道音讯在耳边响起："刚刚从你眼前飘过的是我。记住，让你的生命中多一些美好时光，少一些剑拔弩张。下次再会！"

惊鸿影知道这是"尘浪"发来的定向传讯，弹起身来，看见一名护卫正领着一名孩子走过身前不远。看来"尘浪"不仅易形为一名护卫，还获取了通行的密码。

"哼，骗子！"惊鸿影轻轻一跺脚，转而凝视着空流渐行渐远的背影，幽幽道，"愿一切如你所愿！"

第九章

绝境重生

空流从云帆下来，赶忙寻得一稍稍隐秘处，背靠一棵大树坐下，立即联系沄滟速来汇合。

沄滟闻知雪浪岛内调兵遣将，知道发生了大事。奈何青霜星界军方实施了时空场分界压制，信息传递不进去，沄滟只能在外边干着急。待其匆匆赶到，发现空流双目紧闭，面色如灰，伸手一探，知道空流因查探情报损耗过度，正在调息心神，方才心下稍安。

半晌，空流睁开眼来，淡然一笑："真的好累呀，有种油尽灯枯的感觉。不过，休息一会儿好多了。"

"青霜星界方面怎么又是派战舰又是派机甲卫士的，发生什么大事啦？"

空流轻笑道："小插曲而已，没什么大事。只不过惊鸿影身居要职，小事都是大事。"

"那倒是，没事就好。那个，任务完成啦？"

"这个自然，不然怎么会累得半死？不过，差点没舍得下手。"

"怎么说？看上人家美貌了，是也不是？"

"不至于，太小看我了。经常看你，看谁都有免疫力了。"

沄滟抿嘴一笑："又来了不是？"

空流一发力站起身来："好了，不说笑了，我也恢复得能行动了，那会儿在里面真的是硬撑着。不过，我不能腾空了，只能慢慢行路回去。"

涢滟过来搀着空流："大事得成了，啥也不急。好歹里面闹了一出，各方面只怕都惊动了，低调行路也好。"

空流边走边赶忙将探得的消息——青霜星界"帷幕战略"中的绝密军事计划"追光打击"告知涢滟。

涢滟看他气喘吁吁的样子，急道："你都这样了，还不省点儿气力，急什么呢？咱们一到栈楼，就给洢水秘密传讯过去不就好了。"

空流摇摇头："越重要的信息越要第一时间送出去。"他抬手比画了一下，接着道："你别看咱俩这么近的距离，我告诉你了，就算情报从我这儿送出去了。假如我现在就不行了，死了，你就会明白，我第一时间把情报告诉你的意义有多大。"

涢滟一跺脚："哼，呸呸呸，你瞎说什么呢？看我打不死你。"

"哈哈，我就是让你明白这个原则的意义而已。"

二士故作轻松，不时有说有笑，不急不慢而行，一路并未发现尾随者，到达下榻的栈楼时已是夜半时分。栈楼外，依旧灯光璀璨，和往常没有什么不同。

空流和涢滟刚走进栈楼外围的大门，空流突然低呼一声："不好！"随即拽着涢滟向后疾退，就在此时，只听得身后"啪"的一声，门关上了。

"怎么啦？"涢滟惊问道。

"门口的安保者换了，而且他今天站的位置比平时明显靠里，可惜我进来才看见他。"

"哦，换安保者这很正常吧，而且这道门平常进来后也是自动关上的。"涢滟看到各处灯火通明，料想没有什么不对劲儿。

"也许，但是……"

空流话音未落，四面屋顶上齐刷刷冒出来十数名黑衣甲士，悄无声息却整齐划一地向空流和沄滟一步步压过来。沄滟赶紧打开超子场感应枪。空流轻轻拍了一下沄滟的手背，附耳道："他们不是智能甲士，是异能者，伪装了而已，这个派不上用场了。"

"哦，那可坏了！"

空流和云滟一看对手的身形动作，就知道今天来的异能者都是超一流的杀手，就算空流体能没有受损，与沄滟联手也应付不了多久，看来今夜要想脱身可谓是万难。空流顾不得许多，当机立断，启动与洢水的秘密传讯通道，想要将机密情报传送出去。

只听得最远处的一名黑衣甲士发出一声怪笑："枉费心机，可惜太晚了！"

信息传送不出去！看来对方已然对栈楼区域实施了时空场分界压制。空流心里一惊：又是一次政治组织与异能者的联手暗杀。既然有政治组织参与，为何不使用更强大的武装力量袭击？

空流快速盘算着对手的身份：没错，一定是蓝焰星界的杀手！如果是青霜星界或金杖星球要痛下杀手，他们一定会派出武装力量，而且在路上就可以随时下手。只有蓝焰星界，不敢在青霜星界领域内公然使用武器。如此看来，他们不是为情报而来，而是因为，自己和沄滟是"星空茧房"的投射者之故。

空流和沄滟交换了一下眼神，背靠背准备决一死战。空流还在想着，只要有一线生机，一定要将绝密情报送出去。

"束手就擒吧，否则，栈楼就要成为你们的坟墓了。"黑衣甲士的语气冰冷得没有一丝活气。

空流心里明白，黑衣甲士说得没错，这座栈楼已经被对方隔离成了一个密闭空间，这里发生的一切外界一无所知。但是对方既然不敢使用武器，必定也不敢驾驶战舰前来，那么他们实施时空场分界压制的设备在哪里呢？

　　空流脑中突然灵光一闪：对了，他们扮成智能甲士不仅仅是为了掩饰身份，每一位异能者的身上都携带了一个微型时空场分界压制发射器，这些异能者身上的发射器联动起来，就能隔离出来这么一个定向的封闭空间。但是利用这种方式，他们隔离出来的封闭空间，维持的时间应是短暂的。

　　"必须尽量拖延时间，他们说束手就擒……"空流大脑飞转，突然喊道："好！我放弃抵抗，我跟你们走！"

　　"好！很好！"黑衣者突然话锋一转，"你一个就够了！她必须死！"

　　空流大惊："我们一起跟你们走！"

　　"不！不需要！我们从来不想多浪费一分力气！"

　　"你们！你们还算什么异能者！你们玷污了异能者的荣光，这种行径连虫豸都不如！"

　　"此刻我即便是恶魔又如何！我只知道服从命令！"

　　"那好！你们带她走，我自行了断！"

　　"可以，请吧，时间不多了！"

　　沄滟转过身来，拼命掐住空流的手："不要！"

　　"听着，这是命令！活着，把信息带出去比什么都重要！"空流催动隐念异能告知沄滟。

　　就在此时，一个分外苍老的声音在寂静的黑暗中响起："唉！他命大，死不了。"

　　空流如触电一般，眼前一亮：这个声音他在哪里听见过！没错，就在地球上遭遇物能武器"黑眼圈"打击的那次。

　　在场所有的星士无不吃惊，循声望去，只见一白衣老者背靠树干，似百无聊赖地坐在一根粗大的树枝上。在场所有星士的目光都朝沄滟望过来，又转移到老者身上。只因这老者的外形和沄滟相似——一看就是来自红尘星界的地球人。

那老者连看都不看这边一眼，自顾自地把玩起树叶来。他伸出一根手指，几片树叶围着手指旋转起来，慢慢地，跟着旋转的树叶越来越多……

众异能者闪开一条道，那名最远处的黑衣甲士缓缓向前数步，带着颇为恭敬的语气问道："不知贵客来访，有失远迎，敢问阁下尊称？"

老者只顾看着旋转的树叶，头也不抬，答道："唉！又是这个问题，太久了，我也不知道我是谁。"

"那，你是地球人？"

"不是，我不是人。"

"哦，哪敢问您来自哪个星界、哪个星球？"

"太久了，记不起来了。"

"不对，您是合成智慧？"

在场的所有星士包括空流、沄滟在内，都有此疑问。

栈楼空间已然实施了时空场分界压制，虽然空间封闭强度较弱，但是，任何外部的东西要想闯进来却也不易，何况这名老者来得竟然悄无声息。除非是某个星球经过超高科技手段打造的特别装置或武器。

这名老者突然伸出另一只手，一道鲜血向空中箭射而出。虽是暗夜，异能者却一个个看得十分真切。

"你是地球人！"沄滟惊呼道。

老者这时方才转过脸来，呵呵笑道："孩子，我不是地球人，也不是人。不过，和你们地球有些渊源。"

空流这才仔细打量起来，老者身量估摸比沄滟高不了多少，形容清瘦，白发苍苍，一双黑色的眼睛，眼窝深陷却清亮无比。面容慈祥的模样让空流想起了七界联境首座微禾与原道世界首座云流意他们。只是这名老者看上去比微禾、云流意他们身上多了些孩子般的顽皮与傻气。

听了老者的回答，沄滟竟然不知道说什么好。但是听他说和地球有些渊源，心中一动，此种境地，想来是好事。

只见为首的黑甲异能者致礼道："我们正在处理点事，没有打搅到您老吧？"

"呵呵，没有，我是自愿进来玩的。"

"玩！玩什么？"黑甲异能者大惑不解。

"你们不是在做游戏——杀人游戏吗？我也想玩！可以吧？"

"哦，我们不是在做游戏，我们、我们在执行公务。"

"执行公务？那为什么要杀人呢？"

"这个、这个……"

"什么这个那个的，你们到底是要执行公务还是要杀人呢？"

"这个，我们、我们都要。"黑甲异能者的声音低得似乎只有自己才能听见。

"唉！这样不好，贪心的人太多了。这样吧，把杀人这种难办的事留给我吧，我把你们先杀了，然后你们再执行公务，怎么样？"老者说得很认真。

空流都快笑出声来，把人家杀了还让人怎么执行公务？黑甲异能者此时的神情一定比哭还难看。

"你们觉得这样不好玩吗？"老者话语未落，他手指上那些旋转的树叶不知何时竟然已经一片片飞到了那些异能者杀手的胸前，正如尖刀一般呼呼转动。

杀手们惊恐万分，慢慢移步后退，树叶却如影随形。

"唉！这些树叶转了这么久，也太累了。"老者说完，杀手胸前的树叶竟然消失无踪了。

"我就是玩玩而已，现在还不想杀人，你们走吧。但是下次就不一定这么玩喽。"老者一边说话一边张开一只手，只见众杀手如被吸盘吸住一般往老者的手心直飞而去，接着，老者五指一弹，众杀手又如飞石破空而去，转眼不见了踪影。

"哈哈，好玩吧。"老者望着空流和沄滟，大笑不止。

空流和沄滟赶忙一齐致礼道谢。老者一扬手道："不必了，又不是第一次了，恐怕以后还得我劳力费神呢。唉！你们说，做人有什么好？烦心事太多。"

沄滟道："不知可否请教尊驾大名，也好铭记在心。"

"什么大名小名的，都不必记了，赶快回去和你们的队伍汇合吧。此地不可久留，你们的劫难还多着呢。"老者说完，倏忽腾空而去，远远传来话音，"后会，唉，还得有期，哈哈……"

一切转瞬归于寂静，空流和沄滟面面相觑，犹如身在梦境，当下计议，立即进住所收拾行囊马上撤离。

二士进到栈楼内，发现栈楼公务者一个个沉睡不醒。空流查看一番，竟然都是吸入了特制的无色无味的气态药物，倒没有性命之忧，不过要昏睡一些时候。再看栈楼的监控系统，都被远程控制了。想来空流在出雪浪岛之时被对手获知了信息，抢在二士回来之前进行了精心布局。

"你觉得袭击咱们的这些异能者是谁？"沄滟一边快速收拾行李一边问道。

"我猜测，应该是蓝焰星界仙菌异能署伏射和爱丽丝带领的'十三夜'一行，那个说话的首领应该是伏射。不过，因他们没有动手展示异能，不敢确定。当然，他们应该是接到了蓝焰星界星都神弧星球的指令。"

空流和沄滟拿上行装直奔鱼米星城而去。

疾行中，沄滟问道："要不要提前告知尘浪他们？"

"他们都正在梦乡，让他们多睡一会儿吧，也好给他们一个惊喜。"

不到一星刻的工夫，空流和沄滟就到了鱼米星城。核验身份进到城内，空流查询了一下系统信息，发现尘浪和特别行动组成员竟然都没有睡，正在第一机要会议室开会。

"这是什么情况，他们都这么玩命地工作吗？"空流看着沄滟问道。

沄滟耸耸肩，笑道："莫不是大家都已经知道咱们回来的消息了，提前等着呢？"

"应该不会，蓝焰星界如若不是全方位下令搜寻咱们的行踪，他们不可能在雪浪岛这么快就得到咱们的消息。至少从目前的情况来看，青霜星界和金杖星球方面还不知道。"空流一挥手，笑道，"不管怎样，都到家门口了，进去吧。正好不用惊醒他们的好梦。"

走到机要会议室门前，空流深深地吸了口气，转眼看看沄滟，沄滟竟然退后一步躲到了空流身后。可谓是近乡情更怯，与战友们离别了这么久，莫名的兴奋与紧张交织在一起，抬手却迟迟不敢推开那扇门。

空流把沄滟向前一拽，推着沄滟闯了进去。

"哎呀，这么晚了不睡觉，还在等我们呢？"空流连屋内有谁都没看清，却又似乎一眼就看到了所有的战友，恍若隔世的感觉让他的脑海中一片空白。沄滟除了脸上颤动的笑容，仿佛一尊塑像呆呆地立在原地。

尘浪、赫拉、苏菲亚、泖水、知末、伊凡，大家都不约而同地抬起了头，脸上带着迷茫。屋内唯有光在流动，时间似乎凝固了。

洇水站起了身，眼眶里噙着泪水，说不出话来。

也不知过了多久，仿佛害怕打破这难以置信的现实，尘浪轻声问道："空流、沄滟，是你们？真的、真的是你们吗？"

空流和沄滟无声地拼命点头。

知末慢慢走过来："你们、你们没有死，真的没有死？"

空流抬起一根手指，用力戳在知末肩上。

"哎哟，哎哟——"知末痛得发出一声惨叫，"是他们！是他们！真的是他们！"

知末面向众士，挥舞着双手跳起身来，转身冲过去狠命搂住空流和沄滟。

"哇！"众士发了疯一般，一拥而上。笑声交织着泪水淹没了时空……

待众士慢慢平静下来，在一旁默默流泪的赫拉这才走上前来，深深地拥抱了空流一下，然后走向沄滟。

沄滟一下子扑进了赫拉的怀中。赫拉抚摸着沄滟的头："孩子，你回来啦，你终于回来啦！回来了就好！回来了就好啊！"

尘浪招呼大家坐下说话，彼此之间真的有太多的话要说。

伊凡首先大声说道："空流、沄滟，你们知道吗？就是现在，我都觉得这不是真的。你问知末，我至少问过他不止十次。我问在那种情况下，有没有逃生的可能。他说绝对没有！没有任何可能！不信你问他。"

"我、我、我是这么说的，到现在我也是这么认为的。否则，不符合常识啊……"知末猛地拍手道，"对啦！这个，你们是不是又遇到什么奇迹了，像上次'黑眼圈'打击那次一样？"

空流拿起杯子喝了口水，笑着缓缓说道："少安毋躁，咱们要说的事太多了。我先问你们一句，这么晚了还不睡觉，我和沄滟还以为你们知道我们要回来，在等我们呢。你们这是在做什么？"

尘浪道："我们哪里知道你们要回来啊！是泗水突然说感觉不好，有重大危险，大体就在御溪这一带。所以我们都没敢睡觉，一直在商议可能会出现的危险情况。不过，后来泗水又说危险好像已经过去了，但我们也睡不着啊，就一直在这儿说话来着。"

沄滟惊道："哦，泗水，你还真是神了，我们刚刚就是遇到了危险，差点就没命了。这不刚逃命回到这里。"

众士一震，果真有这种事。

空流点点头："泗水果真是神机妙算，她说有事那就是有事的。要不是遇到突发情况，我们还准备继续隐藏下去，这样其实对获取情报工作是有利的。这样吧，反正已经晚了，估计谁也睡不着了，我把与大家分别以后的情况大体汇报一下啊。"

听完了空流和沄滟的讲述，众士感觉简直难以置信，诸多事情愈发神秘难解了。

知末早就按捺不住，抢先道："你们知道吗？目前只有蓝焰星界知道你们从他们'星空茧房'下逃生了。他们一定特别想知道，究竟是什么样的力量能够做到这一点。要知道，在红尘星界释放的'星空茧房'虽然是他们最低能级的，但它的效能依然可以在特定的场域产生极度的时空扭曲，是可以'熬药丸'的。以我们科学公务者的视角来考量，他们必定极度震惊，而且感到深深的恐惧！"

"不单是蓝焰星界，"尘浪对武器装备了然于胸，他转头看了沄滟一眼，继续说道，"就是咱们七界联境自身也不知道你们还活着。微禾首座还下了命令，要求各方找寻你们可能遗留下来的、残存的物质呢。所以，如果七界联境知道你们还活着的话，震惊也不比蓝焰星界小。

"你们想啊，七界联境总部一定认为，如果要说有可能的话，只有七界联境总部自身才具备救你们的能力；但是，当时的情形，七界联境总部根本来不及施救。那就说明，一定是某方神秘的力量救了你们。在七界之内，还存在七界联境都不知道的、如此超强的神秘力量，你说，七界联境能不吃惊吗？"

沄滟看着尘浪说道："你觉得，这次和上次的'黑眼圈'打击事件，救我们的是同一股秘力量？"

大家的目光一齐扫向赫拉——上次"黑眼圈"打击事件后，赫拉说了一番奇怪的话，让沄滟陪同空流一起登上了投射"星空茧房"的战舰。她当时说，她也没有什么理由，但总有种说不清的感觉，如若沄滟陪同空流一道，也许都有活下来的可能。

赫拉一脸的平静，只是微笑，"你们都看我做什么？我和你们一样啊，什么都不知道。不过，我的想法和尘浪一样，把你们从'星空茧房'和'黑眼圈'下救出来的应该是同一股力量。还有，刚刚救了你们的、那个看上去来自地球的老头儿，也很奇怪。"

空流点点头，说道："嗯，这个老头儿是有些古怪，能力非同小可。不过，他就只是一个人而已，更可能是一个非常高级的合成智灵或合成智慧，但是绝对没有把我们从引力场武器'星空茧房'和热能武器'黑眼圈'下轻松救出来、还不被各方发现的那种超自然能力。"

"对了，赫拉执掌。您上次不是说，等沄滟和空流回来以后，要讲一个关于他们先辈渊源的故事吗？"浔水突然问道。

沄滟看了浔水一眼，心领神会，她心中早有此一问，只是不便说出口。

"嗯，在红尘星界的时候，我是说过这样的话。"赫拉点点头，语气一转，"不过，现在似乎还不是说这些的时候，留待以后……"

"这又是为何，怎么感觉所有的事都是神神秘秘的？"伊凡天生直性子，直通通地问道。

知末拍了伊凡一下："兄弟，有你的！"

知末可不敢跟赫拉这么说话，在他眼里，赫拉就是他命中的克星。

看着大家与伊凡一样不解的眼神，赫拉似有几分无奈地笑道："不是我要搞得多神秘。我是觉得，一来，空流和沄滟回来了，带回来了许多新的情况，尤其是青霜星界的'帷幕战略'与'追光打击'，这是眼下迫在眉睫的头等大事；二来，我对空流和沄滟先辈的事，知道一点点，但是并不全面，我真要讲的话，也得先请示卿岚掌座，得到她的允许才可以。

"还有一点，不知各位想过没有，就拿苏菲亚来说，为何当初我与绿缈星界细雨异能局的荡小漾联手对抗幽草异能局掌座青古道的时候，苏菲亚对青古道说放我们一马，青古道竟然念着苏菲亚的名字就轻而易举地放过了我们。所以，我想表达的意思是，你们中，又有谁真的知道你们自己真正的身世是怎样的呢？"

听了赫拉的话，众士陡然一惊，一个个如堕五里雾中，自己究竟是谁？恍惚而不知所以。

空流首先如梦初醒，高声道："各位打住！赫拉执掌说得对，关于我们各自的身世此时不要去想，也不是讲这些的时候。我们都是七界联境隐秘战线的战士，不得互相去追问、探听彼此的身份，这是我们的纪律。从另外一个层面来说，我们每一个个体的这些并不重要，重要的是我们肩负的使命。"

浿水道："抱歉，都是由我引起的，到此为止。但是我有一个关于公务的问题一直想问，就是你在'星空茧房'战舰上的最后时刻，发给我的'风起于暗黑星空'是什么意思？"

尘浪与知末几乎同时道："我也一直想知道。"

174

　　"哦，是这样的。"空流似乎在回忆什么，"我记得，就是在我即将启动'星空茧房'的最后时刻，突然听到一个声音似乎就在我耳边说'风起于暗黑星空'，我几乎是想都没想，觉得这句话应该很重要，就直接发给了你。至于为什么发给了你，而不是尘浪他们，我也讲不出理由，估计是觉得你比较单纯吧。因为，我确实不敢说，谁一定与暗黑星空没有关系。生死之际的想法往往是最直接最简单的。"

　　"你、你！"浉水气得几乎咬碎了牙。

　　苏菲亚用手指直点空流："首座，不是我说你，你呀，你知道浉水为你流了多少眼泪吗？她简直是生不如死。你跟伊凡、知末不一样啊，你不是挺会说话的吗？"

　　"我、我怎么不会说话啦？"

　　"怎么就扯上我俩了呢！"伊凡和知末摇着头，你看看我，我看看你，一脸无辜。

　　"误会，天地良心，我不是这个意思。"空流赶紧站起身来连连致礼赔罪，"我天天都在想着你们呢。不信，你们问沄滟。我经常说，我们隐藏行踪对公务开展是有利，但是你们以为我俩死了，一定会很难过。一想到这儿，我心里也很不好受。你看，我不是早就秘密和浉水接上头了吗？还不是怕她难过！"

　　"谁信你？你要不是出于传送情报的考虑，绝对不会跟我们联系的。"浉水一时难消气。

　　"首座说的这些倒是真的，他心里想的全是你们，是战友们，然后就是使命和公务。"沄滟赶紧宽慰浉水。

　　"好了啊，首座和沄滟如今回来了就是最大的喜事，咱们就不要纠结于他那句话说得对与不对了。理解万岁，好不好？"尘浪看了浉水一眼，接着道，"回归刚才那个话题，风起于暗黑星空，按字面意思理解，就是说，现如今七界的风起云涌、暗流涌动，根源在暗黑星空。但是，截至目前，我没有看到暗黑星空方面任何的蛛丝马迹啊。"

"所以我也不明白啊！"空流突然一拍大腿，叫道，"对了，你们说救我们的会不会就是暗黑星空方面的啊！要说七界之内，除了七界联境，最神秘莫测的不就是暗黑星空吗？"

知末抹着鼻子道："要说科技文明，也只有暗黑星空有这种可能性，但暗黑星空的情况，外界一无所知啊。你别看蓝焰星界叫嚣得厉害，以我的了解，总觉得它和七界联境还不在一个维度。"

苏菲亚插话道："咱们刚刚集结、在原道世界学习的时候，暗黑星空就进行了暗中侦察并实施了突袭，而现在却没有任何动作，我觉得这种反常非常不正常。"

苏菲亚的话一下子提醒了大家。只是，这层层迷雾反倒愈发浓烈了。

静默稍许，空流轻咳一声，接着将"追光打击"的详情一一道来，知末听得分外仔细，一字不落地记录下来，如获至宝。他转头向尘浪苦笑道："这本质上又是一个引力场武器，可有得忙了。"

"主要是你们科学公务者们辛苦，需要找到最好的破解应对办法。你们研制好了武器，我不过是组织装备的实施而已。"尘浪如释重负地吐了口气，接着道，"金杖星球和青霜星界的秘密算是到手了，接下来只有蓝焰星界的了。"

空流笑道："天总是要亮的。趁天亮之前大家赶紧歇息了吧。"

众士都兴奋得不肯去，最终在空流的命令下才一一散去。

第二日一早，空流正在散步，尘浪来找空流议事，久别重逢，不免感叹良多。接着谈起公务，尘浪颇为忧虑："咱们公开的使命是商谈时空感融科技事宜，正事还没谈，就介入了青霜星界行政权力摩擦的协调。现在，各方又都谋划了军事计划，星际战争已经剑拔弩张了。咱们代表团的身份与力量显然都难以应对当前局势，是否需要七界联境总部协调更强的力量介入？”

空流默默点点头，望着远处道："咱们把现今掌握的情况报告总部后，我估计微禾首座一定会亲临。他来坐镇以后，我想去暗黑星空走一趟，有很多事情，于公于私，我都想知道真相到底是什么。"

"去暗黑星空？那太危险了！真要调查，还是七界联境总部另派足够强的力量去，比你只身前往要好。"

空流一笑："咱们就是联境最强的力量。当然，我说的是隐秘战线。要是大张旗鼓，那就不是秘密调查，而是军事行动了。去是一定要去的，这也是我使命的一部分，就看什么时候合适。不管怎样，也得等微禾首座到了，还有就是把蓝焰星界的底牌拿到手以后。"

正说着话，洢水春风拂面地跑过来："昨天睡那么晚，怎么这么早就起来谈事？"

"你不也这么早吗？"

"嗯，我睡不着。对了，你说，他们那个'追光打击'厉不厉害呀？"洢水问尘浪，眼睛却一直看着空流。

"当然很厉害呀。"看洢水问得单纯，以尘浪的专业，也只能如此作答。

"嗯，怎么会？那有多厉害？"听到尘浪的话，洢水显然有些吃惊，尘浪可是七界联境首席公务参谋。难道"追光打击"竟比七界联境的科技还厉害？洢水的目光也在询问空流。空流只是微笑。

尘浪亦笑道："是这么回事，比如说一阵狂风，对一座山来说，那是没有感觉的；但是对空中的一粒尘土来说，那就相当于宇宙大爆炸。科技发展到如今，尤其像青霜星界，排在星界的第三位，而金杖星球又是整个青霜星界实力最强的星球，你想，莫雨对付金杖星球的武器岂能寻常？"

尘浪站起身来，语调一下子变得严肃起来："更重要的是，我说厉害，永远是站在一个星民的角度来说的。几乎对所有的碳基智慧生灵来说，科技武装越发展，带来的就是越大、越不可控的灾难危机。从消灭一个生命到一群生命，一城一国，一个星球，一个星系……"

"是的，对于这个宇宙来说，没有什么厉不厉害的，你即便是把多少个星系团都炸毁了，不过是从一种物质形态变成了另一种物质形态，宇宙是无感的。"空流用一种少有的深邃的目光望着浉水。

"唉，一下子感觉好沉重，我本来是心情大好地来看你的。"浉水话一说出口，突然抿住了嘴。

"男士们聊天就是越聊越沧桑。"空流一拍大腿，"好吧，咱们换个话题。"

尘浪起身道："正好，惊鸿影上次来请求我们去一趟幽草异能署，帮他们做做工作，我去部署一下。你们聊。"

空流边走边细细打量了浉水一番，浉水目不斜视，局促得不知从何开启话头。

"嗯，清瘦了些许。这一段时间怎么样啊？"空流说话带笑，试图让气氛轻松一些。

"不好。"

"那……"

不等空流说完，浉水接着道："后来好一些，知道你还活着。不过，从最开始，估计只有我，一直坚信你没有死。"

"就是有你这份坚信，我才死不了的。"

"哼，少来，你……和我有什么关系，我哪里能影响得了你？"

"对不起，让你们操心了。你还是那样单纯可爱，说话简单直接。看到你这样，我就放心了。"

"可是你，变了……"

"我，没有啊，不还这样吗？对你们还是和从前一样啊。"空流心想，浉水的意思应该是指这段时间他和沄滟在一起，怕是情感都系于沄滟一身了。但转念一想，无双星球的星民，在男女情感方面没有独占性啊，况且这也不是浉水的风格，心下不明所以。

"不，你就是变了。"

"你是指，对你们……"

"嗯，是，也不是。我就是直觉，也说不上来。"

"那是变好了，还是变坏了？"

"没有什么好坏呀，你不一直都挺坏的吗？"

空流大笑："好吧。"

"就是有那么一点点陌生感，老朋友的感觉里面有一丝似曾相识的意味。"浉水对感知力的描述总是那么细腻。

听了浉水的话，空流却是惊骇不已，心如潮涌，脑袋一阵晕眩。这次从"星空茧房"下死里逃生，与往常却是大不一样，有种莫名的伤怀，仿佛在时光里失落了什么，总想去追寻些似曾相识的东西。这种感觉一直缠绕着自己，从未对谁说过。今日一见面，浉水就一语堪破了他心中幽微的秘境。

"你，怎么啦？"浉水的语气一下子温婉起来，"你听了不开心呀？没事啊，没有说你对我们不好。嗯，不只是沄滟姐姐，你还是喜欢我的，对不对？"浉水摇晃着空流的手臂，像一只欢快的小鸟。

"对对对！知我者，浉水是也。"看着浉水甜美灿烂的笑颜，空流瞬间就被她感染了，赶忙从自我思绪中抽离出来。

　　"好啦，要做的公务太多了，我得走了，老缠着你也不好。"不等空流答话，浿水眨眨眼睛，一溜烟跑开了。

　　空流望着浿水远去的身影，斜着脑袋，脸上堆着苦笑，自言自语叹道："唉，像她这样简单纯粹多好啊。我，为什么这么复杂呢？"

第十章

霧迷星都

自从空流与沄滟归队之后，特别行动组众士士气大振，夜以继日地筹备应对当下局势，在超维物场演绎器上推演各种可能性，谋划方略。

知末则带领科学公务者团队一头扎进了密室，不见了踪影。空流和尘浪商定，日常事务还是由尘浪来主持，自己好静心思量一些未解之事。

是日一早，七界联境总部回复的密信到了：七界联境正在根据收到的最新情况进行总体部署，微禾首座在适当的时机定当亲临青霜星界。此外，七界联境还带来了一些其他消息，并对代表团及特别行动组提出了几点建议性的指令。

结合七界联境总部的指令，尘浪安排在时空信息弧上发布了一条消息：为解救红尘星界"渔火事件"而登上蓝焰星界战舰投射"星空茧房"的两名战士——空流和沄滟，奇迹生还，而且目前已经完全康复。是七界联境运用时空感融科技的衍生科技，从强大的广域时空杀伤性武器"星空茧房"之下解救了他们。

一则短短的消息流经无尽深空，涌向七界千千万万颗智慧生命星球。

一石击起千层浪。惊骇、恐惧、欣慰、安心……这条消息搅动得穹宇之下的星民心态不一。

近水楼台先得月，无疑，金杖星球球长鼎冠与青霜星界首座莫雨最先获取消息。

"啪！"鼎冠硕大的手掌重重地敲击在案桌上，桌上的物品震落了一地。

"太可怕了！"鼎冠双目笔直、眼神呆滞，高大的身躯如落石一般砸落在宽大的座椅上。半晌，鼎冠霍地坐起身，一拍手边的按钮："接多罗维！"

顷刻之间，一个身形瘦高、眼窝深陷、身着白衫的老者全息影像出现在鼎冠公务室内。多罗维是金杖星球首席物场科学大师，他面无表情，神情恭敬却带着天生的傲慢，微微向前倾身，问道："请问首座有何吩咐？"

鼎冠用手一指，弹出七界联境代表团在时空信息弧上发布的消息："看了吗？"

"嗯。"多罗维依旧木然而立。

"真的有这种可能？"鼎冠提高了嗓门儿，对多罗维的态度显然十分不满。

"首座，我早就说过，时空感融科技，从科学的角度来说，它的延伸接近于神之力量。因为它已经突破了物质世界的定律了，它是物质世界与非物质世界之间架起的一道桥梁。虽然我们科学界一再强调，但是，那些高谈阔论的政客们有几个放在心上的？他们以为，时空感融科技就是一个交通工具，一项可以跨越空间的交通领域的技术而已。

"试问，能够跨越物质星球之间无限时空鸿沟的科技，还有什么做不到的。蓝焰星界的'星空茧房'是威力无穷，但也不过是尖端物场科技的应用。所以，我认为七界联境代表团放出的消息是真的。"

鼎冠沉默不语，突然怒道："我手下的那些行政公务者，没错，一个个都是照章办事的机器，是没有脑子的机器。但是，你们、你们这些科学大师们，又如何？为什么时空感融科技都出来上百星年了，你们至今连门都没有摸着。我多么重视这件事！就因为我们科技实力不行，我对七界联境、对青霜星界的行政秩序隐忍多久了？"

"请首座息怒，这种前所未有的科技，需要整个星球甚至整个星界的强大的物质世界科技逻辑做支撑，不是某个科学公务者研究就能实现的。此外，物质世界与非物质世界的鸿沟，怎样才能跨过去？我相信当年的无双星球也是以天大的运气与巧合，误打误撞找到了这条路径，就像突然发现了一处世外桃源一样。世上有千千万万条路，但通往世外桃源的路也许就只有那么一条。"

鼎冠没有说话，脸上的怒色已然消退。

"首座，"多罗维这次放低了声音，"关于'乌云计划'，我认为，还是要谨慎行事，缓一缓为好……"

"唉——"鼎冠长长地叹了口气，"我知道，政治的角逐从来都是凭实力说话，但是，要等我们的科技完全赶上七界联境，恐怕到那时候，我的尸骨在这世上连痕迹都找不到了。我等不了那么久了，在我有生之年，总要做些事的。你去吧。"鼎冠无力地挥挥手。

多罗维深深地弓着身子，这次，他脸上没有一丝骄傲。

在青霜星界，多罗维算得上是唯一可以和鼎冠有话直说的。在金杖星球等级森严的统治之下，鼎冠对科学公务者算是一个例外。

凡享受殊遇者，即便你周遭是一片黑暗，你也会觉得自己站在了光里。

正因能享此殊誉，金杖星球科学公务者的热情，仅次于以科技狂热著称于七界的蓝焰星界星都弧星球。

望着多罗维老态龙钟、渐行渐远的背影，鼎冠从恐惧、盛怒终归于理智。老实说，自从执掌金杖星球以来，鼎冠对金杖星球的科技发展状况还是极为满意的；奈何七界之广、星球文明发展历史差异之大，其间之巨壑鸿沟犹如宇宙洪荒，难以言表。

即便是蚂蚁对阵大象，鼎冠从来也没有想过要退缩。何况，鼎冠认为金杖星球从来不是一只蚂蚁，而是青霜星界的大象。至于七界联境，或许如多罗维所言，科技或接近神境；但金杖星球对七界联境进行过深入的研究与推演，以紫陌星界为主导的七界联境领导者们，其实是一堆"活菩萨"，菩萨心肠已然刻进了骨髓，几乎失去了一切攻击性。

也就是说，只要金杖星球不做得太过分，不造成青霜星界星民大规模的伤亡，不到万不得已，七界联境基本上没有诉诸武力的可能。

就拿红尘星界的"渔火事件"来说，到现在为止，七界联境都没有对包括金杖星球在内的始作俑者们做出任何惩戒处置。当然，这或许是七界联境的一个策略——在当前波诡云谲的局势下要将这张底牌握在手中，引而不发。

但"渔火事件"本身，也让鼎冠进一步证实了金杖星球对七界联境的研究：即便在发生危及万亿民众生命安全的巨大危机事件关头，七界联境首先考虑的仍是如何利用自身的神妙科技无伤害地化解渔火武器，而自始至终没有发动针对任何一方的打击行动。

思量至此，鼎冠脸上又浮现出一丝自信而果决的笑意——战略不变，策略上设计得再巧妙一些，尽量不要过早地去刺激七界联境的神经。

一星时后，尘浪和莫雨同时收到了鼎冠送来的请示公文，询问关于召开青霜星界行政权力运行机制第二次磋商会议的时间；并表示，一切听从七界联境代表团的安排。

"这不是一头野狼吗？什么时候变成这么温顺的绵羊了？"伊凡不解道，目光不自觉地投向赫拉。

赫拉笑道："就你四肢未必发达，头脑却是一如既往地简单。他不是变成了绵羊，而是伪装成了一只老狐狸。看来咱们放出去的消息威慑力还是蛮大的。"

伊凡挠挠腮帮："又教训我不是。"也不敢多说啥，抓起桌上的水杯猛饮一口。

众士看在眼里，心中暗笑。

"嗯……"苏菲亚沉吟道，"但是，我想，狼的本性是不会变的。"

尘浪迎着苏菲亚的目光点了点头。

看着空流和尘浪只是笑而不语，浏水道："你俩什么情况？炼丹搞深沉呢？"

"还真让你说中了，我们还真是要炼丹。"空流意味深长地一笑，接着道，"准备炼一颗定心丸送给他。"

浏水听到空流认同的语气，眉眼焕彩："真的呀，怎么说？"

空流望了望尘浪，尘浪对空流的意思自然是心领神会。

"记录，马上给对方回函。"

尘浪话音刚落，苏菲亚已然准备妥当，等着尘浪下面的部署。她对自己的工作状态感到十分满意。她和尘浪不仅是工作上的好搭档、并肩作战的战士，而且无须多言就能心意相通。尘浪下达指令时都不需要提到她的名字，就知道是吩咐给她的。这样的场景每每都让她感觉有一种微妙的电流充盈全身——满满的幸福感。

"内容为：磋商会议时间由贵方与青霜星界公务署商议即可，我方不予干涉；我方尊重并支持你们为星界和平所付出的一切努力。"尘浪沉吟片刻，面向空流问道，"嗯，这样应该就可以了。不发密信，是不是由特派员专送过去更好？"

空流手指轻扬，说道："没错，要用隆重的外交仪式。而且要对外全面放出消息，把文章做足。向七界传达我们的态度与立场。"

"那谁去合适？是从代表团成员中选一个普通的代表去，还是从咱们中选派？"尘浪想了想说，"我觉得还是咱们行动组成员去比较好，可以利用机会充分观察，多方收集情报信息。"

"跑腿的活儿，自然是伊凡和我去比较合适。"坐在洢水身旁一直在聚精会神处理公务的沄滟突然插话。

尘浪看着伊凡道："我看行！你觉得呢？"

"你们就会欺负好说话的，是不是？"伊凡谁也不看，抬眼望着屋顶高声嚷道，"不是说我头脑简单吗？我怕把问题搞砸了，谁头脑发达谁去！"伊凡终于找到了一个表达不满的机会。

赫拉站起身来，秀发飞扬，假装怒笑道："我没听清楚，是谁要抗命不成！"

伊凡一挪桌子，吓得往后直跳："我、我、我去，我真的马上就去。"

"还是咱们执掌有范儿！"沄滟转而向伊凡笑道："这可不是简单的跑腿活儿，你和我的超能力比较适合这趟差事。你的追踪能力与观察能力我们谁都比不了，公函送达后，你要快速及时、毫无遗漏地捕捉在场所有不同职责的星士表情，掌握个中所蕴藏的信息。

"咱们在观察对方，对方也一定无时无刻不在观察咱们，恐怕你一旦走出鱼米星城的大门，就进入了他们的视野。我的幻影异能在特定的时刻能及时掩藏不适合他们看到的东西——有时可能是一个表情、一个细微动作。"

"得嘞！"伊凡一拍胸脯，"我与沄滟大仙姑一起去，我高兴得不得了。总比与某某一起去要好。"

"这违心话说的，一点技术含量都没有！还真是头脑那个……"

苏菲亚故意拉长了声调，"公函好了，可以出发了。不过沄滟的分析虽好，但是沄滟肯定是不适合去的。你们没看出来吗？尘浪一直在逗你呢。"苏菲亚显然听明白了尘浪的话外音。

苏菲亚对自己竟然这么了解，尘浪也是心中一动。

"为啥？"伊凡一头雾水。

"为啥？我觉得赫拉执掌对你的评价可是一点都不过分哦。"尘浪摇摇头，接着问道，"你觉得沄滟能去吗？外面多少势力在找她和空流啊？"

"这我就不明白了！"伊凡有点急了，"我本来也是这么想的。但是总部都让咱们把消息放出去了，我以为就没事了啊。"

"对呀！"沄滟嘟着小嘴，闪着无辜的眼神，"我也是这么以为的呀。"

"这是两码事啊，总部还有其他考虑。"尘浪看了空流一眼，继续说道，"当然，总部也没有细说，我们是这么推测的。不过，空流首座和沄滟也不是不能出去，特殊任务还是可以易形出去的。只不过，眼下这个差事没有必要抛头露面。"

"嗯，是这样。"空流点点头，看了沄滟一眼。

"如此一来，"尘浪停顿了一下，"还是伊凡和赫拉执掌去最合适。"

空流合掌大笑："终如君所愿！"

众士跟着大笑不已。

伊凡一下子手足无措起来，"这个、你们、好吧……"众士笑得越发厉害。只有赫拉不动声色，看着众士，满脸若无其事，端坐着慢悠悠喝水。

沄滟怕赫拉尴尬，忙掩嘴忍住笑，打岔道："飞羽和护卫舰队都准备得怎……"

话未说完，一位代表突然切入紧急信号，尘浪示意赶紧接进来。

"报告！咱们鱼米星城外面已经被围得水泄不通了，要不是聚集的民众实在太多了，我也不敢打扰你们。"

"具体什么情况？"

"都是要来见空流和沄滟的。他们还活着的消息公布后，星民们都疯了。我估计随着咱们的消息向各星界地不断传播，那些星球的星民们也一样，要疯。"

众士听了，一个个面露惊奇之色。此前，大家都以为，消息放出去，反应最强烈的应该是七界各大组织。星民们的反应真是出乎意料。

洢水突然咯咯大笑起来："这下好了，你们俩成了七界大英雄了。咱们这外头只怕要成为旅游打卡地，以后再也没法清静了。"

尘浪呵呵笑道："英雄那早就是了，不过先前是烈士，现在是活生生的，星民们能不疯狂吗？不过，这倒没事，就和星民们说，他们虽然康复了，但是还需要接受各项指标的长期观察和检查，目前还不能够公开露面。"

"英雄，这世上只要有英雄，就说明还有比较麻烦的事存在。"空流苦笑道，"我宁愿过无所事事的太平日子。"

沄滟道："可是现实就是这样啊，平淡了又觉得乏味，总想生活有些波澜。这不，之前七界许久无事，直到我们红尘星界的'渔火事件'发生，虽然各大星界也惊慌不安，但是不管走到哪里，星民们谈论起来都是热火朝天的。"

"你们地球人的人性一直没变吗？"伊凡打趣道，说话间眼神快速扫过赫拉。

赫拉可没打算放过他，逼上前去："你说我们地球人怎么啦？你扶风星球就天天向上了？"

伊凡正节节后退，赫拉闪电般扣住他的左肩："还不赶紧走，执行公务去。"边说边掐着伊凡的肩膀拉了出去。门外传来伊凡高低起伏的呻吟声。

赫拉和伊凡走后，苏菲亚笑吟吟地说道："这城外的热闹场面，要不要切给你们看看？"

"看热闹，那不是沭水的专长吗？"空流站起身来。

"咦，什么意思？谁想看？"

"我是说，安全防范，那是你的职责，我们得各行其是了。"空流说完，又对尘浪说道："走，咱俩小酌一杯，歇会儿去。"

尘浪道："只怕浑水摸鱼的要来了。"

"哦，这不就是总部想要的吗？"空流向三位女士摆摆手，"我们俩去商量一下怎么钓鱼。"

苏菲亚道："喂，你们谋划什么大事？竟然不带我们。"

尘浪神秘一笑，未置可否。

空流笑道："这种老谋深算之类的事就让我们来承担吧，你们只管美就行了。理出头绪来，我们自会与你们相商。况且，眼下沭水要处理安防事务；你和沄澴，知末早就望眼欲穿了，等着你们去支援呢。他们秘密研究团队的科技装备应用成果一旦出来，后面有大量的部署工作要做。"

蓝焰星界驻青霜星界星际飞地——蓝烟星城内，一张椭圆形长桌两端坐着两位星际特使，另有八位蓝焰星界公务者分列两边。看上去个个神色凝重，皆沉默不语。

身着金属质感、黑色套装的星际特使，拿起手边墨黑的全息影像文件袋，又缓缓放下，似有千钧之重。他终于打破了沉默："老家来的密函，大家也都看了。首座的怒火已经隔空烧过夹了，只怕咱俩这个特使是要做到头了。"

　　说话的是蓝焰星界驻红尘星界的星际特使尤里，他刚刚从地球赶过来，刻意挺直的身姿难掩满脸倦色。坐在他对面的是蓝焰星界驻青霜星界的星际特使哈妮，身着一袭银灰色套装，她是蓝焰星界派驻六大星界特使中唯一的一位女性。

　　"你没看到我们这蓝烟星城都快要冒青烟了吗？"哈妮话语里有几分幽默，但却一脸肃然，语气里分明带着焦灼。哈妮是在蓝焰星界首座那里最得宠的特使，但她知道这一次与往常不同。

　　蓝焰星界已然在七大星界内下达密令，务必要抓住空流和沄滟。当然，蓝焰星界方面并不知道二士的秘密身份，只因他们投射过"星空茧房"，又从中死里逃生。不久前，蓝焰星界的情报系统已锁定，空流和沄滟就在红尘星界或青霜星界之内，却让他们从眼皮底下溜回到了鱼米星城。

　　七界联境代表团放出消息以后，最惊惶不安的当属蓝焰星界。消息表明，七界联境总部是运用时空感融科技的衍生技术将他们从"星空茧房"之下救走的——这直接击穿了蓝焰星界最敏感的神经。

　　蓝焰星界就是一辆疯狂的科技战车，任何一项超越他们的科技，都足以令他们癫狂而昼夜寝食难安。紫陌星界的时空感融科技横空出世以来，仿佛一道时空深渊横亘在他们面前，有一种可望而不可即的绝望。

　　蓝焰星界如同青霜星界一样，也深知七界联境总部就是一堆"活菩萨"；但即便如此，深入骨髓的科技癫狂基因，让他们一直活在紫陌星界的阴影之中，而日夜困于挥之不去的梦魇。

　　"要么主宰，要么毁灭。"尤里面无表情，迎着哈妮的目光道，"首座的这句口头禅已经说明了一切。现在，我们别无选择，即便是火坑也要往里跳。但愿我们之间能够通力合作，或许还有一线活着的希望。"

哈妮肃然道："毕竟他们是从我负责的领域逃走的，我的责任更大，这个无须多言，我没有不全力配合的理由。"

尤里叹了口气，往椅子后背靠了靠，说道："你的靠山比我硬啊，我现在接近行尸走肉了，脑袋不过是暂时寄存罢了。好了，行动计划已经是第五版了，都已经发给各位了，大家都在同一条船上，还有什么要说的！"

"我们可以同舟共济，但是……"坐在哈妮左侧的伏射看了一眼爱丽丝，傲然说道，"我们和你们可不是一条绳上的蚂蚱，我们的脑袋还要为仙菌落看家呢。"

哈妮轻轻拍了拍伏射的手背："都这个时候了，还分什么你我。首座给予仙菌异能署的地位待遇，你们心里是有数的。"

伏射道："我并不是推脱，虽说接受了你们的任务，我们异能者就得不惜一切代价地去完成使命。但是，你们的失误与失职不能让我们承受与你们同样受罚。我们异能者与你们公务者的职责还是要分清楚。"

"也不能怪伏射上师，上次要不是你们情报有误，我们就会采取更加凌厉的袭击方式，在那个古怪的老儿出现之前就把他们解决了。以后只怕就难了……"爱丽丝赶紧圆场。

"当时的情况，青霜星界秘密部队已经全面封锁了雪浪岛内的所有消息，我们只能在外围守株待兔。毕竟在青霜星界的领域，行动有诸多不便，在那么短的时间内锁定目标，已经十分不易。况且他们那时已然易形，所以我们并不知道他们就是我们费尽心思要找的目标。"

"当时，只是觉得青霜星界方面大动干戈想要对付的异星来客一定非同寻常，后来一查，果然身份可疑，但是具体情况查不到。所以才紧急通知你们悄悄实施伏击，想要一探究竟。"哈妮耸耸肩，"至于那个神秘而又具有异乎寻常的超能力老头儿的突然出现，完全是个意外。到现在为止，我们也没有查到他的半点信息。"

"只怕是七界联境雪藏的合成智慧奇兵，"尤里说着说着，又摇摇头，"这也解释不通啊，具有超能力又能在不同的星界自由往来的也只有像你们这样的异能者了，合成智能、合成智慧都算特殊装备，是违背星际通行五项原则的，不可能跨越星界。除非七界联境特制的合成智慧，时空感融站检测不出来。反正时空感融站也是他们的技术。"尤里自顾自地点点头，说："嗯，很有可能。"

哈妮淡然一笑，道："这个，不会的。我想，绝对不会的！七界联境当没有可能在这些甚小之事上做文章。这种根本性的规则在他们心中比什么都重要。我以为，我们不要看轻对手，而是要理性地评估对手，不要怕他比你崇高，比你优秀。我们上面想要的只是，怎样才能赢。"

伏射和爱丽丝相互看了一眼，眼中闪过一丝不易觉察的别样神色。在他们心中，从来都是有些看不起哈妮的——她必定是靠一些上不了台面的手段，才得以在蓝焰星界首座那里获得独一无二的专宠。但是，哈妮刚刚的一番话让他们不得不对她刮目相看，这位女子遇事时的谈笑自若与思量问题的宏大格局，让她美丽外表之下的独特魅力瞬时生发。

伏射言语间一下子变得客气起来，询问道："那此番，七界联境故意大张旗鼓地放出消息来，一方面是为了震慑或者说是为了展露其非常之能；另一方面，只怕是设个圈套让我们往里钻吧。"

尤里点点头，望着哈妮。

哈妮笑道："既然上面下了密令，咱们也只能是刀山火海都得上了。还得多多仰仗你们异能者了。当然，这次，我们会派出我们星际飞地的影子武装力量——蓝影部队配合行动，全都是超级机甲智灵，查不出出处。我们或可静候时机，将计就计。"

第二日一早，莫雨和鼎冠的公函几乎同时到达。尘浪打开一看，青霜星界行政权力磋商会的时间定下来了，就在三星日之后。

"他们达成一致意见竟然这么快，"尘浪笑道，"看来鼎冠定下时间，莫雨根本就没有提出任何异议。这是要将退守坚持到底啊。倒是符合他们'帷幕战略'的精神，深藏幕后，不到最后一刻决不出击。"

"你总结得非常好！"空流不由长叹一声，"至此，只怕导火索已经点燃了，这片星空再也没有往日的宁静了。"

第十一章

风云突变

当日，就在青霜星界行政公署和十三星球行政联盟紧锣密鼓地筹备第二次磋商会议的当口，双方突然同时接到七界联境代表团发来的密函。

密函内容很简短——七界联境代表团接到总部特别指令，务必要在青霜星界行政公署和十三星球行政联盟召开第二次磋商会议之前，签署七界联境和青霜星界关于时空感融科技的协定。协定的条款要求务必与红尘星界签署的一致。

鼎冠接到密函，气得七窍生烟。这哪里是群活菩萨，分明是一群老狐狸。七界联境代表这次来到青霜星界，最大的任务就是关于时空感融科技的谈判。但是，代表团来了以后，好像没这回事似的。原来是按兵不动，等待时机。

现在，等到青霜星界行政公署和十三星球行政联盟角力的关键当口，突然出击。密函的话语虽短，但是语气显然是没有半分商量的余地。说得直白一点，就是一份通知。

鼎冠本来的如意算盘早就打好了，快速将青霜星界的权力收至手中，将有更多的筹码来与七界联境慢慢谈判。

鼎冠心里非常清楚，长远而言，时空感融科技才是决定未来星际版图的王牌。为了这张终极王牌，他本打算，对外联合其他有关星界势力，对内鼓动青霜星界广大民众的民情，双面夹击来达到深度参与，甚至部分控制时空感融科技的管理运行。

但残酷的事实往往是，迫在眉睫的取舍抉择比未来的成败大局更现实。

何况，对于鼎冠来说，青霜星界的权力巅峰触手可及。如果错过了此番天赐良机，坐不上青霜星界的权力宝座，对时空感融科技的谋划终究是空中楼阁。想到此处，鼎冠无奈地低下了头。他料想，莫雨只怕更无任何能力提出丝毫异议。这种无力感一点点在鼎冠的心里撕裂，更加激起了他的权欲之火——总有一天，不再做只能被动选择的那一方。

"他们这是趁火打劫啊？"惊鸿影似愤愤不平地说道，"不管怎样，既然是来谈判的，哪怕装装样子、走个形式也说得过去啊。"

莫雨倒是极为平淡，起身踱步望着远处："换了是我，也会如此。他们拿捏得极好。如果是相商的口气，反倒难以成事。"

惊鸿影试探地问道："如若我们与鼎冠商量，达成一致，把此事往后推呢？我想鼎冠一定也不甘心吧？"

"鼎冠，只怕他气得快要爆炸了。"莫雨意味深长一笑，"但是，他会打碎了牙往肚里咽。越想得到什么，就越害怕失去。他以为离青霜星界的权力之巅不过一步之遥了，不想有任何闪失。所以，与他相商不过是徒劳。此外，敌对的双方携手，去对付一个强大的现实盟友或必须依靠的力量，哪怕这支力量未来可能是最强大的竞争对手，这近乎是天下奇谈。"

"如若鼎冠主动来找你，会怎样？"

莫雨转过身道："你的思虑倒是周全，我们应当想到各种可能。不过，我判断他不可能这么做；果真如此，也是给我方下套。我断然不会答应，更不会主动去找他，这样只会让七界联境与我们产生间隙。所以，对于七界联境代表团的提议，我们必须在其他方面的势力可能找到我们之前，以最快的速度回复，无条件地接受。"

"遵命！"惊鸿影有种卸下千斤重担的轻松之感，妙目微转，当即领命前去办理。

第二日九星时，从擎天大殿与金印大厅同时驶出七艘飞羽，声势浩大，但航行速度却是极慢。两支舰队的方向，竟均直指鱼米星城。

敏感的各界信息公务者知道，这一定是有大事要发生，潮水般向鱼米星城奔涌而去。转眼之间，鱼米星城被围了个水泄不通。

苏菲亚指着视镜上的双方舰队，笑道："我方只是通知今日前来签约，未曾想都这般大造声势。"

"以和平的名义，谁想错过这个对外释放姿态的大好时机。"尘浪转头向大家扫了一眼，"我认为，咱们倒是可以顺势成全他们。"

空流哈哈一笑："那是自然！咱们一纸通知，他们明知是赶鸭子上架，也赶紧扑腾翅膀飞过来了。这个面子自然是要给足的。"

赫拉如释重负："今天这个事落定了，虽然仍在险滩之中，但也算是完成了头等大事了。"

"可不是吗？"尘浪一拍手，朗声道，"咱们各就各位吧。"

尘浪和苏菲亚随即迎将而出。不多时，左边，莫雨带领惊鸿影及青霜星界行政公署首席科学大师维素等恭谨静候；右侧，鼎冠率领金杖星球军中首座封离及科学大师多罗维等肃然而立。

尘浪礼毕，先后拉着莫雨与鼎冠的手笑道："今日，咱们三方携手达成一致，此三角互联，将为星界和平打下最坚定稳固的基础。"

"那是，那是，全凭代表团从中斡旋，七界联境大可放心，终是七界之福。"鼎冠抢先答话，神态甚恭。说完朝莫雨笑笑，低头后退半步，刻意与莫雨向后错出一个身位来。

"只要为了和平，一切谨遵七界联境决议。"莫雨一如既往地低姿态，少言寡语。

尘浪接着道："依照惯例，比如与红尘星界此前签约，仅莫雨首座前来即可；但考虑到青霜星界的实际情况，我方亦烦请鼎冠球长一并签署协定。此等安排，想必二位不会觉得有何不妥吧？"

这次鼎冠没有抢先答话。莫雨道："七界联境考虑得甚是周详。如此甚好、甚好。"

鼎冠跟着道："我能同来签署协定，是我莫大的荣幸。深表感谢。"

惊鸿影瞥了尘浪一眼，心道："你都安排好了，还假惺惺说这些客套场面话。我可不喜欢你是这样的……"

惊鸿影正思量间，尘浪走过来伸出了手，惊鸿影一定神，匆忙伸出手。两手相接，惊鸿影不由自主地用手指抠了一下尘浪的手腕，闪动的眼神中射出一丝似有若无的怨气。

尘浪似笑非笑，轻声道："欢迎首座阁下，都是为了大家好。"

惊鸿影松手之际，却是微微会心一笑。

苏菲亚远远站着，却都看在眼里。

七界联境与青霜星界、金杖星球三方签定关于时空感融科技治理协定的消息，第一时间向七界深空万千智慧生命星球扩散。

收到消息的星民只道是寻常，毕竟红尘星界那么大的惊天危机都化解了。

丛林万物生长寂落，在魅影出没的暗夜中，只有捕食者与猎物从未放松警惕，猎杀无处不在。

大事一桩接一桩，时空感融科技事宜刚刚落下帷幕，青霜星界行政权力运行机制磋商表决大会，在鱼米星城如期召开。各方代表均提前两星日入驻。

这次会议关系到整个青霜星界权力的归属，除了青霜星界已知的数百万颗智慧生命星球之外，其他六大星界与各有关组织亦是空前关注。各路形形色色的信息公务者挤满了御溪。

会议举行得出奇顺利，超出了各方此前的预想。一条条消息接二连三地从鱼米星城飞出：

"与会代表一致同意，发生在红尘星界的'渔火危机'由青霜星界首座莫雨与十三星球行政联盟的各位球长共同承担责任。"

"各方一致认为，青霜星界首座莫雨在飞天巡游仪式上解除幽岸星球球长亚瑟职务的行为符合程序规定。经各方商议，考虑到亚瑟未有重大过错且未造成实际不良后果，即日起恢复亚瑟球长职务。青霜星界首座莫雨已批准上述决议。"

"青霜星界行政公署与十三星球行政联盟将合为一处，与其他六大星界行政权力运行机制一致。"

"即日起，将由十三星球行政联盟球长，投票选举新一届青霜星界公务首座。"

夜初时分，鱼米星城一处机要会议室内，特别行动组成员正在全息视镜上看着时空信息弧上传来的各路消息。

苏菲亚道："各方评论与分析基本一致，认为会议基本上是走个形式罢了，鼎冠具有绝对的优势。明日的结果不言而喻。对了，舆论认为我们七界联境代表团基于当前的局势，也不得不接受这样的结果。当然，也有分析认为，我方站在金杖星球一方。"

"这是他们双方公开、平等的协商会议。"尘浪双手一张，转而继续说道，"至少，在形式上没有受到任何的干扰，至于说到实力，谁坐到谈判桌上都会面临这个问题。所以，只要是和平谈判，我方一定是保持中立，不管外界怎么评价。"

浀水叹了口气："只怕青霜星界以后愈发等级森严，与我们的期望渐行渐远了。这难道是我们想要的结果吗？"

空流苦笑道："宇宙星河这么大，各星球社会形态一定是多样化的，总不能因为不是我们所期望的状态就强行干涉；不管如何，和平还是第一位的。"

"我只是不明白，这个莫雨当初是怎么选上来的？"沄滟转而看了赫拉一眼，"就算是不过问世事的原道世界宇道者，只怕要修炼到他这种古井不波的地步也难。反正，我是全程没有看到他有半分不悦的神色，除了点头同意大家的意见，基本就没说过别的话。"

"你未身在其中，怕是难以理解其苦。"尘浪笑道，"他亦曾经意气风发，在绝对的权力压制下，时间久了，便习以为常了。"

赫拉点头称是："入世的修行比出世的修行更加不易。只是，我能看到他的隐忍，看不到他的放下。"

伊凡对政治纷争素来不感兴趣，听到此处，忍不住问道："执掌，他们说的我都明白。就你这句话，我怎么听不懂？你从哪里看出来的？"

赫拉不屑一笑："就你这修为，说了也是白说。"

伊凡不服："你不说也就罢了，还带感情伤害的吗？"

空流接过话来，说道："放下，谈何容易？只怕我与他易位而处，做得还不如他。"

"这个，也许，"赫拉沉吟道，"我说的也不完全是这个意思。我只是感觉，他宁愿忍受也不愿意放弃这个位置。明知是笼子，未必都是被动套上的，往往是自己钻进去的。"

沄滟道："这么说的话，咱们个个不都在笼中吗？"

赫拉假装微愠道："你呀，你这孩子，怎么说话呢？"

浀水咯咯笑道："我也是这么想的。执掌，您莫要生气哟。"

尘浪敲敲桌子："咱们言归正传吧，事已至此，就不必为莫雨鸣不平了。从大局来讲，反倒是好事，至少青霜星界的局势稳定了不是？咱们之前了解到的那些计划也就不必实施了。莫雨即使准备了'帷幕战略'，现在看来，也没有多大的现实意义。"

"嗯，当前，暂时还不能松懈的是，防止蓝焰星界无事生非、从中捣乱。"空流道，"不过，局势越稳定，蓝焰星界挑起事端的可能性反而越小。这也是为什么有些方面认为我方会站在鼎冠那边。"

虽说明日的结果看上去毫无悬念，但毕竟是极其重大的非常时刻，特别行动组各成员不敢掉以轻心，各司其职，忙到深夜。

空流与沄滟依旧没有消除对莫雨的疑虑。

第二日早，御溪各处一片祥和，青霜星界新任首座选举仪式在鱼米星城按时举行。亚瑟也来了，十三位球长与莫雨首座悉数就位。十三位球长既是投票者，亦是候选者，结果就在其中诞生。

没有讲话、发言等任何过多的程序，莫雨做了一个开始的手势，巨大的全息视镜突然从天而降，面向公众实况传播。选举结果即将在墨黑一片的全息视屏上显现。

投票不过是片刻之事，时间过得仿佛极慢。倏忽，一道青光从所有投票者的视镜上闪过，投票结束，系统已锁定。

鱼米星城内外，所有的星民全都屏息仰望着漆黑一片的视镜，如同凝视决定命运的黑暗之门。

突然，视镜中心闪出一道炫目的紫光，赫然涌现出一巨幅影像来——是亚瑟！十票！

鱼米星城内一片寂静。城外，凭空爆发出一片惊呼，紧接着，喧嚣声淹没了世界。出乎所有星民的意料，竟然不是鼎冠，也不是莫雨。

鼎冠几乎不敢相信自己的眼睛，他高大的身躯颤巍巍地向上起伏，犀利的眼神射向尘浪，在他看来，一定是七界联境的系统有问题。当他看到尘浪惊讶不已的神情，转而把目光投向了苏菲亚。鼎冠否定了自己的答案——他看到的是同样的表情，苏菲亚与尘浪相视惊异不已。

莫雨静静地注视着视镜上亚瑟的影像，仿佛在欣赏自己刚刚描画的一幅杰作。鼎冠目视莫雨良久，转而从各位球长的脸上一一扫过……

他终于明白了，这是真实的现实。他将目光慢慢地顺势回移，最终落在旱海星球球长琅琊王的脸上，如同锥子一般插进他的眼珠。

"为什么？"鼎冠用近乎自己都听不见的声音问道。

琅琊王似乎早就准备好了答案："既然你和莫雨首座都主动要求为红尘星界的'渔火危机'事件承担最主要的责任，自然没有办法再担任青霜星界首座这一职务。按照排序，它自然就落到了亚瑟球长的头上。你也知道，咱们星界最注重的就是秩序，就这么简单。看现在的这个结果，我想，大家基本上也都是这么理解的。"

除了两位球长缄口不言之外，其余众多球长面无表情，纷纷点头称是。

就在此时，尘浪与苏菲亚一左一右，已然移步视镜两侧。

亚瑟见此，急忙站起身，走到视镜之前，莫雨跟着走上前去。在尘浪与苏菲亚的监交见证下，莫雨将手里青光闪动的权杖双手平举，十分郑重地移交给亚瑟。这权杖与擎天大殿上空悬浮的权杖毫无异样，只是小了很多。

待莫雨回到座位上，亚瑟向众球长与莫雨微微致礼，旋即昂首挺胸，将手中的权杖高高举起，眼神径直射向鼎冠。众球长赶忙躬身致礼，这当中，鼎冠的身形最为高大，头也垂得最低。

礼毕，鼎冠大踏步走过来与尘浪打招呼，他率先告辞，头也不回地急步奔走而去。莫雨与其他球长见状，赶紧一拥而上与尘浪匆忙道别，马不停蹄地赶回各自的星际飞地。

尘浪与苏菲亚急急赶到机要会议室，特别行动组其他成员已然等待多时。

伊凡性急，隔空发力打开了室内的视镜："你们看，刚才还热闹喧天的城外刹那间全空了。"

赫拉道："那还用说？傻子都知道，暴风雨要来了。"

"好在咱们总是做好最坏的预判，提前做好了相应的举措。"尘浪微笑着摇了摇头，"虽然没有料到会是这样的一个结果。"

苏菲亚看了看空流、伊凡和沄滟，叹道："这或许就是你们探查到的'帷幕战略'，这个莫雨演绎得真叫一个绝啊。他躲在幕后，把他亲自处罚过的亚瑟球长猝不及防地推到了前台，这个谁能想到？恐怕鼎冠做梦也想不到。"

沄水道："藏得真是太深了！关键是，他是怎么策反那么多星球球长的呢？而且，鼎冠自始至终都觉得这些球长听命于自己，竟然没有丝毫的察觉。"

空流正欲答话，看见沄滟想说什么，笑着示意沄滟先说。

沄滟看着空流道："这一点，咱们在旱海星球的时候确实发现了一些端倪。就是您从琅琊邦那里获悉，琅琊王竟然和莫雨过从甚密。"

沄滟目光转向沄水，接着道："但是具体他们之间是怎样的一种关系，都沟通过什么，没有掌握。"

"是的。"空流应道，"因为众所周知的信息是，琅琊王听命于鼎冠。由此，我们也推断青霜星界的情况远比看上去要复杂得多。好了，当务之急是要应对金杖星球联合蓝焰星界反击的危机。"

尘浪道："是的，金杖星球本就与蓝焰星界关系非比寻常。虽说鼎冠以为志在必得，但他必然也准备了失利情况的应对计划。退一步说，现今的乱局，即便金杖星球不去寻求蓝焰星界的支持，蓝焰星界也必然不会放过这一大好时机。"

沄滟道："难道莫雨没有想到这一层吗？他联合其他十大星球的力量，自信可以对付金杖星球，但是，蓝焰星界一旦介入，他们恐怕远非敌手。毕竟，与蓝焰星界星都神弧星球相比，科技实力根本不在一个维度。"

苏菲亚笑道："莫雨这个老狐狸，他根本就没想和蓝焰星界对抗。他早就想过了，如果蓝焰星界介入的话，那就是七界联境必须承担的。所以，我们早就成为他棋局中的棋子了。没有办法，好在，我们在制定战略的时候，已经考虑进去了。"

沄滟惊道："哦，我竟不知道，战略已经制定好了？"

"这个……"尘浪望了空流一眼，没有往下说。

空流朝尘浪点点头，向着沄滟说道："嗯，是这样的。因为你和我现在是有关势力紧盯或追杀的对象，所以，我们此次的有关战略制定，没有让你参加。主要……"

"那你为什么可以参加？哦，我明白了，是怕我万一被敌人抓住了，泄露了秘密，是不是？"

空流未置可否。

"那好，首座，是的，你本领比我强，不会轻易被敌方抓住。即使抓住了，也肯定能扛住。我说得对不对？总之，就是对我没有信心，不能对我这样的战士托付信任。"沄滟素来温婉沉静，想到这一路以来的种种经历，说到后来竟然异常激动起来，满脸委屈，起身就要走。

"沄滟，干什么呢！坐下！这是组织的安排！"赫拉站起身，言辞十分严厉。

涊滟僵在原地，倔强地咬着嘴唇。大家也是头一次看见赫拉发这么大火。赫拉因为红尘星界"渔火危机"一事，觉得七界联境特别行动组不顾生死，在七界联境的支持下，凭借超凡的能力与智慧拯救了众多星球。作为红尘星界的一分子，除了长久以来与大家铸就的战友之情外，赫拉始终心存一份别样的感激与敬意。

苏菲亚与洢水赶忙跑过去，拥着涊滟，轻声安慰着，扶着她坐回原位。

尘浪向赫拉微微致礼，示意赫拉消消气，接着对涊滟说道："这么做也是为你好，我们所做的事都关乎亿万民众的生死安危，考虑得必须尽可能多一些。你想，万一你被敌方抓住了，当然，我说的是万一，你若是掌握了咱们接下来的机密计划，敌方不逼问出来是不罢休的。你若是真的根本就不知道，那还有活着的希望。"

"是的，就是这么回事。"空流跟着附和道。

"你，虽然你是首座，但是我觉得你现在没有资格说这个话。"涊滟见空流说话，火气又上来了，"我不是说不服从命令与安排，但是，我有表达自我意见的权利。就我这一路以来的经历和我所掌握的信息情况，真被敌人抓住了，他们哪里还能放过我？都够死多少次啦。我知道你们是为我好，但是这个前提根本不成立。"

大家都能听出来，涊滟的话是有道理的。空流和尘浪目光交错，竟然不知如何回答。赫拉搓搓手，也不知说什么好。

涊滟见此，不自觉地提高了声量："就说咱们在座的，既然投身于此，哪一个不是抱着随时赴死的决心来的？"

"这是自然，我理解……"空流沉声应道。

"你不理解，根本就不理解！枉费了咱们这一路的患难。作为一名战士，最重要的，就是信任。相信他的忠诚，相信他能做到。

说什么为我好，就是怕我扛不住，泄露了机密。这是对一名战士最大的伤害，我真的很伤心！"沄滟禁不住号啕大哭。

除了沄滟的哭声，室内别无声息。

"哗啦"一声，空流刷地站起身来，语气坚硬无比："我们一方面考虑对你的保护；但是，你说得没错，我们最主要考虑的是确保计划的绝对安全。任何一丝不安全的因素，只要有可能，都要尽量避免。这或许伤害了你，但这就是既定的安排。我们没有办法去照顾到每个个体的情绪。"

"你和我的情况是一样的，为什么你可以？就因为你是首座吗？"面对空流凌厉的目光，沄滟丝毫不退让。

"对，就因为我是首座，我有这个权力，这就是命令！现在，最紧要的就是商讨如何应对当前危机。所以，现在——我命令你立刻离开会议室。"

众士都被空流的话语震住了，因为空流素来是在谈笑之间解决问题的，没想到他竟然会对沄滟如此决绝。

"好，我走！"沄滟气得牙都快要咬碎了，一抹眼泪，头也不回地冲了出去。

尘浪赶忙向赫拉使眼色，让她跟出去。赫拉摇摇头，端坐不动。

空流苦笑着望了大家一眼，道："没事啦。是我发的火，她的事回头我去解决。咱们赶紧进入正题。"

伊凡把座椅拉近，抬眼偷偷瞄了空流一眼，咕哝道："这个、这个，首座，接下来不会把火泄到我们身上吧？"

尘浪轻笑了一声。

空流盯着伊凡瞧了好大一会儿："怎么着，我就那么爱发火吗？真发火的话，接不住啊？"

"接得住，接得住，这点考验算个啥呀？"伊凡摸摸头。

"那好，这下你们大家都放心了吧，我就把火力全都对准他了。"

众士哄笑起来："开会，开会。"

鱼米星城机要会议室内，尘浪和苏菲亚正在下达指令，其他成员都分头部署任务去了。

突然，一条密讯传送进来："莫雨突患未知急病，昏迷不醒。"

苏菲亚面色凝重，看着尘浪。

"来了，开始了。真是来得好快呀。"转头对苏菲亚说道，"把消息同步给空流。"

空流传过来音讯道："收到，所有信息均同步给特别行动组所有成员，包括知末。同时，从现在开始，实时将所有重大信息传送给七界联境总部。"

时空信息弧上，一条条简短而惊心动魄的信息接二连三冲上热榜。如同一阵阵狂风刮得星界纷乱飘摇、惶恐不安。

"青霜星界原首座莫雨突患未知急病，昏迷不醒。"

"青霜星界新任首座亚瑟突患未知急病，昏迷不醒。"

"幽岸星球宣布进入战时紧急状态。"

"幽岸星球驻青霜星界星都金杖星球星际飞地宣布进入战时紧急状态。"

"金杖星球球长鼎冠突患未知急病，昏迷不醒。"

"旱海星球球长琅琊王突患未知急病，昏迷不醒。"

"金杖星球宣布进入战时紧急状态。"

"旱海星球驻青霜星界星都金杖星球星际飞地进入战时紧急状态。"

……

不到三星刻时间，出席青霜星界选举大会的十四名代表相继遭遇不测，生命垂危。大家猜测是金杖星球下的黑手，但鼎冠的遭遇也一样，况且当下没有任何证据，尚未找到原因，不知道究竟谁该为此承担责任。

紧接着，红尘星界、橙帆星界、黄道星界、绿缈星界、蓝焰星界、紫陌星界六大星界驻青霜星界星际飞地，相继宣布进入战时紧急状态。

至此，再也没有任何星民和有关势力对青霜星界的局势抱有幻想，黑云已然压境。显然，鱼米星城成为最后的希望与关注的焦点。

"如果说，他们的'蜉蝣计划'这么快就出手了；那么，他们的'乌云计划'想来也不会远了吧。"尘浪慢悠悠地说道。

"他们的'蜉蝣计划'虽然已经实施了，为什么我一直都没有预感到危机？"洢水有些焦虑，"莫不是经历的大事太多了，对现在这种十来个星民面临死亡的危机已然免疫了？"

空流哈哈大笑，意味深长地说道："要相信你自己。如果你连自己都不相信了，你的预感能力可能真的就不灵了。"

洢水正要说什么，这时，苏菲亚急匆匆走进来，面向空流立定："报告首座，一切准备就绪，请指示！"

在尘浪的印象中，苏菲亚从来没有这样向自己汇报过工作。看着苏菲亚英气勃发的身姿，尘浪似乎也感到浑身元气满满。

空流抬起手似乎要做决定，却突然笑道："你这么快就把她的工作做通了？"

"不是我，是赫拉执掌。"苏菲亚笑道。

"那就好，我也一起去。"

尘浪道："这哪行？太危险了，他们正要找你，你这不是自投罗网吗？何况，大战在即，正需要你坐镇指挥。"

空流道："正因为危险，我去能帮上忙。这里，计划都制订好了，作战方面你比我指挥在行。就这么定了吧，但先不要告诉她。"

尘浪深深地点了点头。

泹水道："真是让我头痛。"

空流道："这是为何？难道又有危险？"

泹水摇摇头，苏菲亚走过去拍了拍她。除了空流和沄滟，大家都知道泹水这个说不清道不明的毛病——只要空流去执行秘密任务，泹水就不由自主感觉痛苦不堪。

泹水猛然抬头，笑道："感觉没有什么危险，不过就是担心你们而已。"

空流投过来感激而温存的眼神，说道："习以为常就好。"接着环顾一眼四周，"该走了，时间刚刚好，战斗吧！"

很快，在广大星民等待的煎熬中，七界联境代表团在暗黑中射出了第一道光——他们在时空信息弧上发出了一道消息：基于此前对青霜星界局势的多种可能性预判，七界联境代表团已然备好应对之策，将与有关各方协同实施。

几乎就在时空信息弧上的消息出现的同时，红尘星界、橙帆星界、黄道星界、绿缈星界、蓝焰星界、紫陌星界六大星界驻青霜星界星际飞地分毫不差地收到一道来自鱼米星城的绝密传讯：七界联境已制订详尽方案应对当前危机，鉴于当前局势十分危急且复杂多变，兹紧急召集各星界飞地尽最大可能派遣武装力量，前往鱼米星城十面塔守护该计划。武装力量进驻时间为今晚十一星时。

"丝毫不差，一切尽在咱们的计划之中。"蓝烟星城之内，尤里竟然抛却了神弧星球特有的古板，面部经脉凸起，兴奋不已。他用钦慕的眼神热望着哈妮："哈妮女神阁下，我对你的能力不得不重新认识了，虽然我一直以为非常了解你。"

面对尤里这样直白而热烈的赞美，外加几分谄媚，哈妮竟不为所动，唇边划过一丝讥笑，淡然道："不过是情报准确一点罢了。"

哈妮根本没有给尤里答话的机会，她知道他不过是再拍一堆马屁而已。

"七界联境从来不会做临时抱佛脚的事，他们会提前推演出各种可能性的应对之策。关键是你得知道他们有多少种方案、哪一种是他们真正实施的、放在何处。而我们，时刻在他们脑海中漫步。"说到此处，哈妮也不无得意，"好了，到了该你们行动的时刻了。"

尤里收起了笑容，立即站起身，低头整理行装，眼角缠着一丝苦笑——是的，哈妮已经摸到了最准确的情报，现在苦力活儿该轮到他了。上峰已然下达死命令，不惜一切代价，务必要将七界联境代表团的秘密计划拿到手。这关系到蓝焰星界下一步的宏大计划。

哈妮一直坐在高台之上，以一种居高临下的眼神打量着尤里。尤里那一闪而过的苦笑自然没有逃过她的眼睛。

"怎么，行动的时间不够吗？我们可是算好的。七界联境必然要给六大星际飞地调兵遣将部署的时间，距今晚十一星时还有将近三个星时的时间。按推演计算，一切正常的话，你们只需要一星时一星刻。"

尤里慌忙抬起头应道："没有，时间足够。"

"那是派给你的武装力量不够？我可是将一直雪藏的最精锐的蓝影部队全部派给你了。"

"这个我明白，只是七界联境太神鬼莫测了，这次深入其内正面交锋。我怕的不是危险，而是怕万一失败了，追查到是我方所为，会引起天大的麻烦。"

"这里不是七界联境总部，鱼米星城内只有常规安保力量，他们自己不敢打破这个禁令。你又不必亲入，只管潜伏在城外指挥就好，他们哪里能查到蓝影部队的踪迹。一切按计划行事就好！"

第十二章

兵不厌诈

尤里带领蓝影部队趁着夜色快速分散潜入蓝烟星城外的一片密林洼地，然后鱼贯而出，集结后超低空飞行直插鱼米星城。

常态下，蓝影部队从外观看上去与普通星民无异，实则皆为柔性材料与感息材料构建的机甲智灵，具有高度的变体功能与反探测性能。

不到两星刻。鱼米星城已然在望，尤里看到前方地面有一处坡地，指令蓝影部队继续前进，自己则凌空疾驰而下，落脚于山坡隐秘处布控指挥。

"已就位，一切正常。"尤里发出传讯。

"好，很好！"尤里耳畔传来哈妮动听的声音。

尤里既是前沿阵地指挥，更是一个中转站，起到隔离的作用。万一蓝影部队任务失败，就追溯不到蓝烟星城。

尤里紧紧盯着眼前的立体视镜影像，发出秘密指令："按计划分东西两队，东线先行，西线原地隐蔽。"

东线已经全部进入鱼米星城领地，没有一丝警报。尤里心中大喜，雪藏至深的蓝影部队果然是杀手锏，看来七界联境也不过如此。

"保持冷静！"

尤里耳畔又响起了哈妮的声音，不过这一次却没有半分动听，而是冷如寒霜。

"这个臭娘儿们，竟然全方位监控我。"尤里心里暗骂。

"西线快速突进！"

待西线进入鱼米星城，尤里下令两线全体隐蔽。然后指令五名蓝影甲士快速突击到鱼米星城的悬丝城堡。

悬丝城堡悬浮于鱼米星城内，四维没有任何链接物，亦无任何遮挡，凡欲接近者无处藏身。不过，悬丝城堡周身却布满了看不见的游丝，专门对付隐形不速之客。

"现身！"

尤里发出密令，五名蓝影甲士突然现身。其所在之处的悬丝城堡游丝射出耀眼的蓝光，霎时警报大作。

鱼米星城机要室内闪现紧急信息：五名不明身份的影子甲士秘密潜入，正在袭击悬丝城堡，目标应是暗杀空流与沄滟。

七界联境代表团此前已获取有关情报，信息表明，有关方面已获悉空流和沄滟在鱼米星城的确切住所——被保护在悬丝城堡之内。

尤里下令："东线解除隐蔽，现身全线出动！"

尘浪看着视镜上的信息，说道："果然不止这五名甲士，他们派出的战队为咱们鱼米星城全部安保力量的 1.5 倍之多。看来敌方对我们的情况非常了解，经过了精心筹备。"

"调集鱼米星城全部安保力量阻击！"尘浪发出指令。

"包括十面塔安保队伍？"下座问道。

"是的！先解决最紧急的危机。十面塔，咱们已经向各方发出了调集武装护卫力量的命令，没有谁会这么冒险。即便有，也没有这么快。"

"西线全体秘密出击十面塔。"尤里心中暗喜，果断下令，这次不动声色。

西线蓝影部队向十面塔悄然疾驰而去，片刻在望。

十面塔通体黝黑，高约数百米，外表分为十个切面，悬浮于地面百米之高，昼夜一成不变地缓缓旋转，孤立于鱼米星城之一隅，周边甚为空旷。之于十面塔，外界知之甚少，只知道此为七界联境星际飞地秘密档案存放之地。

情报称十面塔没有任何防御武器，日常只是安排了安保者例行巡逻。对此，尤里深感狐疑，难道七界联境竟然对自己的科技如此自信？尤里正思虑间，蓝影部队已然抵达十面塔，毫无阻碍。尤里尚未下令，部队已自动布控，占据空中与地面有利地形。

"突进！"

随着尤里一声令下，余下蓝影部队直插十面塔正中部位——第三百六十层。

"没有阻挡！"

"没有任何阻挡！"

秘密传讯不断传来。尤里心中一紧，难道对方果真将所有安保力量全部撤走了？

"难道中了埋伏？"尤里忍不住向哈妮发问。

"情报早就分析过了，十面塔当前没有任何武装力量。他们对自己的科技太自信了。这都什么时候了，还不集中一切力量获取密件？"

"是！"

尤里话音刚落，前方秘密传讯报告，发现了情报显示的密件藏处——一个黑黝黝转动的实心圆球。蓝影部队迅速实施时空场分界压制，打算实施小范围时空隔离将其打包带走。原本担心的是，这个实心黑球沉重无比，拿不动。谁知，时空场分界压制操作失败，实心圆球竟然是虚的。

尤里大吃一惊，如果这个黑黝黝的圆球是虚的，那应该有物场映射才行，但是现场竟然没有发现任何映射源。简直不可思议！尤里赶忙将现场情况向哈妮秘密传讯汇报。

"早就说过了，他们对自己的技术超级自信，所以根本用不着安保防守。还犹豫什么，立即采取穿透全息扫描！"

"这么做必然会被发现，蓝影部队想要撤退就难了！"

"这是必须付出的代价，他们就是作战的工具！立即实施，同时，实时转场向我传输过来。"

"实施！"尤里刚一下令，十面塔外霎时警报大作。

"塔外蓝影部队全部现形，投入战斗，吸引住对方的火力。"尤里豁出去了。

瞬时，十面塔四周涌现出大批战员，比蓝影部队东西线全部战员加起来还多两三倍。

"这个臭娘儿们，你们的情报不是准确无误吗？"尤里忍不住骂出声来。

"你骂谁呢？坚持住，务必要坚守到信息全部传输完毕。"

看着视镜上即时显示的鱼米星城各处战况，尘浪频频地看着跳动的时间。苏菲亚更是连视镜都顾不上看，只是盯着跳动的时间，紧张得额头上渗出了汗珠。

"传输完毕！"

哈妮在那头长长地出了口气："好！立即命令全体蓝影部队向相反的方向突围，但是不允许离开鱼米星城领地！"

"你的意思是，他们必须全部就地战死？"

那一头只是沉默。

"哈妮！哈妮！请回答！请回答……"

看着蓝影部队一点点被消灭，战斗即将进入尾声，尘浪突然站起身来："向所有的星际飞地下令，十面塔遭到不明力量攻击，原计划提前，各飞地所有安保力量立即出发前往护卫。"

苏菲亚转身执行命令。

尘浪立即向空流秘密传讯："时候到了，可以行动，注意安全！"

就在这时，一道青影悄无声息地潜入了十面塔，他远远望着鱼米星城边缘即将结束的战斗，摇摇头叹了口气，自言自语道："好一个十面埋伏，可怜的蓝影部队。我就算是浑水摸鱼吧。"

这道青影在十面塔中上部七级塔层间快速游走搜索，赶在外边的战斗结束之前绝尘而去，只留下一声悠长的叹息……

而就在十面塔的顶层阁楼，一白衣老者将一切尽收眼底，依然是一声长叹："这个孩子，这么一会儿工夫就想找到秘密，我都来过无数次了。"

看看远处的战火将熄，白衣老者抖抖衣衫，自言自语道："这几日怕是清净不了啦，且到别处看看去。"言罢了无踪迹。

鱼米星城外，尤里看着被蚕食殆尽的蓝影部队，绝望之极，他一遍遍呼叫哈妮，始终没有应答。尤里谩骂不止：这帮冷血的石头，一旦东西拿到手，就抛弃了我们，消失得无影无踪。

"我一直都在！就看你要骂到几时？"尤里耳旁突然响起了哈妮的声音，不仅没有半点怒意，竟然带有几分戏谑。

尤里还未来得及说话，哈妮语气一转："他们修改了各星际飞地安保部队进驻护卫十面塔的时间。所有的部队已经出发，即刻便到。"

尤里大惊道："分明是他们占尽了优势，战斗都快结束了，怎么竟然现在要求紧急增援？"

"不知道，也许他们害怕第二波攻击吧，这不是考虑的重点。

现在我命令，立即结束战斗，启动自毁模式，毁灭所有蓝影部队，切断一切关联线索。你，立即撤退。"

哈妮以为那头又要传来一阵怒骂，听到的却是一声冷静而低沉的叹息："好吧，你我这样的，迟早是要下地狱的。"

"也许，但此刻祝你好运。"哈妮竟然留下了一串动听的笑声，然后彻底离开。

尤里启动了按钮，一个个蓝影甲士瞬时灰飞烟灭。鱼米星城方面显然被这突如其来的变故惊呆了，但也就在片刻间，已然反应过来，一部分队伍向城外扑来。

尤里不慌不忙地销毁所有痕迹，转身消失在夜色之中。

哈妮按捺不住内心的狂喜，立即吩咐将获得的信息交给秘密科学公务者处理，同时向神弧星球发出了绝密传讯报捷。

哈妮刚刚吩咐完毕，一道紧急传讯呈现在眼前："七界联境代表团成员秘密前来，已至蓝烟星城门外。"

哈妮大惊失色："难道我们暴露了？"

她本能地想要呼叫安保部队，但是安保部队已经被鱼米星城调走了。

也就是片刻工夫，哈妮就冷静下来，七界联境代表团成员前来，不管以何种方式，都是必须接待的。即便安保部队没有被调走，也不可能调来对付七界联境代表团成员。

哈妮来不及多想，急忙起身到城外迎接。待她望见七界联境代表团成员的那一刻，突然想到：应该不是我们暴露了，那边的战斗才刚刚结束，精密计算一下时间，他们不可能有这么快。想到此处，哈妮顿感释然，满面春风地加快脚步迎上前去。

哈妮将空流、赫拉、沄滟、伊凡与其他代表团成员一行九名来访者接到会晤室内。本次来访以伊凡为首，空流和赫拉、沄滟均易形为普通随员。

在地球的时候，伊凡与伏射交过手，显然，哈妮对伊凡也不陌生。

虽然哈妮觉得伊凡一行应该不是为窃取十面塔情报之事而来，但看到是拥有超凡能力的异能者伊凡带队而来，心下丝毫不敢放松警惕。

哈妮知道，与伊凡这样直来直去的异能者打交道，不用绕圈子。笑道："果真是没想到啊，想当初，在扶风星球逍遥自在、闻名七界的超凡异能者，竟然心甘情愿地做起了一名普通的公务者。"

伊凡道："彼此彼此！"

哈妮道："我这点微末之技比起贵使来，简直是贻笑大方。"说话间，哈妮收起了随意之态，敛容向伊凡致礼欢迎，方才落座。

坐毕，哈妮道："请问贵使如此隐秘紧急驾临有何指示？"

伊凡本想说一些外交辞令，奈何话到嘴边却是半句也说不出来，冲口而出："我们是来对你们进行调查的！"

哈妮脸色激变："调查我们，却是为何？"

"我们怀疑你们窃取了十面塔的绝密情报，并参与了对鱼米星城的袭击行动！"

"啊？！"哈妮大惊，心想：竟然暴露了！这个该死的尤里！

"不可能，这绝对是子虚乌有的事。此刻一切无须多言，请贵使出示证据。"

"我们主要是怀疑，当然不会无端怀疑，证据……证据会有的，只是……"伊凡不由自主地向空流望了一眼。

哈妮见此情形，不由冷笑一声。

就在此时，有传讯进来："尤里回来了，是被一群安保者架回来的。"

伊凡脸上露出了笑容："证据来了。"

哈妮的心在下沉，却依旧面不改色："什么，被谁架着回来的？让他们进来！"旋即起身向室外的大厅走去。伊凡一行紧随其后，沄滟见机赶忙实施幻影异能，溜到别处去了。混乱之中，哈妮方面毫无察觉。

尤里被一众安保者带进大厅，身上的衣衫竟是丝毫不乱，仪容整洁，身体挺立得笔直。只见他双目紧闭，一声不吭地站着，像一根沉默的钉子。

哈妮远远望着，问道："究竟是怎么回事？"

尤里默然无声。

"该轮到你说了！"伊凡道。

"我说什么，你们为什么要抓他？还有，你们竟然毫无证据地闯入我们星际飞地，要调查我们。我要将你们的行为公之于众！"

伊凡不急不躁："如果你觉得可以，请便。我们之所以没有把尤里带走，而是直接带到这里来，是出于礼节性考虑。既然这样，那我们现在只能把他带走了。你应该相信，以现在的手段，他一定会毫无保留地让我们知道一切的。如此一来，恐怕被公之于众的是你们吧。"

哈妮深知，尤里一旦被带走，后面的一切计划就全毁了。只见她突然腾空而起，怒喝一声："不行！"向尤里箭射而去。

伊凡随行而动，赶忙截住哈妮。顷刻之间，两位异能者就交上了手。空流双目一闭，趁机催动隐念，盗取哈妮脑海中的核心信息。

以伊凡的异能，本能快速制服哈妮，但他有意拖延，给空流和沄滟争取时间。伊凡和哈妮正在缠斗不休，只听尤里大声道："别打了，我有话说。"

222

哈妮一听，急拔身形跳转过来。

尤里睁开眼，示意哈妮走上前来，伊凡紧随其后。尤里匆匆看了伊凡一眼，淡淡地说道："你们抓我也是白抓，你们可以从我身上的设施认为我有入侵鱼米星城的企图，但是你们没有任何证据表明我攻击过你们，更谈不上窃取你们什么情报。如此而已，我对你们没有什么可说的了。"

"有没有，我们把你带走就知道了。"伊凡并不想跟他多费口舌。

尤里说完，直视着哈妮的眼睛。哈妮读懂了他的信息——"我什么都没有说，也什么都不会让他们得到。"哈妮微微点头，一直在缓步往前走。

突然，尤里浑身颤抖起来，衣衫鼓动。只听见尤里凄厉地大叫一声，轰然倒下。

伊凡大呼："不好！"刚上前去，抓住他的臂膀。俯身一看，尤里已然自绝身亡。

哈妮亦赶忙跑上前去，确定尤里已死。她眼中没有半滴眼泪，却闪过哀戚之色，心中五味杂陈。她此前冲上前来，并不是想解救尤里，而是要杀他灭口的；就连尤里用眼神向她传递信息的时候，她也没有放弃暗中除掉他的念头。

哈妮站起身来，头也不回地往里走，身后只留下淡淡的一句话："也许是他咎由自取。你们走吧，恕不远送了。"

不知何时，沄滟悄然站到了空流边上。伊凡挥挥手，大家赶忙撤退。

暗夜中，众士极速回撤，行至蓝烟星城与鱼米星城之间的密林地带，竟与伏射、爱丽丝及"十三夜"一行狭道相逢。原本，赫拉、伊凡、空流等均秘密奔赴蓝烟星城，就是考虑到对方异能者势力强大。没料想在城内没见到他们的踪影，竟在这里碰上了。

原来，哈妮派伏射一行早早前往接应尤里，在离尤里不远处的林地潜伏。谁知鱼米星城方面早有算计，尤里刚刚腾空撤离即被伏击。

"世界有时不大。"伊凡笑道。

"确实如此，别来无恙。请问从何而来？"伏射示意"十三夜"封锁去路，面露傲然之色，看看自己身后，确信就算双方交手，绝对有胜算。

"就是你们的大本营！"伊凡亦不想多说一句。

"哦！"伏射显然有些吃惊，后退数步，急忙向哈妮发去传讯。

得到确信后，伏射问讯当如何处置。哈妮回复："按你们异能者方式自己看着办，如有胜算何必错失良机？但一切与蓝烟星城无关。"

伏射心下会意，大步向前，高声道："蓝烟星城与我毫无关系，我等大本营在神弧星球仙菌落。今儿个都换了个星界了，还能有缘相会，此等良机，还是要向阁下请教一二，万望切莫推迟。"

伊凡与赫拉、空流等交流了一下眼神，心知今日定是一场恶战，只怕是凶多吉少。随行代表团成员打算联系鱼米星城派武装力量接应。空流本不惧死伤，只是站在全局的角度考虑，还是在武装力量的协助下尽快安然撤退为好。

但赫拉与伊凡的异能者本性却是不愿借助任何武装力量，借此逃生总觉脸上无光。

空流正欲向鱼米星城发去秘密传讯，赫拉走过来低声道："不急，反正蓝烟星城的力量都被调走了。咱们这边真要打不过了再请求支援想必也来得及。否则，还没交手就请求武装力量支援，以后在异能者的世界里就没法混了。"赫拉说完，将伊凡拉到身后，上前一步，易形为本来身形面目，道："飞花落赫拉在此恭候，请赐教！"

伏射与爱丽丝闻言一惊，但旋即镇定如常：就算赫拉在场，也绝难抵挡"十三夜"联手的威力。

伏射深施一礼，笑道："赫拉执掌安好，夜深时间紧急，就不单独请教了。"言罢，一挥手，群起而上。

激战正酣，突然传来一个苍老的声音："唉，累了，打半天了，都没有个结果。"

众士大惊，停止交战，驻足四望，只见一高大树梢之上不知何时多了一位白衣老者。伏射、爱丽丝与空流、沄滟都认出来了，正是之前伏射一行伏击空流和沄滟那次遇见的神秘老头儿。

不过，这次他的手中多了一个大烟杆。白衣老者正在抽烟，样子十分享受，火苗在黑夜中一闪一闪的，呲呲冒着白烟。

沄滟认得这大烟杆，是地球上远古时期的老物件，在异星瞧见，分外亲切，满心欢喜。

伏射知道老者在此地出现绝非巧合，一定不是什么好事。怒道："你又要做什么？"

老者呵呵一笑："来来来，你们也累了，请你们一起抽支烟。"言罢，将烟杆在树枝上磕了磕，一团团烟丝带着火苗纷纷向伏射一行滚滚而去。转瞬间，伏射、爱丽丝与"十三夜"共十五位异能者面前均有一团火球。

伏射等施展异能拼命扑击火球，火球却是不远不近、飘忽不定，一时之间，奈何不得。伏射大声叫道："不要怕，这是幻象。"

老者笑道："谁说只是幻象？"说完，又一挥烟杆，一团带火球的烟丝向道旁的树林飘去。只听见一片轰隆隆之声此起彼伏，数十颗巨树齐刷刷被瞬间拦腰截断。伏射此时方信这老者所言非虚，待在原地不知所措。

"走吧，这么晚了。"老者挥动烟杆慢悠悠收回所有的烟丝火球，似乎并没有要为难伏射的意思。

伏射一躬身，一言不发，带领一众异能者飞驰而去。

老者见伏射走远，大笑一声，亦飞身而去。身后留下一句话："空流，你竟还在此处，真是糊涂啊，糊涂。"

空流大惊失色，其余众士亦是惊奇不已，大家面面相觑，不知这白衣老者究竟何意。

空流待了半晌，道："也许他说的是对的。"

赫拉道："这又是为何？"

空流道："这个，我一时也说不清楚。或许我应该离开青霜星界了。不过，此地不宜久留，回去再说吧。"

鱼米星城机要室内，空流、沄滟和伊凡刚进屋，发现尘浪等已经等候多时了，大家一一握手。

尘浪道："各星际飞地的安保部队不是到了吗？请赫拉执掌再辛苦一下，前去安排调度一下。"

伊凡道："哦，一名异能者，竟然会调度部队啦？"

"多嘴！"赫拉弹了一下伊凡的耳朵。

沄滟道："执掌指挥过那么多异能者的，这点部队算什么？"

"可惜我永远都只能是一介武夫。"伊凡自嘲道。

"不至于啊，今天表现得不错。"空流拍了拍伊凡，"好了，歇口气，咱们言归正传。"

看见空流一行回来，洢水最是高兴。"几名梁上君子，赶紧给我们讲讲，有什么有意思的事？对了，这种外交方式，窃取情报，是不是不合规？"

伊凡急道："这可不是外交方式啊，我们是去行使调查权力的，算不上外交。"

空流笑着点点头，朝沄滟道："你先说说情况。"

沄滟道："今日没有遇到任何阻碍，一方面他们的安保力量都调走了，另一方面我的幻影异能短时间内他们探测不到；但是我没有获得我们想要的核心情报。其他的一些零碎的信息倒是有一些，这些不着急说。"

"那是他们藏在更为隐秘的地方了？"苏菲亚问道。

"有这种可能性……"空流似乎也是颇为困惑，"但是，我同样也没有得到想要的东西。"

"哦？"几乎所有成员都吃了一惊。一路上只顾着撤退，同行成员并没有机会询问空流方面的情况。

伊凡道："难道你没有机会潜入哈妮的意识？"

空流摇摇头："不是，因为他们的机要会议室内有屏蔽装置，隐念异能无法施展。将尤里带入的时机刚刚好，转移到大厅后，大厅里没有屏蔽设施，恰巧哈妮想杀死尤里灭口，你们一交手，哈妮正好失去防备，我非常顺利地进入了她的意识。只是没有找到我们想要的情报。"

"难道我们布了这么大的一个局，竟然一无所获？"浉水掩饰不住内心的失望。

空流道："包括故意让蓝烟星城获得有关鱼米星城兵力部署等相关信息、将我们最重要的应对计划放置在十面塔、引诱对方上钩、将所有的星际飞地武装力量调离，到我们秘密出击盗取情报，所有的这一切，包括时间上的精确算计，可谓是完美无缺。可是，哈妮脑海中竟然没有任何他们实施计划的信息。"

尘浪道："难道蓝焰星界方面真的没有任何计划？这绝无可能！也许，神弧星球的计划还没有传达到哈妮这个层级？"

"这不可能！"空流和苏菲亚几乎是异口同声。

苏菲亚迫不及待地说道："首先，蓝焰星界方面只要有所图，不可能不预先制订计划；其次，他们的超级武器经过时空感融站轻易进不来，他们所有计划的实施只能通过蓝烟星城来实现。"

沄瀸道："他们在红尘星界制造危机，不就是通过君山星球爆炸，然后以拯救君山星球的名义，让'星空茧房'通过时空感融站放行进来的吗？只怕他们或许要制造什么危机故技重施吧。"

空流一直在沉思，听到苏菲亚和沄瀸的话，他说道："可能性都有，只是不知道他们的阴谋究竟是什么。当然，我也不是什么信息都没有。有一点值得注意的是，哈妮也想知道神弧星球的计划究竟是什么。但是，她得到的答复是，一切早就安排妥当，届时只需根据局势随机应变即可。

"神弧星球对哈妮下达的主要指令只有两条：一是追杀我与沄瀸；第二个，也就是最重要的，想尽一切办法获取我方计划。"

尘浪精神一振，道："这也算是一条十分重要的信息。说明他们还是有计划的，而且早就计划好了。"

空流转头问泅水："你有没有感觉到来自蓝烟星城方面的危机？"

泅水摇摇头："没有任何迹象，至少目前是这样的。"

空流道："如此看来，他们的杀招是要在某种条件成熟以后，威胁才会显现出来。我们把这个情况秘密传讯给总部，让他们在外部进行调查；同时，咱们在金杖星球所在的星域再继续探查。大家不要气馁，从各方的角度出发，至少我们已经获悉了青霜星界与金杖星球方面的绝密计划。而对我们的计划，他们各方还一无所知。所以，优势还在我方，接下来，咱们把这些情况再综合起来，仔细研究一下。"

蓝烟星城内，哈妮正在焦急地来回走动，这时，科学公务者的紧急传讯过来了。

"快！接进来！"哈妮滑到办公桌前，"发现了什么？"

"只有一张虚拟的铂金纸片。"

"上面有什么？"

"什么也没有，空空如也。"

"什么！什么都没有？你们再好好查一查，是不是他们的科技你们解锁不了。"

"不会，完全解锁了，就是什么都没有。"

"什么都没有。"哈妮喃喃自语，一下子瘫坐在椅子上。难道付出了蓝影部队全军覆灭和尤里自裁的代价，换来的竟是一张白纸。那他们为什么要调集所有的星际飞地武装力量去护卫这张白纸呢？哈妮想破脑袋也不明所以，只是止不住地浑身发抖。

"把这张纸传过来！"哈妮歇斯底里地狂喊。就算是一张白纸，她也要把它交给总部交差。

第二星日一早，众成员在鱼米星城会议室开会。突然，特别信使小鸟歌遥带着清脆的鸣叫一路直飞进来，落在空流手臂上，空流接过密信，歌遥即幻灭无踪。空流打开密信，惊喜地大叫一声："太好了！微禾首座要来了，明日即到！"

众士一阵欢腾，热闹一番后慢慢冷静下来。大家深知，七界时空广大，若非特别重大情形，微禾首座怎会轻易离开总部，跨越万千星系来到星系战争暴风中心。

"为了安全起见，首座这次依旧是秘密前来。"空流接着补充道，"不过，与此前到红尘星界不同的是，来了以后，青霜星界方面不必举行接待仪式。这里已经是危险的准战场了。"

苏菲亚道："请首座放心，我会做好安排。这次来的规模一定小不了，随行的必定有特别武装力量。"

为了避免引起不必要的关注，特别行动组不安排任何成员前往迎接。夜初时分，微禾一行秘密抵达金杖星球，径直来到鱼米星城，特别行动组全体成员早就在机要室等候。知末忙于研究，许久没有与大家这么齐全地一起聚过，忍不住兴奋地拉着大家逐个聊天。

待到微禾进入鱼米星城城内，众士大惊，原来微禾随行只是带了几名公务者，没有任何武装力量。

"怎么可能，难道竟连任何秘密武器装备都没带？"知末惊讶地站起身来，转过头来，看着空流和尘浪。大家也一起看过来。空流和尘浪亦是相视无言。

大家看他俩的表情，也就明白了——一样是什么都不知道。

"有了红尘星界的前车之鉴，难道……"知末一跺脚，"何况，这里和红尘星界的情况大不相同啊，总不会是指望我带领科学公务者搞出什么武器来对付他们吧？"

空流虽然心里一样不解，但他相信七界联境总部自有筹划，为了让大家在一个轻松的氛围中迎接微禾的到来，他转头向知末笑道："总部必定是不愿意运输武器，带头破坏星际通行的五项原则。微禾首座一定是带来了秘密武器的方案，到时你们把它造出来就行了。"

"哦！有道理！还是你小子，哦，首座，反应快！"知末略有几分尴尬。空流无所谓地一挥手。知末接着道："想来这个制造应对武器的材料获取并不难。"

众士正你一言我一语地说话间，微禾走了进来，众士齐刷刷地起身致礼。微禾笑容可掬地说道："好、好、好，不忙不忙。来，先把消息发出去。"

空流点点头，苏菲亚道："遵命！"

微禾这才走过来逐一和各成员打招呼，一阵寒暄过后，微禾叫上特别行动组所有成员一起开会。他首先说道："你们制定的应对战略方案，总部已经看过了，大方向没有问题。后续的军事计划要结合双方的武器情况再研究部署，这方面，由我和空流、尘浪主要负责……"

夜已深，微禾宣布今日的会议即将结束，最后望着空流问道："你，计划定了吗？"

空流道："都已计划妥当，我明日入夜即启程离开青霜星界。"

众士开了这么久的会，本已疲乏，听了二者的对话，俱是一激灵。

浉水急问道："什么？你，明日就要离开，去哪里？"

此前空流也提过，等微禾首座到了以后，他可能要出去一趟。当时，大家听了并未在意，以为他又要去执行什么任务。况且，空流本是外出执行秘密任务的主力。现在，听他的意思，竟是要去别的星界了。而且，看来，微禾首座早就知道。

空流看了浉水一眼，又看了看大家，正色道："是的，我要离开青霜星界。但是，并非离开前线，躲起来休息，而是要去执行特殊任务，进行秘密调查。"

"难道还有比当前局势更重要的事？"浉水不解。众士亦是大感疑惑。

空流道："这个，或许与当前局势有关，当然，也许无关。到底有多重要，需要调查清楚之后才知道。"

他这个话说得云山雾罩的，众士显然并没有得到想要的解释，都看向微禾。

微禾依旧是一脸慈祥，望着大家微笑道："他说的就是这个意思，我要说的话也是这个说法。而且，"微禾笑着停顿了一下，"他这个事，并不完全属于我全权知情的范畴。"

众士这才是真正的大为震惊，难道竟然有什么事连七界联境首座都管不着的。虽然特别行动组成员各有隐秘的过往，空流尤为神秘，但是不至于连微禾都不知道吧，毕竟，特别行动组当初就是在七界联境的指示下组建的。

空流看得出大家的心思，于是展颜微笑道："我们都是战士，都是生死与共的战友，不该知道的不要去猜测了。该知道的时候自然就知道了。微禾首座不是不能知道，而是不想知道。我们都有自己的行事准则。我和你们一样都是奉命行事。"说到这里，空流突然提高了声调，异常严肃地问道："你们，理解了，明白了吗？回答！"

"明白了！"众士异口同声。

微禾笑道："很好，很好！"转头又问空流，"你计划带谁一起？"

"赫拉、伊凡，还有沄滟。"

"什么？"伊凡、沄滟不由自主站地起身来，就连赫拉也伸直了脖子，惊讶不已。

"难道，我、我们，也要和你一起去，去执行这个神秘任务？"伊凡结结巴巴地问道。

"难道，你不想去？"空流笑道。

"我……这个任务这么神秘，你谁都不告诉，谁想到竟然会需要我们参加？"伊凡道。

"现在是秘密，以后，你参加了就不是秘密了。"空流依旧保持神秘的微笑。

"这很好，那你们回去准备一下，按时启程吧。"微禾说道。

"遵命！"空流与赫拉、沄滟、伊凡一道领命。

"为什么是你们，没有我？"洇水难掩失落之意。

"作为首席安全公务者，这里更需要你。"空流道。

这个答案其实并不需要空流回答，洇水心里自然明白，她只是想和空流在一起，只要空流在身边，就会发自内心地感到别样地快乐。

"我明白，你们、你们注意安全就好。"洇水突然感到心中似乎出现了一个缺口，仿佛从身体中抽离出去了什么。但她努力保持常态，不由自主地向沄滟望去，沄滟朝她看过来，眼中充满了抚慰，这是一种无声的共情。

这时，微禾缓缓道："你还没有去过超然台吧？走之前你们去拜别一下吧。"

"好的，一定要去，我们明日一早就去。"

超然台就在鱼米星城之内，是七界联境总部在青霜星界离世的星际烈士的墓地，他们永远留在了曾经战斗过、工作过的异星星域，回不到遥远的故乡。超然台一般在特定的祭奠日子才开放。尘浪他们已经去过了，空流和沄滟刚回到鱼米星城不久，还未曾去过。

"我去过的，我明日也想陪你们一起去。"洇水道。空流尚未接话。

"好，当然可以的。"微禾站起身来，"大家辛苦了，都早点歇息去吧。"

第二日一早，微禾和大家在机要室议事，空流和沄滟、洇水则前往超然台。微禾突然对尘浪说道："把超然台的影像调出来，我看看。"

尘浪和众士颇有些意外，大家商量的都是紧要事务，微禾首座为何突然想要看空流他们在超然台的影像呢？

微禾不经意地说道："超然台每星年也就开放一次两次的，趁他们去的机会，咱们也看看这些曾经战斗过的烈士们吧。"会议室内的氛围一下子变得肃穆起来。

画面传过来，空流一行刚刚乘坐云鸟抵达。超然台建在鱼米星城一角，处于山林之下缓缓起伏的斜坡上，放眼是一片碧绿的瑶草，开着奇异的花，地势开阔而清朗，丝毫没有阴沉之感。

虽然在清晨，望着一排排沉睡的墓地，空流和沄滟、浉水心里都掠过一阵阵无言的苍凉。虽然各星球社会风俗千差万别，但这种古老的纪念形式在许多星球却是如此相似。

空流一行先在总台进行了祭拜，然后在一列列墓碑前默默走过，看到一个个陌生而又似乎熟悉的名字。有一些甚至根本连名字都没有，这些名字或许永远都不能解密。

大概过了三星刻的时间，空流一行来到了最后一排墓地，这些墓地年代较新。空流在两块新近的墓地前停下来，这两块墓地都没有名字。

微禾突然说道："把声音也切过来。"

大家在机要室一直看的都是无声画面，屋内一点声音都没有，个个不由得心情异常沉重。此刻听到微禾要传过声音来，未免有些诧异。

"这两位咱们也拜一拜吧，"空流神色略显落寞地看了沄滟和浉水一眼，接着道，"这两位应该是新近牺牲的，连个名字都没有。"

微禾一直静静地坐着，纹丝不动，目光深邃而平静。但就在此刻，他的手指轻轻颤动了一下。也就是这点细微的变化，全都落进了特别行动组成员的眼睛，只是谁也没有显露分毫。

沄滟和浉水谁也没有说话，跟着空流一道俯身下拜。祭拜礼毕，空流似乎陷入了沉思，久久站着不动。

沄滟见状，轻声道："咱们，该走了吧？"

空流微微点头，却道："我和洢水有点话说，你在门口等我一会儿，可好？"

沄滟点点头，转身离去，心里想着：空流大概是要和洢水话别吧。但转念又想：怎么非要在此地话别，也不挑挑场合，这不是非要增添生离死别的伤感吗？不过，空流行事古怪是常有之事。

看着沄滟缓缓离去的身影，空流默然伫立，一直目送不止，眼中突然有泪水滚落。

洢水看到空流望着沄滟的眼神，心中又泛起了那种感受——空流此番回来，对沄滟似乎更加关切。

看到空流突然落泪，洢水不由大惊，很少见到空流如此情状的："难道你们此行十分凶险，有性命之忧？"

空流轻轻摇了摇头："咱们的使命多少次不都是生死一线，这没有什么的。"

"那，你是觉得一次次与她生死与共，心有所感？"

"嗯，似乎也不完全是。我与她不只是多经历一些死亡，也许是多经历一次活着。"

"你对她，我明白的。"洢水幽幽道。

"你不明白。"

洢水望着空流："我没有丝毫的不悦，我只是……"

"我知道，我说的与感情无关，也许有一天会让你知道的。"

洢水听得分明，空流说的是"让你知道"，也许这里面有什么不可言说的任务机密。不知为何，洢水竟然觉得心宽了些许，道："那你们一路可要照顾好她。咱们走吧，你总不会要在这里与我告别吧？"

"那自然不会，来这里是为了更加明白向死而生的意义。"空流一笑，"与你告别，怎不想多留一些更美好的回忆呢，走吧……"

"把声音关了，"微禾环视了一圈众士，"向死而生，确实如此，既需要看淡生死的勇气，又需要举重若轻的智慧。"

"敬礼！"微禾与众士不约而同起身致礼。礼毕，微禾嘱咐了一下众士的公务，急匆匆离去。

众士看到空流落泪，听到他不明所以的话语，又看到微禾的种种异常举动，不免心中都有诸多疑问，但苦于纪律，也只能藏在心里。

另一处机要室内，微禾与空流面对面落座。

半晌，微禾道："你……"

"是的，我隐约知晓。也感谢您让我们前去超然台一别。"

"看到你落泪，是有所感慨？"

"不是为我自己。我只是觉得生死亦大矣，如果一个人连自己活着还是死去都不知道，我看着她，未免感怀。"

微禾听到空流特意用了"人"这个字眼，轻叹道："这世间总有许多事不得已。"

"我明白。请首座放心，我会调节好我自己，只要在这个世上一息尚存，当义无反顾为使命而战。"

"好，不愧为超然之士，我们何等有幸一起携手同行。就要远行了，你们之间还有好多话要说，你去吧，我就不送你了。"

第十二章

再向紫陌行

　　微禾为特别行动组成员准备了一个私密而又开放式的话别，范围仅限于特别行动组，场地安排在鱼米星城的中心花园。或许是各自有话要说，各成员在一起畅饮数杯后便三三两两走开了。

　　知末这两日颇有些心神不宁，没办法全心投入研究。虽说大战在即，对敌我各方的星际战争科技分析测试任务异常紧迫，知末还是特意赶了过来。他知道时间宝贵，与各成员话别后，赶忙向伊凡招手。

　　伊凡走至跟前，知末道："兄弟，这次可是美差啊，一路顺风啊。"

　　"大师，怎么说话呢？既然是美差，咱俩换换，你去可好？"

　　"你那追踪打架的活儿我干不了，只能羡慕。"

　　"羡慕啥？哦，我明白了。都要走了，还不赶紧过去多说几句。"

　　"我、我，现在反倒不知道说啥。咱们一道，怎么样？"

　　"好，老弟我就勉为其难吧。"

　　知末跟着伊凡一道来到赫拉面前，赫拉像是没看见一样。知末向伊凡使了个眼色。

　　伊凡道："执掌，知末知道咱们要远行，特意请假赶过来为你送行。"

赫拉漫不经心地应了一声："哦，昨天不都知道了吗？大师那么忙，可不敢耽误你的大事。"

伊凡心里明白，赫拉指的是，知末昨天就知道赫拉要走的消息，估计是既没有当面说什么，连个信息也没发。知末虽说在科研方面是大师，但这话外音就是没听出来。

知末赔着笑脸道："是太忙了，这也是好不容易请到假，一会儿就要赶回去的。"

"很好啊，革命情谊就值这么一会儿时间。你来送我们，心意收到了，现在可以回去了。"

伊凡偷偷踩了一下知末的脚后跟。知末方才明白，赫拉似乎是有点生气了，但究竟为什么生气，还是搞不明白。他不安地来回搓手，结结巴巴地说道："我这两天心里恍惚得很。嗯，我、你，也不知道你们要去干什么，伊凡这小子，问他他也不说，你、你、你要照顾好自己。"

伊凡看着心里发笑，再大的大师，也有不灵的时候，看上去就像个犯错的小孩子一样。

赫拉看到知末窘迫的样子，心里的气也消了大半，故意咳嗽了一声，用手一指，说道："既然还有点时间，那就坐吧。"转头看到伊凡还站着，道："你也坐呀！"

伊凡道了声"好嘞！"跟着坐下，又赶忙站起身来，笑道："我和执掌一路上有的是时间说话，你们、你们慢慢聊。"说完，向知末伸了个大拇指跑开了。

"未必就是生离死别，你放心，我们会尽快回来与你们一起战斗的。"赫拉首先开口。

"我知道，你超能力那么强，只是微禾首座让空流他们去超然台拜别，这个告别式的气氛搞得我们心里不太踏实。当然，微禾首座或许有他自己的用意。"

"嗯，我目前也不知道具体的任务是什么。不过，我更担心的是你们，毕竟这里才是火线阵地，不知道你们有没有化解危机的把握。"

"这个，微禾带来了秘密武器信息，我们正在努力。当然，要在当前情况下秘密地制造出来也是相当不易。都是生死之战，珍惜当下吧。我还想去你们地球上的三花峰看看呢。"

"会的，会有机会的……"

尘浪和苏菲亚一直在花园里走着，偶尔才说几句话。往往都是苏菲亚先说，尘浪简单而耐心地回答。

苏菲亚本是直爽的性子，但尘浪向来沉静，所以她也不想打破这样的静默。彼此之间似乎不用多说什么，走在一起就是最好的时光。

"这一次危机过后，我们就能回到我们的故乡——紫祏星界了吧？"苏菲亚问道。

"蓝焰星界不是还没去吗？"

"这次危机之后还用去吗？"

"局势变幻难测呀？"尘浪叹了口气，"你们这次，应该是一次最危险的旅程。"

"何以见得？"

"直觉！不然，这里的局势如此危急，如若不是还有更重要的事，怎么会让你们此时撤离？"

"嗯，微禾首座与空流首座都没有说，纪律在那，也不便多问。"

"他们也许是不想让大家担心。微禾首座来了，我的压力倒是小多了，我最担心的还是空流和你们此去……而且，不知为何会选上你，你的特长不是执行特殊任务。"尘浪话语里满是担心。

"我也是十分不解，此前只要是特别行动，都没有我。但是，我倒是莫名地激动得很，觉得自己终于能派上用场了。"

"好，自然是好，只是多加小心。我还没去过你们文山星球呢，那里一直是我膜拜的文化圣地。"

"是呀，我是觉得哪里都没有我的家乡好，就算是无双星球，也比不上我的家乡。"

"我们花纤星球也是极美的。"

"当然，美好的地方都是一样的，各有各的美。"

尘浪叹了口气："真希望，有一天星界真正和平了，我们、我们能一起到各个星球去看看。看看宇宙造物主万千变化的神妙之举。正好，你的特长也能派上用场。"

"那是，我绝对是称职的星际导游。各星球社会历史文化信手拈来啊。"

"嗯，和你一起环游宇宙应该很有意思。"尘浪暂时忘却了眼下的纷乱时局。

这时浉水不知道从哪里冒了出来，看见二士，赶忙边跑边笑道："你们继续，就当我飘过，我要去那边。"她远远瞧见空流在和伊凡聊天，对伊凡喊道："借光，我和首座有话说。"

"噫，你们早上不都说了那么久了吗？"

浉水嗔道："那是说话的地方吗？知趣点啊。"

"好、好，我又被赶出来了，我自个流浪去。"伊凡一抬眼，看见沄滟在那边瞧着这边笑，向她走了过去。

"想好了，这次真的不带我去？"浉水故意问道。

空流哈哈大笑："就你这超能力，带去不是给我们拖后腿吗？"

"我算是看明白了，好看的，带一个就够了，沄滟还比我温柔、好沟通；异能强的嘛，有赫拉、伊凡。你可真是会组队呀。"

"那是！不过，看起来，你似乎不太服气。"

"怎敢呀，你这里，总有崇高的使命做包装，哪里还挑得出半点不是来？"

"知道就好。不过，好像就你一点都不担心我们此行的安危。"

"担心，担心有用吗？我担心的已经够多的了。每次你要去执行任务，我都心痛得死去活来的，能换来你什么？"

上次空流去执行"星空茧房"的任务，洇水当场昏厥的事，空流回来后都听说了。起初以为仅仅是洇水关心过度所致，后来，听医务工作者解释，是一种生理上的变态反应，至于是什么机理亦是无法查明。

"我估计是你上辈子有什么对不起我的地方，这辈子报应来了。"空流哈哈笑道，"要不，科学上没法解释，难道真的是用情至深？"

"像你这等没心没肺的家伙，我算是看明白了。你是觉得我傻呢，还是觉得自己太有魅力呀？"

空流一本正经地说道："你可不傻，简直是冰雪聪明。"

"还有这样拐着弯夸自己的，可见脸皮比星云还要厚。"

空流大笑，突然转换了一下语气说道："微禾首座来了，可不比咱们一起战斗的时候随意，凡事还是要谨慎一些为好。毕竟，你是首席安全官，安全无小事。"

"这是自然，咱们一起工作也是外松内紧的，从来不敢有半点懈怠。只是工作方式方法上我们都会注意。星界如此局面，微禾首座的压力最大，我们心里都有数。只是你们这次的任务，真的是一点都不能透露？"

"嗯，我也是仅有一些蛛丝马迹的线索，可能是一个涉及七界各方的天大的迷局。还需要一点点去查明。所以，目前什么都不能说。"

"这么说来，比现在青霜星界的事还要大？"浉水简直不敢相信。

"也不好这么说，问题的性质不一样。青霜星界的危机是非常迫切的现实危机，牵涉亿万星民的性命，不可谓不大。我们此行要查明的危机，是一个由来已久的深远危机，牵涉的层面更深、更广。"

"那是另外一层危机，和眼下的危机有关吗？"

"可能有关，许多事总是环环相扣的。"

浉水不敢再问什么，沉默稍许，说道："我不在你们跟前，不能预判你们的危险。你们要去查这么大的事，你虽不说，但我也知道是极其危险的。微禾首座安排去超然台拜别的具体用意我虽不知，但总觉得有种说不出的悲壮。我不知该说什么……"

"最多不过是殒命而已，怕什么？"

"不是怕，活着多好啊。你没有回来的那段时光，我常常想起星际旅程中看到的那些遥远的繁星，虽然它们并没有生命，但毕竟在这宇宙中存在着。生命一旦逝去，就可以说不存在了。所以，我只要你活着就好。"浉水有些哽咽。

"即便死去了也可以化作星尘啊，不还是一样存在吗？只不过换了种存在形式而已。你看，这好好的，哭什么呢，我这不是好好地活着吗？"

"我懂，也明白生死，不过心不由己。"

"我也懂，我会保护好自己，我们都会保护好自己。未来无法言说，要做的、能够做的也只能是珍惜当下。"空流轻轻拍了拍浉水的背，"我的生命里因为有你、有你们而美好。"

浿水只是埋头低声抽泣，沄滟和伊凡在不远处瞧见，一起走过来轻轻抚着浿水的肩膀。众士谁也没有说话，在金辉渐远的天边，夕阳正在落下。

空流凝望着天空，想起了在旱海星球醒来时的那道残阳。又到该启程的时候了。

鱼米星城近来大事一桩接着一桩——不明势力偷袭、十面塔联合安防、微禾抵达，任何风吹草动都会成为各方关注的焦点。为了掩护空流一行出城，鱼米星城方面已提前放出消息——护送微禾来的部分行政公务者下午返程。

空流计划届时就易形混在其中。此外，为了吸引各方注意力，微禾还将特地发表一场讲话，也算是对外界进行一场公开宣告。

这边微禾的讲话刚刚开场，空流一行按计划急忙乘飞羽赶往时空感融站。一切顺利，等到驶离金杖星球，大家才松了口气。

伊凡性子急，刚离开时空感融站，就赶忙问道："首座，现在总可以说了吧，咱们究竟要去哪儿？"

赫拉一直在闭目养神，微微睁开眼，余光斜扫了伊凡一眼。伊凡已然瞧见，缩了缩脖子。

空流一笑，"咱们还能去哪儿，回家啊？"

"回家！回哪个家？"

"自然从哪里来回哪里去呀，回紫陌星界星都无双星球。"

空流此话一出，众士一个个都睁大了眼睛。大家知道空流爱开玩笑，一时不知道真假。赫拉用询问的眼神看着他。空流十分认真地说道："我说的是真的呀，怎么，你们都不信？"

"信，你说去哪儿就去哪儿，反正几星日后总归要知道的。"苏菲亚似笑非笑，说完继续休息。

伊凡可是憋不住："那还怎么一个个搞得要死要活的？也好，我正好也回我们扶风星球去看看。"

空流道："去不了，任务里没有这条线路。"

"那咱们任务里去哪儿？不会真的就回无双星球躺着吧？总归要提前说一下，大家也好做做准备吧。"

苏菲亚道："你呀，非要问，活该被戏弄，肯定是还不到该说的时候。"

空流却道："也是，不管去哪儿，做做准备总是好的。"

伊凡道："我就说嘛，做啥准备？"

"各位要做的就是发挥自己的特长，"空流止不住笑道，"你就是要准备打架呀，所以赶紧的，练练去。"

伊凡望望左右，道："好，也就我一位男士，逮着我欺负，是吧？"说完，真的自个走开练习去了。

看见伊凡走远，空流轻声道："各位女神，咱们真的是要先回无双星球，然后再去别处。至于具体任务，等到了无双星球再告知各位。望三位女神海涵，你们先休息一会儿，养足精神。我还有公务要处理。"

赫拉、沄滟、苏菲亚三士相视而笑。

一路并无他事，时光倏忽而过，正午时分抵达了无双星球。众士久绷的神经此刻分外放松，毕竟，没有什么地方比七界联境总部、七界科技文明最领先的星球更安全了。

苏菲亚正打算下飞羽，急切地问道："咱们一会儿是先去七界联境总部还是去科诗世界总部呀？"

"且慢，不用下去。等候时空感融站调度，咱们直接转场。"

"什么，去哪里？"众士异口同声。

空流对苏菲亚笑道："去你的老家，文山星球。"

"去我的家乡？"苏菲亚喊道，既意外又兴奋。

空流只是点头，微笑不语。

苏菲亚道："难怪要带上我呢！我说呢，就我这点超能力，执行任务还不够给你们添乱的。"

"那里是文化小镇，还用得着打架吗？"伊凡有些不屑。

空流道："那可不好说，有文化、还会打架的话，那都是不好惹的顶尖高手。"

无双星球到文山星球不到两星刻的时间，说话间转眼就到了。大家都坐着不动。

空流笑道："这次是真到了，不再换乘了。"

看到大家依然不动，空流边说边下："好，你们不下，我下。"

众士等空流下了飞羽才一个个跟着下来。空流见众士都下来了，方才说道："咱们要去苏菲亚工作的地方，文锦院总部。飞羽就留在时空感融站，此地离文锦院不远，咱们稍稍易形，扮作文山星球星民前往，目标小一些，不易引起注意。"

"去文锦院干什么，难道要学文化课去？"伊凡还是忍不住好奇心。

"你呀，就你话多。你看沄滟，从头到尾，从来没问过。"空流向沄滟眨眨眼。

"你肯定早就告诉她了，你俩关系那么好。"

"咦，这话怎么说的。"

"我错了，首座！"

"咱们是走地上还是空中？"赫拉问道。

"地面吧。你看，虽说御空飞行的异能者也不少，咱们走空中可能也不会受到特别关注，但还是尽可能隐秘些好。"

话毕，空流打开全息地图，穿过跟前的一小段大道之后，有一条山道通往文锦院。众士由空流领头，向文锦院方向而去，不徐不疾，一路欣赏文山星球稀奇古怪的雕塑与各色符号。

大约半星日，转过一道山梁，前方一座巨大的鱼形雕塑横卧眼前。这雕塑由两座相连的山峰雕刻而成，巍峨而栩栩如生，似欲跃出天际。

"快看！那是鱼脊山。"苏菲亚用手一指，"过了这道鱼背脊，再有一星刻多一点的时间，就是文锦院前宛如砚台的文山了。"

沄滟颇为兴奋："我们有句老话叫'鲤鱼跳龙门'，翻过去，就会有好运。快，咱们加把劲儿。"

"不对吧！我怎么听说，你们这叫'咸鱼翻身'呢。"苏菲亚笑道。

众士大笑。沄滟道："嗯，可以这么理解，我不是想说得好听点吗？还是苏姐姐博学。"

伊凡一马当先，冲在前面："来吧！谁先到，鸿运当头！"

众士一鼓作气攀上鱼脊山，凭高望远，远山近峰大大小小的文化符号随意散落，妙趣天成。

苏菲亚看着远处文山上摆放的巨型毛笔雕塑，向空流笑道："听说你最近总爱写诗，此时此景，最是合适不过了，笔墨都备好了，来一首吧。"

空流道："就我这点道行，可不敢献丑。我原本写过不少，但有一次写了一首，发给沄滟看看，她啥也没说，估计是写得不怎么样。后来写的，就没敢拿出来过。我估摸，眼前这支笔我是提不起来的。赫拉首座的超能力当是可以，你来吧，写诗正好也是你们地球人的长项。"

沄滟想起空流写的那首《晨风》，心里一动，嘴上却道："哦，想起来了！原来是让我鉴赏啊，我以为是送给我的，就收藏了。"

赫拉远远打量了一下那支毛笔："拿起来应当不成问题，可是

248

我不会作诗啊。"

众士正说笑间，伊凡突然道："大家注意！"

赫拉止步凝神，也随即沉声道："戒备！好像有异能者逼近。"同时向伊凡投去一道赞许的眼神——伊凡独家的追踪侦察超能力可谓一绝。

赫拉话音刚落，一个声音缓缓传来："各位既有如此雅兴，老朽愿意把这方砚台取下来为尔等磨墨。"

众士循声四下张望，发现一蓝衣老者不知何时已笑吟吟地站在了身后。

沄滟离这位老者最近，不到百米的距离，抬眼望去：老头儿身形甚是瘦小，目测一米五多一点；身着铠甲劲装，蓝得放光的衣装没有一点儿皱褶；黑发碧眼，白里泛蓝的面颊上却是一团和气。

赫拉略一迟疑，快步上前，躬身致礼："见过蓝光落掌座。"

众士闻言大惊，原来眼前这个不起眼的老者，竟是仙菌落异能署掌座。

空流心中更是惊异不已：蓝光落在此地出现绝非偶然，我等行事如此隐秘，他又是如何事先获得消息的？

只见蓝光落身形未动，只是稍一抬手，笑道："流光渺渺，经久未见，不知你们卿岚掌座可好？"

"多谢前辈挂念，我们掌座一切安好。"

蓝光落微微颔首，目光扫过众士，问道："诸位跨越万千星河而来，一路风尘，不知究竟要去哪里？"

赫拉听他话语，显然对方已然知晓自己行踪，遂颔首道："虽然是跨越星界而来，但时间上很是方便，不过是顺道去拜访一位故友。"

"既然不是什么着急要紧之事，我倒是有个不情之请。诸位随我去蓝焰星界神弧星球走一趟，不知意下如何？"

赫拉依然躬身问道："请问掌座阁下，难道蓝焰星界有要紧事？"

"那是自然。"蓝光落微微一闭眼，似乎在思索什么，突然眼中精光一闪，继续说道，"多事之秋，你说哪里没有大事？不然，我何必亲临此地！"蓝光落这时面色已然多了几分肃杀之气。

赫拉后退一步，环顾众士："这，似乎……"

蓝光落自始至终一步未动，如同钢钉钉在原地。他的眼神如利刃寒光一般划过众士的眼睛："我知尔等为难，我亦如是；不过，我只为蓝焰星界之使命而行，其他一切是非对错此刻不在我考虑之列。"

众士知道现在说什么都是多余的，对方目的十分明确——就是要阻拦他们前往文锦院，并要强行带走他们。在外界看来，这属于异能者之间的事，即便发出警报，也没有哪方会出面干涉。

众士交换眼神，迅速散开队形，准备殊死一搏。

"动手吧，孩子们。我也好早点完成一份差事。"蓝光落依旧一动不动，眼中尽是寂寥之色。他似乎不是来抓捕重要目标的，而是顺手做一件不得不做的百无聊赖之事。

众士疾速一拥而上。与此同时，空流秘密传讯给苏菲亚，让她趁机快逃，他会通过隐念异能把要办的事输入她脑海之中。苏菲亚不想离去，正在迟疑。空流告诉她："这是命令，必须立即执行。"

苏菲亚正欲暴退而走，只听蓝光落说道："计是好计，可惜用的不是时候啊。"话毕，右掌连续疾速射出五道箭羽状的蓝光，蓝光箭羽直抵众士眼睛，将各士吸住飘在半空之中，一时挣脱不得。

大家奋力挣扎，眼睛与喉咙像被利剑刺穿了一般，看不到光，上不来气。赫拉拼尽全力从嗓子眼里憋出来一丝沙哑的声音说道："不要挣扎，放松，越挣扎越紧。他这蓝光箭羽一旦射出，被射中者就会如同掉进黑洞一般，眼中的光似乎被吸走了，最终在死神降临的暗夜中窒息而亡。"

"差不多了，我带你们走吧。"

蓝光落收掌，众士应声而落。大家眼前一片漆黑，脑中空空如也，如机械一般遵照蓝光落的意图行事，但一个个看上去却与正常星民无异。

蓝光落不想带着众士从地面缓慢行走，正欲御空而行，只听又一个苍老的声音传来："我说光落老儿，来我们紫陌星界，也不去我那小饮小叙，忘了朋友了吗？"

众士循声向空中张望，一位身形高大的紫衣老者如流星划空而至，落地却悄然无声。只见这紫衣老者身着宽大紫衣铠甲，长须律动起伏，身长在两米开外，金面紫发，一看就是紫陌星界无双星球星民。

来者正是科诗世界异能上院最顶尖的三大异能者——无老、未老、可老中异能最强的无老。伊凡是未老的弟子，所以无老自然是伊凡的师伯。但此刻伊凡心神受制，看见无老到来，心中没有任何波澜，其他众士亦是如此。

蓝光落心中一惊：此行特意独自前来，行踪极为隐秘，只想快速了事，不知这无老老儿又是如何知悉从半路杀出的？

蓝光落满脸堆笑，致礼道："行程甚为匆忙，不便轻易叨扰，请上院掌座恕罪。"

"好说好说。"无老也不想多费口舌，用手一指，"请尊驾把他们都放了吧，欺负后辈，这要是传出去，怕是不好看吧。"

"使命在身。恐难如阁下之意。"

无老呵呵一笑："何方神圣有此等能耐，又是何等紧要任务要你掌座亲自出马？"

蓝光落笑道："又是何方神圣要你屈驾至此？"

无老亦是笑而不答："许久未曾活动筋骨了，相约不如偶遇，来来来，练练吧。不过，先把他们都解了吧。"

蓝光落心下明白，如若今日胜不了无老，赫拉这一行自是带不走。身为一大流派掌座之尊，自然不会以此为要挟。

"好说好说。"言罢，双掌一扬，收回了对赫拉等的控制。

众士恍恍惚惚回过神来，发现又多了一位老者，甚感奇怪，定睛一看，大为惊喜，伊凡更是大喜过望。众士纷纷过来致礼，无老也是极为高兴，一个个免不了问候一番。然后示意大家走远点，他准备和蓝光落干架。

蓝光落亦是不急不躁，等无老安排妥当才拉开架势，壁立不动。无老微微抬手示意蓝光落先请。蓝光落也不客气，左手一张，一张晶莹剔透的参天蓝色弯弓赫然在手，通体上下电光闪耀。看来刚才和赫拉等交手时，尚未真正发力。

伊凡不由得羞愧地发出一声长叹，空流会意地轻轻拍了拍他的臂膀。

再看无老，宽大的铠甲鼓得如灯笼一般，四下里气流激荡，转眼间，他四周的空间渐渐暗淡下来，黑暗处有飞沙走石之声。蓝光落的光箭已然上弦，电光石火间爆射而出。只见无老身前的漆黑空间里突然凭空飞来一颗暗褐色的巨石，有如外太空飞来的陨石，恰好挡住了这道蓝光箭羽。

大家看不明白这其中的超能力之变，只是看见那光箭一会儿长一点，一会儿短一点，那巨石一会儿离蓝光落近一些，一会儿离他又远一些。看来，双方的超能力不分伯仲。

大约一星刻的工夫，大家发现这巨石竟然逐渐泛红，慢慢赤红如火，吹之欲燃。空流心想，看来这"陨石"怕是要变成"火流星"

了。再看蓝光落和无老，双双如老僧入定一般，进入忘我之境。

"好玩，好玩，有意思。"突然，一个分明苍老但又有几分孩童般的声音传来。这声音并不大，但众士此际听来，无异于惊雷。

要知道，蓝光落与无老打架，早就惊动了紫陌星界的安保力量，已然在周边进行了部署，将此地隔绝起来了。否则，那围观的民众定是不可胜数。如此一来，也好让他们安安静静地好好比拼，不扰民。当然，任凭双方打得天昏地暗、你死我活，异能者内部之事，军政方力量从来是分毫不予干涉。

能突破隔离屏障进来，众士又半点未曾察觉，可见来者超能力之骇然。众士四下张望，未曾找到半点踪迹，却突然发现赤红的巨石上火光冲天——一位白衣老者正在巨石上乱蹦乱跳，身上的白袍起火了，口中呼喝不已，声音听起来却是十分欢快。烈焰浓烟中，也看不清这老者的脸面，只是隐约感觉他身形较为瘦小。

无老和蓝光落显然亦对这莫名出现的老者感到分外惊奇，双双睁开了眼睛；二者正在相持之际，一时谁也无法撒手。

空流正在凝神观望，似乎在努力回想什么。突然，沄滟飞身过来，紧紧抓住空流的胳膊喊道："是他！就是他！"

空流一怔，旋即叫道："是是是！果真是他！"

这时，众士也都认出来了，这白衣老者正是先前在金杖星球密林中言退伏射一行的神秘老头儿。

过了一会儿，白衣老者似乎是玩累了，干脆往巨石上一躺，一动不动。不大一会儿，他的身体在两股非凡力量交织之下被拉得变了形，如同细长的金属条，足有百余米长，烧得赤红。

看到此等情形，众士心想：这必定是紫陌星界军方打造的、由特殊柔性金属材料构成的超级合成智能或合成智慧武器。在两大顶尖异能高手的超能力撕扯之下，即便是如金刚之坚韧，恐怕也要报废了。

但就在此时，这赤红的"金属条"突然动了一下，然后慢慢收缩。众士简直不敢相信自己的眼睛。接着，更不可思议的事情发生了——"金属条"开口说话了："你这两个老小子，侍候得不错啊，好久没有这么舒展过筋骨了。"

"哎哟，这衣服烧得，剩得太少了，不雅不雅。"说完，跳起身来，转眼便不见了踪影。只留下一句，"我换件衣服，去去就来。"

无老与蓝光落远远对视了一下，都在询问对方，来者究竟是何方神圣。空流与众士这下倒是越发安心了，不管这老者是何等身份，之前救过自己，此番前来想必不是坏事。

大家正暗自猜测之际，一团黄烟丝凭空滚滚而来，直奔烧红的巨石而去。"这个火种，点烟不错，老朽正好歇会儿吸袋旱烟。"原来是这白衣老者又回来了，但大伙四下里却找不见他的身影。

就这样，约莫点了三四回烟丝，这老者突然又出现在巨石之上。只见他拿起手中两尺来长的烟杆，说道："尽兴了，你俩小子也收了吧。你俩像木头桩子一样，动也不动地互相消耗有啥意思？"

空流心想：这么小的烟杆是怎么装得下那么大的烟丝团的？白衣老者顽皮地摇晃了两下脑袋，把烟杆往巨石上轻轻一敲，犹如天崩地裂一般，那巨石如流星炸裂，蓝光箭羽也如烟花漫天坠落，众士都被震得脑袋嗡嗡响，向后疾退不已。无老与蓝光落更是被震得飞上了天。

过了好大一会儿工夫，无老与蓝光落几乎同时落地。二老刚一着地，竟然齐刷刷地拜倒在白衣老者跟前，口中喊道："拜见圣祖，请圣祖恕罪！"众士大吃一惊，纷纷围拢上前。

"错了错了，我哪有你们这样窝囊现眼的徒子徒孙？"白衣老者摇摆着双手，转过身去，背对着二位。无老与蓝光落长跪不起，口中一直喊着恕罪。

"哎呀，罢了罢了！"白衣老者跳转身来，"你俩，这是第几代了？数得清楚吗？"

无老与蓝光落相顾无言，不知如何作答。赫拉见状，一招手，"快，快过来。"说完，跪在无老与蓝光落身后，其余众士也赶忙跟着下拜。

白衣老者一捋白花花的胡须，呵呵笑道："起来，起来。"

空流等身不由己地站起身来，也不知是哪里来的力量。无老与蓝光落也正欲起身，白衣老者拿起烟杆咚咚两下敲在他俩的脑袋上："咦，我叫你俩起来了吗？"无老与蓝光落哭笑不得，复又俯下身去。

白衣老者突然指着赫拉问道："卿岚这女娃娃怎么没来？"

赫拉慌忙答道："哦，掌座在三花峰。"

"嗯，有些日子了……"白衣老者自言自语，忽又问苏菲亚，"青古道这小子最近是不是没少干坏事？"

苏菲亚一下子蒙了头：青古道的事怎么问到自己头上了？哦，自己和青古道属于同一流派。但自己就见过青古道一两次，哪里知道他的事？印象中，在地球上的时候，青古道的确是曾经阻拦过有关行动；但在金杖星球，没有发现青古道有任何动作，估计是和赫拉执掌前往拜会交涉有关。苏菲亚脑中急转，口中语无伦次地答道："这个、前辈，圣祖、好像、好像、不太清楚。"

白衣老者并不介意，只是呵呵一笑。他突然向空流和沄滟招手："你俩，过来，过这边来。"

空流和沄滟走到近前，白衣老者围着他俩转了两圈，上下细细打量，伸手拍了拍："嗯，好、好、好；没啥毛病。很好，没有白费力。"

　　大家都听得莫名其妙，空流与沄潋自然也是丈二和尚摸不着头脑：只是你看看我我看看你。不过，看从白衣老者的神情来看，他似乎对空流和沄潋喜爱有加。

　　"回去吧。"白衣老者说完，一个筋斗翻到无老和蓝光落面前问道："嗯，你俩说说，怎么办？"

　　"但凭圣祖责罚！"无老与蓝光落异口同声。无老虽然自觉没有什么过错，应该是有功才对，但是在这神秘莫测似乎又有几分呆气的圣祖面前，说什么都是多余。

　　"嗯，态度不错，责罚嘛，你们也都是为了什么狗屁使命；哦，不过，我似乎也一样。我的使命是什么来着？嗯，想不起来了。总之，责罚就免了吧。现在，你们该做的也都做了，该了的就了了。既然此中之事你们已然了结，各自回去吧。"

　　"是，多谢圣祖指点迷津。"二士拜谢，尤其是蓝光落，顿感一身轻松，此前对赫拉一行之所为实属不得已。

　　白衣老者让无老与蓝光落起身，然后走到空流跟前，神情顷刻间肃然起来："去吧，孩子。事到如今，天降大任，已非你莫属。至于这七界是福是祸，终将有个结果。"

　　"是，至死不渝，圣祖！"空流心中纵有千言万语与万千疑惑，此刻却无从说起。

　　"好，很好，你们都是好孩子。"白衣老者长叹一声，"老朽去也！"大笑着电闪而逝。

　　目送白衣老者消失在远山之巅，蓝光落看着无老道："简直不敢相信，我等太幸运了。"

　　无老道："我现在都觉得像做梦一样，怎么可能？我以为……"

　　蓝光落凝望天际半晌，一扬手，长舒一口气："孩子们，我也该走了。"说完，望了无老一眼，"在下就先行一步了。"

无老道："我亦无所事，也该走了。"

二者相视哈哈大笑，笑声回荡在群山之中，一同离去。伊凡奔走几步，高声呼喊："师伯，师伯！"怅然若失。

转瞬间，刚才还杀得惊天动地的山谷中只剩下空流一行。

赫拉叹了口气道："唉，简直不要太魔幻。"

沄滟问道："执掌，这究竟是哪位圣祖？"

众士围拢过来，赫拉道："我也不敢十分确定。按常理，七界各大流派历任掌座，尤其是开山祖师，都应有画像或影像传下来，以备供奉。但是各流派却有如出一辙的不成文的规定，历任掌座都不得留有画像，所以开山祖师究竟是何等模样，现如今谁也没有见过。

"我也是听掌座提起过，今天这位白衣老者，应该就是咱们飞花落的开山祖师红尘外，他们的名号都是根据各星界的名字来的。当初他是七大流派开山之祖中年纪最小的一位，但现在上百星年过去了，按照我们地球上的时间，他快七百岁了，没想到还在。"

众士听了，连连称奇。伊凡道："这样说来，岂不是七大流派的开山祖师大多都还在啊？"

赫拉道："这就无从得知了。"

"想必如此。"空流突然答道。

众士一齐看着空流。

"你怎么知道？"沄滟问道。

"我也不知道，想来如此。"空流说得云淡风轻。但众士都觉得空流应该知道些什么，却又不便多问。

"那他还是人吗？咱们的圣祖不会就是一个合成智慧吧？"沄滟突然问了一句。

"嗯，估计就是你们地球人说的机器人，或者就是一件智慧武器，原来你们的异能都是这么一位师父教的啊。"伊凡忍不住偷着乐。

赫拉喝道："不许胡说八道！任何流派的开山祖师都是我们共同的圣祖。"

伊凡吓得缩着脖子退到了空流身后。大家觉得伊凡的话虽然略显不敬，但大家心里的想法都一样。红尘外所展示的超能力绝对不是肉体凡胎的碳基生命所能做到的。不过，若是金属材料所构成的合成智慧，他又怎能通过不同星界间的时空感融站，那岂不是违反了星界间的通行铁律？大伙一时也是百思不得其解。

空流突然想起了什么，情不自禁地说了声："卿岚掌座……"

赫拉与沄滟听到空流莫名其妙地提到自身流派掌座的名字，一起回过头来。

空流欲言又止："没什么，我想起了一件往事……不过，现在，咱们还是尽快离开此地为好。估计文锦世界早已获知咱们到来的消息，只怕已等候多时了。"

第十四章

脉搏与夸克

　　空流一行原本行踪极为隐秘，如此一番折腾，整个文山星球都惊动了，想来似乎也没有低调的必要了。于是，空流让苏菲亚在前头领路，众士皆御空而行。不多时，已驾临文锦世界总部上空。

　　放眼望去，两山之间是一条曲折蜿蜒的河流，远不见源头，近不知流向何方。河流水面颇为宽阔，最为奇特的是，河水竟是明晃晃的金黄色，映照得远近山色如同落日熔金一般。

　　文锦院孤立于河畔之上，其形宛若一本本叠放起来的书籍，呈S形层层叠叠垒上云端。建筑的外观各层颜色迥异，似随意着色，看上去色彩斑斓却错落有致。

　　伊凡是第一次来文锦院，看到这般别致的景象，赞不绝口。众士一边下降一边说笑。

　　众士先后落于文锦院正门广场，远远望去，文锦世界首座墨白已然率众于院前等候。这广场在空中看着不大，此际四望却是颇为广阔，广场中间一条白玉古雅之道直通院门，两边尽是形状风格各异的大小雕塑。

　　空流一行加快步伐迎上前去，墨白老远就致礼相迎："哈哈，又见面了，各位高士别来无恙。"

　　双方寒暄礼毕，众士畅然而入，跟随墨白径直来到一机要室内，文锦世界众公务者悉数退出。这机要室仅黑白两色，其形有地球上的太极图之意，但又不完全类似，有如律动的音符，又仿佛游动的小蝌蚪。室内陈设更是极为简易，除一张会议桌与两排座椅之外，别无他物。

苏菲亚对空流小声道："这是我们墨白首座专属的机要会晤室，几乎不对外的。还是你面子大。"空流微微一笑。

双方坐定，墨白道："各位从燃眉之地赶赴鄙地，途经诸多险阻，时间定当极为宝贵，此处绝对安全，请直言，老朽定当竭力而为。"

看到墨白首座如此谦卑，众士颇有几分意外。

空流致礼称谢，稍稍沉吟，突然道："我要见脉搏大师。"

只见墨白浑身一震，满面惊愕。

众士不知所以，见墨白首座此状，看看空流，转眼又看看苏菲亚。大家都不知道空流所说的这个脉搏大师究竟是谁，就连苏菲亚，身为文锦世界圣使，也从未听说过文锦院有此一号星士。而且，墨白听到这个名字又为何如此震惊？

墨白看到大家的神态，方才明白，原来空流并未告知他们脉搏之事。他深深叹了口气，道："看来是福不是祸，是祸躲不过。一切交给命运的安排。还是我来说吧。"

除了空流，大家听了墨白的话，更是莫名惊诧。

只听墨白缓缓说道："大家都知道，我们文锦世界，也就是文锦院，通晓七大星界各星系、各星球风俗人情、社会文化、历史进程，相当于星界大百科全书、图书馆、博物馆。

"这是我们的职责使命。的确，我们能查到近乎各个星球的情况。这基于千百万星年来资料、数据的积累，根植于七界赋予我们的强大算力与存储力，所以我们具有七界之内无可匹敌的信息与情报分析能力。我们传承的是文化之光，依托的是科技文明之光。"

　　听到此处，众士大体明白了，文锦院不仅具有强大的文化力量，还具有最强大的情报力量，空流这是到文锦世界找特殊情报来了。那找墨白不就什么都知道了？这个脉搏又是何方神圣？

　　看着众士一脸迷茫的表情，墨白继续说道："说到空流首座提到的脉搏大师，这七界之内，知道他的没有几个，就连文锦世界，也只有老朽知道。你看，苏菲亚身为文锦世界的圣使，她也不知道。空流首座一上来就报出了他的名号，所以老朽也是大为震惊。"

　　"脉搏，文锦院全部算力与存储系统的整体运营，由他负责。而且，千万星年来，一直由他负责。"

　　"啊！"听到这里，众士不由得一齐惊呼。

　　"那、那他是一台机器？"苏菲亚忍不住先问道。

　　墨白摇摇头："一开始，可以说他是一台机器，现如今，千万星年过去了，他还是一台机器吗？那还怎么负责这么庞杂的体系？他早已是一名超级合成智慧了。当然，他的身体还是由特殊合成金属材料构成的。除此之外，他与咱们各位星士没有任何区别，当然，能力远远超越我们。可以说，他是一位通晓七界万事、超然物外的超级隐士了。"

　　众士唏嘘不已，也甚为好奇朝夕相处的空流又是怎么知道这样的隐秘信息的。

　　"作为文锦院的首座，我确是感到惊奇，这样隐秘的信息您又是如何得知的。当然，这不是我该问的，各有各的特殊使命。只是，"墨白再次长长地叹了口气，"我知道你之所为或许关系到七界亿万星民的生死存亡；但对于文锦世界，你所要获知的消息或许会给我们带来灭顶之灾。事已至此，我定会把你的要求转达给脉搏，至于他是否会接受你的要求，这就不是老朽能决定的，相信阁下能够理解。"

空流只是礼节性地致谢，似乎并未因或许会给文锦院带来深重危机感到半点不安，也未因能否获得想要的情报而表现出任何喜忧。这与他平素的风格可是大相径庭。

众士心中迷雾深锁，不过他们对空流的任何行动从未有过丝毫犹疑。只是苏菲亚心中分外纠结，她未曾料到，此行竟然可能会给文锦世界带来前所未有的劫难。不知个中究竟蕴藏着怎样的隐秘，但一想到在青霜星界应对过的危机，当下的局势，哪一样不是天大的事。

墨白唤来公务者，带领空流一行暂且住下，静候消息。

苏菲亚向空流请示，想单独和墨白说几句话，空流应允。

"我真的不曾想到……"苏菲亚十分内疚地说道。

墨白轻轻地摆了摆手，似有几分无奈地笑道："这根本与你无关，只是眼下局势如此，谁又能置身事外？"

"那……"苏菲亚咬了咬牙，"我能否问一下，空流首座要的究竟是什么消息？"

"我也不知，"墨白摇摇头，转而正色道，"你如今身份特殊，既然空流首座要保密，这就不是你该问的。你怎么连这样的规矩都忘了！"

"我这不就是问问首座您吗？"苏菲亚有几分委屈。

墨白压低了声调，分外亲切地说道："我也不过是推测而已，你想，现在青霜星界的情形是何等危急，你们这个时候竟然跨越星界来到这里，那必定是极其紧要之事。更何况，空流直接提到了脉搏。"

"既然涉及咱们文锦世界的生死存亡，难道真的就不能婉言拒绝吗？"

墨白略一沉吟，坚定地说道："不能！"

"却是为何？"

墨白道："空流，你们代表的是整个七界的使命。再者，空流和沄漤，自从拯救了红尘星界的危机之后，已成为广受七界星民最崇敬的大英雄，直接进入了'至上英雄榜'。放眼整个七界，活着的星士中，他俩是唯一进入此榜的。按照惯例，凡进入'至上英雄榜'的，在星民心中他们甚至比七界最强大的几大组织首座还要受尊敬。但凡他们提出的要求，只要无损于七界的重大利益，任何机构不得拒绝。"

"哦！原来是这样，我们一直处于星际战争阵地前线，对此竟是毫不知情，而且，也未曾听空流和沄漤提起过。"苏菲亚转而又道，"那首座怎么又说，不确定脉搏大师是否会答应空流首座的要求？"

"因为脉搏是合成智慧，他不受咱们星民世界的规则约束。"

第二星日午后，消息来了——脉搏同意了空流的见面请求。墨白带路，请空流即刻前往。空流召集大家一道。

沄漤终于忍不住了："我说首座，你这不是要问脉搏大师绝密消息吗？怎么又让我们大家同去？"

"咱们一起就是为此绝密任务而来的，当然要一起去的呀。"空流说道，一脸无辜的样子。

"可是，我们这次来到底干什么，你可是什么都没有跟我们说。"

空流若无其事地说道："哦，是吗？这……现在去了不就知道了吗？"

沄漤气得牙根痒痒，大家不约而同地点点头，无声地声援沄漤。

空流只当没看见，大笑一声："出发喽！"

墨白领着空流一行向文锦院的后山而行，眼前是延绵不绝的山脉，远处的几座山峰冰雪皑皑，幽深的山谷底下怒涛奔流，这里当是星民罕至之地。然而数十尊巨型雕塑却分外醒目，苏菲亚知道这些是不同星球的文字符号。

众士步行了约莫半星时，前方有一螺旋形梯台置于绝壁之上，众士踏上梯台，下凌深渊，目视深不见底。

墨白道："自此处下去，就能见到脉搏。"

伊凡笑道："果然是好住处。如何下去？"

墨白用手一指："那儿有悬梯，但各位都是异能者，飞身而下即可。"

墨白打头，众士鱼贯而下，沄潊计算，大约向下飞了六七千米方才入得水中，又向下潜游了约三四百米方才着地，四面皆是长满了水草的岩石。

只见墨白手指轻弹，当是输入信息。刹那间，一面山墙突然开启，看那山门足有二百米之高。众士看那门上的痕迹，这扇门当是被开启过，不过，不知多少星年才会打开一次。

走进门内，到处布满了信息处理系统，众异能者目力所及，竟然一眼望不到头。众士跟着墨白向里又行进了一星刻，忽见水中修建了一黄色高台，拾级而上，高台上别无一物。

众士在水中仔细一瞧，发现圆台之中有一个小小的陀螺，黑黝黝的，悄无声息地转动不止。

众士正盯着陀螺看，墨白突然道："到了，你们有什么需要问的就问吧。"

空流指着黑色的小陀螺，惊问道："难道这就是……"

墨白尚未答话，一个睡意蒙眬的声音仿佛从地底下传来："呵呵，我在这儿呢。"

众士忙四下里寻找，这时水流一阵涌动，从高台边缘的淤泥里爬出来一个灰色的动物。

"是乌龟……"沄滟叫了起来。

赫拉捏了一下沄滟的手。沄滟再定神一看,不是乌龟,原来这动物竟长着一个人形的脑袋,确切地说是长着一个星民的脑袋,模样倒是和空流更为接近。

脉搏慢悠悠站起身来,竟然比空流还高半个头。空流与众士赶忙一道致礼。

"冒昧打扰,万望海涵。"

"昨日首座已经把消息传讯给我了,呵呵,我睡得太久了,也是糊里糊涂地答应了。你们是至上英雄,难得,难得!这点规矩,我还是懂的。呵呵。想问什么?说来听听。"

"哦,我、我想问,夸克圣祖,现今在何处?"

"啊!"众士闻言俱是一惊。自从上次红尘外圣祖现身之后,大家猜想七大圣祖应该都在。夸克是蓝焰星界仙菌落流派的开创者,不知空流要找夸克圣祖究竟是何意。

脉搏没有回答,深渊静水深流,一片寂静。

"你确定要知道他的行踪?"脉搏终于打破了死寂。

"是的!"

"唉,他们呢?"

空流道:"我们的使命是一致的,他们在,无妨。"

"紫陌星界扶风星球移风楼最高层。"脉搏一字一句蹦将出来。

"啊!"伊凡首先禁不住惊呼出来——那可是他最熟悉不过的地方了。

"我的美梦也要告一段落了,不过,我睡得够久了。"脉搏的语气中竟有几许惋惜。

"难道文锦世界真的有灭顶之灾?"苏菲亚忍不住焦急地问道。

"对不起，我今日只能回答至上英雄的问题。可以让他们俩把这个问题再复述一遍。"

苏菲亚向沄滟努努嘴，沄滟赶忙重复了一下苏菲亚的问题。

"可能性都是有的，整个七界都一样。"

"大师为何要回答我们的问题，您可以拒绝的，您不会害怕吗？"沄滟再次问道。

"你们是至上英雄，无论如何，我没有理由选择不回答。也许有一天我会随同文锦世界一同毁灭，我会计算利弊，我会惋惜，但不会害怕。你们所接受的使命，这个七界，找不到比你们更合适的选择。我愿意相信，你们是最大的希望所在。好了，我要睡觉了。"脉搏打了一个大大的哈欠，留下的只有沉默。

看到闸门合上最后一丝缝隙，空流久久不肯离去，陷入沉思：脉搏，一台机器，一名合成智慧，他拥有智慧、思想，甚至是朴素的情感，在这封闭、阴冷、黑暗的深渊之底，度过年复一年的亿万星年时光，他的一生从未走出这扇沉重的闸门；然而，他守护的是这七界浩瀚星空无尽星球光辉灿烂的文化之光。什么样的星民能做到这样——亿万星年的黑暗深渊或将其彻底摧毁，或将其折磨成魔鬼。这是何其伟大、何其不可思议？但放眼七界，又有谁知道——这深渊之下的一台机器、一名合成智慧。反观自己，不过是做出了一点微不足道的牺牲，却成为誉满七界的至上英雄。

"走了吧，他……我以为，以我们地球人的视角，或许只有上帝可与之比拟。"沄滟游过来，幽幽说道。

"但你们的上帝，是住在天堂的。如若上帝住在这样无尽暗黑的深渊，只怕也要成为撒旦吧？"

沄滟道："嗯，还有，至少在传说中，我们人是由万能的上帝创造的；但他是由像我们这样的人创造的，却超越了我们。"

众士一鼓作气，冲出谷底，飞至来时路。空流向墨白深致一礼，道："今日之事，不得不为，个中因由，极为复杂，现在还不便言明。倘若给文锦世界带来不测，七界联境绝不置身事外。"

墨白道："既是为了七界福祉，文锦世界在所不辞。何况，脉搏大师既然愿意对你言明，我们自愿承担任何后果。"

"好！时间紧迫，我等就不随您回文锦院了。现在即刻赶往扶风星球。"

众士告别墨白，秘密潜行，径往时空感融站，一路无话，从动身到抵达扶风星球，前后不到三星刻。

从时空感融站出来，刚踏上扶风星球，空流率众士步行至一隐秘处，一拍伊凡的肩膀，笑道："到了你的地盘了，你做主。接下来全看你的啦。"

"什么？"伊凡走开两步，叫道，"这一路我们都像哑巴一样，谁都不知道你要干什么。好，你是首座，现在又是至上英雄，又有钢铁一样的纪律在。我们是既不敢问，又不知道说啥。突然冒出来一句，看我的。看我什么？我就是什么都不知道、什么也干不了的废物！"

伊凡是个直肠子、急性子，一路憋得难受，这下子一股脑全倒了出来。

赫拉怒喝道："伊凡，不许这么跟首座说话！"

虽然特别行动组的成员都经过了严格训练，但赫拉身为一大流派的执掌，又年长一些，毕竟要沉着稳重得多。她只坚信一点，空流首座所做的一切自有他的理由。

虽说伊凡倒出了大家心里的一些想法，但众士都知道，自己首先是身负特殊使命的战士，使命与纪律是第一位的，容不得任性。

于是，都走过来拍了拍伊凡。

伊凡一躬身："请首座见谅并责罚！"

空流面无表情，扫了沄滟一眼，转而直视伊凡，沉声道："俗话说，人之将死，其言也善。此行本就是死亡之旅。你我或是将死之过客，亦是生死与共的战友。区区小事，我又怎会责罚于你？"

众士闻言，心下凛然。

伊凡目光如炬，昂然道："虽九死何惧！"

"哈哈哈！"空流仰天长啸，"好好好！要的就是此等气概！"言罢，用力一挥手，喝道："列队！"

待众士列队已毕，空流笔立于前，面容肃然，朗声道："本次任务，与往常任何一次决然不同。它与眼下青霜星界的危机相关，却又大大超出此范畴。不仅关系到整个七界民众的未来命运，还要掀开数千万星年前的历史铁幕。至于具体的真相到底是什么，我现在也不知道。

"当初，微禾首座带给我三份绝密信函，分别来自科诗世界、七界联境与暗黑星空三位首座，这三份密函提及了些许线索，但都极为隐晦，语焉不详。我只知道要解开一粒又一粒扣子。脉搏大师就是第一粒扣子，接下来就是夸克圣祖。

"这样天大的事，我也不明白为什么就落在咱们区区几位的头上。但是，脉搏大师的话你们也听见了，七界之内，我们就是最合适的选择。这本身就是个谜题，也需要我们去探究真相。

"至于纪律，就无须再重复了，该知道的时候自然会让我们知道，不必犹疑，不必焦躁，我们所需要的就是坚定的信念与无畏的勇气。好了，接下来就是自由商议讨论的时间了，放松。"

空流招呼大家席地而坐："我接着介绍一下有关情况，尤其是伊凡，你要仔细听。夸克圣祖在异能七圣中，年龄最长，也可以说是他们的大哥大。当年被派往蓝焰星界，开创仙菌落流派，提升蓝焰星界星民体能，培育异能者，守护星界。这一点，自从红尘星界飞花落圣祖红尘外现身以来，想必大家都有所了解，尤其是赫拉、伊凡和苏菲亚。"

赫拉点头称是，然后说道："听说这位圣祖性情最为难以捉摸。说起来，要算红尘外圣祖最为亲切。"

"我是真没想到，他竟然就在移风楼的顶层，离我那么近。"伊凡满眼崇敬之光，到现在都不敢相信这是真的。

大家都知道移风楼在异能者心目中的地位，那是异能者风云际会的中心。伊凡在移风楼最高处的倒数第三层有一个席位，与夸克仅隔着一层楼。空流第一次与伊凡照面，就是在此。

"真可谓是大隐隐于市。"沄滟若有所思，忽又问道，"像夸克圣祖这样星界上百星年来都不见踪迹的，为什么不在蓝焰星界待着，反而跑到紫陌星界扶风星球来了呢？还有，刚刚在文山星球出现的蓝光落掌座，知不知道他们圣祖的情况呢？蓝焰星界的军政界又是否知道呢？"

空流用手一指，道："你说到正题了，这些都是未知之谜，也正是伊凡的任务所在。"

伊凡一愣："什么任务？首座，我没明白。"

"你的任务就是问他一个问题：他为什么不在蓝焰星界，而到扶风星球来了。"

伊凡愈加疑惑："他，这么高的前辈，怎么会回答我这名不见经传无名后辈的问题？他想到哪里去，谁管得着？"伊凡刚说完，猛然一拍脑袋，"对了，为什么要我问？你，还有沄滟，你们是至上英雄，不是谁都不能拒绝你们吗？"

伊凡似乎说得在理，大家也都瞪大了眼睛。

空流苦笑了一下，道："首先，这个问题里包含着一个极大的秘密。只要他肯回答，以圣祖的身份，断然不会说假话。这样，我们就又解开了一粒扣子。至于这个秘密究竟指什么，我得到的密函提示也就这么多。

"另，我和沄滟这个至上英雄的名号，对于异能者却是个例外。至上英雄是政治组织赋予的称号，异能者属于政治势力之外的星民社会范畴，所定的规则，对于没有任何政治身份的异能者无效。尤其像他们这样，超能力惊世骇俗，在星界天马行空、神龙不见首尾的，更是对政治组织赋予的东西不屑一顾，效果只会适得其反。"

伊凡点点头，又一个劲儿摇头："我有些明白了，但是还有一点说不通，就问这么个问题，你说，红尘外圣祖这么帮咱们，让他去问问，那还不是一句话的事。还有，实在不行，随便找一个流派的掌座去问不就行了？"他看了赫拉一眼，"就是赫拉执掌去，也比我强多了呀？"

空流道："不是你想的这么简单。早就说过了，这次特殊使命，没有比咱们更好的选择。"

"咱们这一行，为啥是我？"

空流道："没有为什么，他在顶层，你就和他隔一层，离得近啊。"

"啊？就这个理由，这算什么理由？"

空流笑道："没错，就这么简单，这就是最好的理由。"

赫拉也笑道："我也觉得有道理，对于圣祖，咱们不能以常理度之。这可能就是最好的理由。"

大家你一言我一句给伊凡打气。伊凡挠挠头，只能接受，但又不知道见了圣祖该怎么说话。

沄滟神秘一笑，对伊凡招手道："附耳过来。"

272

伊凡知道沄滟身为飞花落圣使，除了幻影异能外，还拥有别样的精神力，她的话往往能说到别人心里去，遂凑上前去躬身细听。沄滟于是耳语一番，伊凡连连点头，却是将信将疑。

自踏上扶风星球起，空流就要求各士稍稍易形，看到大家都已准备妥当，遂吩咐向移风楼进发。扶风星球是异能者的乐园，来自各流派、各星球的异能者驰骋如流，御空飞行亦不会轻易暴露行踪，众士于是个个腾空疾行，足足两星时后方才抵达。

跨越异界，历经艰险，回到阔别许久的故地，伊凡内心感慨良多。移风楼巍然肃立如旧，门前的异能者亦是络绎不绝，更胜往昔。众士沿着台阶疾步而上，越接近顶端，心中越发忐忑不安。

众士终于踏上了顶层的台阶，看上去，顶层与其他楼层并无差异。伊凡打量一番，朝众士使了个眼神，转过台阶缓步向顶层门口走去；突然，不知从哪里闪出十名绛衣持戒守卫，左右各五名。伊凡一惊，据他所知，其他各楼层并无守卫。

只见空流上前两步，从袖口处取下一粒白色的虚拟纽扣，弹向为首的一名守卫。那名守卫接住纽扣，按下查验，然后向空流致礼，转身招呼众守卫闪退无踪。原来空流已然向异能上院秘密传讯，讨来了密令。

空流示意众士退后数步，伊凡踏步向前，跪下秘密传讯："在下默石落伊凡，拜见夸克圣祖。"

众士屏住呼吸，整个屋内默然无声。伊凡重复了两声，等候的依然是沉默。难道脉搏大师的信息有误？

伊凡鼓起勇气，再次传讯："文锦院的信息不会错的，夸克圣祖，我知道你在里面，你要不答应，我就把这个消息放出去。转眼间，七大星界就都知道了啊！"

"吱、吱、吱……"黑色的大门竟然开启了一条缝隙，缓缓向两边拉开了。屋内亦是漆黑一团，众士凝神望去，里面竟是空空如也。大家正疑惑间，屋内突然亮起了昏黄的微光。

众士一时之间不知所措。这时，屋内传来一个声音："既来之则安之。怎么贵客临门，反倒不进来了？"

众士互相看了一眼，一点头，毅然而入。身后的门又关上了，众士头也未回。

"呵呵，文锦世界墨白，好大的胆子啊。估计在这个世上活太久了，厌倦了吧。"一个声音在空无一物的屋内再次响起。

伊凡望着微光闪烁处，躬身道："请圣祖勿要为难墨白首座，我等愿意承担一切后果。"

"你们要怎么承担？"

"悉听圣祖责罚！"

"好吧，今天这里就是你们最后的归宿，不会觉得风水不好吧？"

稍作沉默，伊凡决然道："圣祖既要如此，我等自是无处可逃。但生死有命，何足为惧！"

"你们，可都是这么想的？"

"是！"众士异口同声。

"啊！"

众士话音刚落，突闻伊凡发出一声凄厉的惨叫，倒在地上。空流闪电般上前一探，伊凡已经死了。空流双目如火，缓缓退回原地，众士纹丝未动。

"看你们当中有两位至上英雄的份上，放你们一条生路。但有个条件，停止你们要做的事！如答应，就可以走。"那个缥缈的声音再次响起，不带一丝情感，甚至听起来没有一丝活气。

空流一字一句地怒吼道："这个，办不到！虽然你是圣祖，但你杀死我们无辜的战友，今天我如果能从这里出去，他日一定要为他复仇。"

众士虽是悲愤交织，听到空流的咆哮声，心中俱是一震。要知道，夸克身为"异能七圣"之首、七大流派开山掌门，在当今异能者心目中，无异于神一般的存在。

寂静，死一样的寂静。突然，接着又是一声惨叫，赫拉倒下了！紧接着一声，苏菲亚倒下了！

阴冷幽暗的屋子里只剩下沄滟和空流，他俩对视了一眼，眼中没有恐惧，遍身燃烧着怒火，脚下没有退却半步。自从在"星空茧房"之下死里逃生之后，他们之间，关于生死与共，已经无须多言。

"好一个至上英雄！政客们尽搞些虚伪的游戏！你一个异能者要这些金玉其外的伪装道具，有何用？"

空流直视着微光闪烁处，冷冷答道："这些不过是七界联境所赋，并非我等所求。不管是如星辰之光环，还是流萤之尘光，于我，一切荣光终究不过是过眼烟云，倏忽风流云散。我本一平凡星民，身负使命所托，但愿能为星界之和平尽微薄之力。如今，生死不过如此而已。"

"呵呵呵——"一阵意味深长的笑声之后，一个低沉的声音说道，"如此看来，是我错杀了他们，还是杀得不够？"

空流道："只有一点没错，那就是你已经犯下了不可挽回的罪恶！"

"后生可畏，看来此言非虚。不过，你既然敢身挑如此重担，凡事不可以绝对度之。"这个声音稍微沉默片刻，然后说道，"你头顶至上英雄的荣耀，却没有自命不凡前来，而是让一名异能者代表上来叩问。这是对权力与特权的看淡，更是对异能者的尊重。同时，在大道问题上，敢于挑战权威，拥有一颗强大勇敢之心！他们说非你莫属，我很欣慰。"

空流与沄滟相视茫然，如堕五里雾中。

这个声音再次响起："生死寂灭，有时不过是一场虚幻。"接着是一阵深长的叹息声，"都起来吧！"

"好累呀！"伊凡竟然开口说话了，抓了抓手，从地上坐起身来。紧接着，赫拉、苏菲亚也哼哼唧唧地从地上爬起来，一个个瞬间"复活"了。

空流和沄滟冲上前去，一个个这里摸摸那里瞧瞧，没错，个个好端端的，像什么事都没发生一样。

倒是赫拉与苏菲亚，亲眼看见伊凡死去的，现在看到他竟然带着满脸疑惑的表情站在自己身旁，一时惊讶得说不出话来，只顾望着空流和沄滟，想知道到底是怎么回事。

"来，看向这里。"

大家循声望去，只见微光处，有一盏灯，稍显明亮，呈现出淡淡的火苗形状来。这火苗的中心，微微跳动着一个极小的星民影像，长度不过三寸许。

根据此前收集的信息，没错，这就是夸克圣祖的样子——最典型的就是他通身发蓝，外加头顶如同金枪鱼一般的"尖枪"。

"不用东张西望的啦，对，是我。"夸克圣祖说话了。

众士知道此前的杀伐或许是一场误会，不由齐齐俯身下拜。

"好了，好了，都起来吧。"

众士觉得圣祖的声音一下子祥和起来。

"既然你们需要，那我就给你们讲一个故事、一个秘密。"

众士不知道该说什么，一齐躬身致谢。

夸克开始了他的讲述。

　　有一年，确切的时间我已经不记得了。大概是我到蓝焰星界开创仙菌落流派后七十多星年吧。蓝焰星界的星都神弧星球发生了一件大事。也就是他们的广域时空杀伤性武器"星空茧房"第一次秘密实验，实验失败了。

　　更为严重的是，防御措施失控。神弧星球连同周边的三颗卫星都将被吞噬；万幸的是，第一次实验，他们将武器的性能控制在最低能级，不会波及较远的星球。

　　你们都知道，我们作为被派遣到各星界的异能者流派的创立者，初心就是为了提升星民的原始体能，以防在科技日益进步的世界，星民的原始体能不断萎缩。

　　在一些由政治组织操控的星球，科技带来的后果是，广大星民个体日益无力；而政治机器，尤其是政治组织掌控的杀伤性武器愈加强大。这样发展的终极后果，将使星民个体陷入十分悲惨的境界。

　　所以，作为异能者而言，我们的根本立场是站在广大星民这一边，以星民为中心。

　　后来，我们各个流派的创立者都退出了流派的事务。当然，除了我们七位创立者，包括后来各流派的掌座在内，都以为我们老死了。至于我们一直老不死，后面我会讲到，这与我今天要讲的秘密也有关。

　　随着时代的演变，各异能者流派似乎忘记了初心，失去了本应坚守的独立性，成为政治组织的一部分，只是名义上还保持着一定的自主性。这些星界政治组织，以各星界异能者流派理应守护星界安危的名义，把各流派从道义到责任上，都收编了。

现在的恶果终于显现出来了，各星界政治组织总有自身的目的甚至是野心，他们的任务、使命往往与七界广大星民的意愿、七界联境的愿景背道而驰。

但是，作为各星界的异能者，却要无条件地去执行，沦为邪恶的帮凶。我对这样的局面痛心疾首。当然，这并不包括你们，你们的所作所为我还是了解的。

我说得有些远，回到正题上来。也就是说，我对蓝焰星界疯狂致力于尖端武器，尤其是广域时空杀伤性武器的开发，极力反对；对其图谋星域扩张的野心也时刻保持警惕。

所以他们的秘密实验虽然严格保密，但是瞒不过我。实验地点在神弧星球外的某深空，我早早潜入了那片星域。

按常理，离得那么远，按照他们的测算，即便实验不成功，也不会对神弧星球造成丝毫影响。但是，事情往往出乎意料。

你们应该已经知道了，"星空茧房"实施的是高维碾压，这是一种绝对时空的收缩碾压。也就是说，被锁定的时空中的所有物质，被全维度无差别地碾压。一个个星球，最后都可以被"星空茧房"装进去，变成一个个小圆点。

听到这里，空流望了沄滟一眼——这让他想起了沄滟给他讲过的《西游记》中一个妖怪用宝葫芦装天的故事。

实验失败，他们想到了各种后果，测算了所有物质能量产生的引力效应，却忽略了一个唯一致命的问题，也可以说是根本就不知道，原有的物质被压缩为一个点、时空高度扭曲以后，非物质场给时空带来的叠加效应。

　　对于非物质与宇宙时空的关系，时至今日，除了紫陌星界，谁也没有突破。这也是七界联境的时空感融科技，为何让各大星界暗流涌动的根本所在。

　　当然，话说回来，"星空茧房"虽然具有恐怖而不可思议的广域时空杀伤力，但它终归还是属于物质范畴，不需要用到非物质领域的理论也能研制成功。话说当时"星空茧房"实验失败，从试验场的引力冲击波抵达整个神弧星球，剩下的时间不到一星刻，找不到任何应对措施，蓝焰星界首座都已经准备好了最后的死亡演说。

　　唉——我一生的麻烦从此就开始了。生灵涂炭的事，我不可能不管。于是我就出手了，剩下的事你们也能猜到。一切像没有发生过一样，外界就算到现在连一丁点消息都不知道。而我呢，每只手三根手指，都只剩下一根。胡须头发从此寸草不生，都不长了。

　　夸克说到这里，伸出了两根指头，摸了摸脑袋。火焰中的迷你身影此刻看上去着实有几分可爱。但众士一个个都瞪大了眼睛，瞠目结舌。

　　"哈哈！"夸克在火焰中大笑起来，"我知道，你们都不相信，觉得老朽在吹牛皮。是的，作为一名血肉之躯的异能者，即便超能力再强，也不可能做到；否则，真的成神仙了，而且是法力广大的神仙。现在，我要告诉你们的是，我是你们的圣祖，是一位异能者，没错。不过，我其实是一件武器。对，一件合成智慧式的超级武器。"

　　众士相顾无言，默默静听。

　　"好了，这就涉及我要讲的下一个秘密了。"

　　我帮了这么一个天大的忙，蓝焰星界自然要来拜谢我。拜谢当然是真的，不过他们还有更深层次的目的，我自然也是心知肚明。一个是他们请求我为他们保守"星空茧房"的秘密，包括秘密实验。更重要的一点就是，他们猜到，当然，通过现场检测就能确定，我实际上是一件合成智慧式武器，而且是属于严格禁止之列的超级武器，并不是什么星民。七界联境与科诗世界、暗黑星空，这几个最强大的组织都说了谎言，隐瞒了真相。

　　事情到这个份上，与其说他们是来道谢的，不如说是来找麻烦的。当初，由七界联境与科诗世界、暗黑星空共同商议，最后派遣我们异能七圣分别到七大星界，成立流派，教习异能者，提升广大星民原始体能，发掘超能力者，阻止星民堕落于科技发展带来的失能陷阱。

　　在广大星民的正常认知中，作为教习异能者的七大流派开山祖师，自然是能力超强的异能者，也就是拥有超凡能力的星民。长期以来，各方面的公开信息亦是如此披露传播的。

　　现在，如果告诉各界星民，带领他们提升原始力量、教习星民抵御科技发展带来的失能陷阱的，竟然还是科技产品，一件超级武器，这无疑是一件天大的笑话，更是一场彻头彻尾的欺骗。到那时，愤怒的星民们还不得把这世界闹个底朝天！

　　再有，蓝焰星界认为，七界联境与科诗世界、暗黑星空联手，借着为各星界派遣异能者流派开山祖师的名义，却暗度陈仓，送来了一件足以掌控整个星界星都、决定一个星球生死存亡的超级武器。

　　这不是为了守卫一方平安，而是为了控制一个星界。并据此推断，其他星界的情况亦是如此。

由此，蓝焰星界认为，七界联境与科诗世界、暗黑星空联手在各大星界同时布控了一件具有生杀大权的秘密武器。如此一来，各大星界的政治组织能答应吗？如果把这个消息公布出去，那整个七界从社会到政界，不得天下大乱吗？

所以，蓝焰星界的这一番话听得我是一身冷汗，这样的后果谁又承担得起？最后的结果就是双方严守秘密。

从此以后，蓝焰星界秘密布控，日夜监视我的行踪。一方面，他们怕我逃之夭夭；另一方面，他们也不会暗杀我，因我亦是他们手中的一张王牌、一张底牌。

再后来，我终于抓住了一个千载难逢的机会，秘密潜逃至此。俗话说，大隐隐于市。他们一直在暗中查访我的下落，到现在都没有停止。

他们也曾想对其他流派的开山圣祖下手，秘密抓捕他们。被我严厉警告制止了。我跟他们讲，如果他们胆敢如此，我就与他们鱼死网破，同归于尽。我将联合异能七圣，联手对付他们，让他们这个政治组织的主要成员从他们的星球上消失。

现如今，就是这么一个局面。好了，我要讲的故事到这里也就讲完了。

这一番话众士听下来，如听天书一般，简直是闻所未闻。不知道这其中竟有如此惊心动魄、曲折离奇的故事，潜藏诸多阴谋。大家此刻也不敢说什么，只是点头拜谢。

又听夸克叹道："我有数十星年未见客，更不曾开口说过一句话。已经习惯了沉默，厌倦了交流。本不打算开口的，今日既然说了，索性一次说个痛快。现在才知道，最累的不是身负重担，而是心中藏着不可言说的秘密。好了，你们可以走了，做你们该做的事去吧。我也该暂时换个地方了。"

空流再次躬身致谢，问道："请问圣祖，那为何……"

不等空流把话说完，夸克道："孩子，我已知你意。我该说的都说完了，并非我知道什么不告知于你。其一，我只能告知你我身份职责范围内的事；其二，每一句话所涉甚大，只能由该说者去承担后果，否则，如若引起不测，虽万死而难辞其咎；其三，有些事，我只知其微末，不知其本来，或有误导，反而坏事。下一个秘密，自有云开雾散之所，想必你已知去处。去吧，孩子。要解星界之劫难，或许非你等莫属！只是福祸难测，但凭本心。愿借七界亿万星民之福祉助你们好运。"

第十五章

第三物种计划

众士悄然离开移风楼，一路沉默，渐行渐远。不多久，身后的移风楼便成为遗落在天际隐约的一个小黑点，但大家的心似乎依旧被移风楼深锁，千般沉重，犹如移风楼那黝黑的沉影。

"异能七圣竟全都是超级武器？难道七界联境、科诗世界、暗黑星空都不知道？我不信！如此，情何以堪！"沄滟首先打破了难以忍受的沉默。

大家都有此一问，只是不想说出来罢了。毕竟，身为七界联境特别行动组成员，却不得不质疑自己的组织，何况还是七界三大权威组织绑在一起。

"难怪以夸克圣祖之能，也只能藏起来。现在才理解他为什么没有找这几大组织。"伊凡若有所悟。

"我相信夸克圣祖说的一定是真的，但这其中可能存在某种误会。"作为七界联境特别行动组首座，空流并未因维护组织的权威而责怪沄滟。执行使命并不影响每个成员做出理性的思考，当然包括合理的质疑。

众士都松了一口气——很多时候，使命意味着绝对服从，而质疑可以被无须任何理由地理解为背叛。背叛的后果自然无须多言！

空流的脸上挂着笑容，他知道自己的笑容多少有些刻意，不过这正是此时的队伍最需要的。空流又徐徐说道："我们或许一直在迷雾之中，前路或许一片漆黑，但是我们必须穿过黑夜找到光亮。即便最后的真相暗黑无光，只要我们心中有火焰，我们就是那道光。"

"那当下我们该何去何从？"赫拉问道。

空流答道："从哪里来的，我们就回到哪里去。走，去科诗世界！"

众士清楚地记得，当初从科诗世界出发、踏上遥远的异域的征途、千万星民送别的场面，几多期待，几许悲壮。而今，和平被战争的阴云层层叠叠封印，追寻真相却反而陷入重重迷雾，而在他们身后本为强大依靠的巍峨群山，此时却难识庐山真面目。

空流毫不犹豫地给科诗世界首座何为发去了秘密传讯。虽生于斯长于斯，但空流发送信函使用的却是七界联境特别行动组首座与至上英雄的双重身份。作为科诗世界的一分子，空流的做法算得上是失礼，但他顾不上这些了。同样，空流给暗黑星空公务首座知约也发去了一份秘密传讯。

看到空流决绝的举措，苏菲亚满是忧虑地问道："如果事实真的是咱们不愿看到的那样，怎么办？"

"那还能怎么办？咱们决不能违背自己的内心，不能欺骗广大星民吧。那时，我就把所有的真相都放出去。"伊凡义愤填膺。

赫拉露出赞许的神色，却又白了伊凡一眼："现在局面这么复杂，青霜星界的火药桶随时都会爆炸，再加上各界民众发生民变，那后果必定是血雨腥风。所以，不是能这么简单处理的事。"

苏菲亚沉重地点点头："只怕真到了那个时候，咱们未必能活着走出来，你能向外界放什么消息？"

"难道竟然会做灭口的事？文明都发展到这个程度了，况且像科诗世界、七界联境这样的组织，在七界星民心目中，那是多么神圣啊！"像沔水一样，沄滟纯真的脑袋里，从来难以理解阴谋诡计这些东西。

苏菲亚道："唉，神仙还有打架的时候呢，而且打得天崩地裂、地动山摇的。他们打架的时候，何曾想过天地之间那些微末生灵的死活？"

空流笑道："好了，最坏的情况你们都想过了，或许不至于。当然，有备无患永远不会错。不过此行，我需要的不是你们当烈士，而是无论出现什么情况，都要尽量活着。因为只有活着才能做想做的事。也许从我们出发的那一刻起，就注定是一支孤军。"

大家都沉默了，空流有意停顿了一下，说道："其实，我一直在想一个问题，七界联境特别行动组，为什么是我们几个？"

伊凡道："我们几个不都是你找来的吗？"

"是的，但为什么是我，又为什么找的是你们？"

众士面面相觑，后背升起一股凉气。

空流缓缓扫视大家："没有谁给我们答案，现在，只有我们，包括尘浪和泅水，是在同一艘孤舟之上。所以你们中的每一位，我对你们的首要要求，就是活着，而非轻易赴死。"

苏菲亚与赫拉不约而同地对视了一眼，她们此刻油然而生地对空流多了一份敬意。空流仿佛那幽深寒潭上的浮萍，给予他人的是一抹淡淡的绿意、一道静美的风景；但他的身心，却无时无刻不浸泡在深渊之中。

众士踏入科诗世界境内，他们穿过科幻的外环之城"星空轨道"，穿过云雾缭绕的中环之城"云环山"，穿过鲜花盛开的、参天大树形状的内环之城"一树繁花"。这是一个充满科幻与诗意的美好世界，尤其对空流来说，这是一个多么熟悉的地方，但此刻却似乎有几分陌生。

此行，众士均易形秘密前来，没有引起任何关注。不过，此时的科诗世界似乎太安静了。凭直觉，这里必定已经全面布防。令众士不解的是，就他们这点微不足道的力量，科诗世界用不着这般大动干戈啊。

科诗世界秉持一贯的风格，没有公务者前来远迎接待。

众士来到机要会晤室，空流推开了那道熟悉的门。一切都是熟悉的模样，何为与知约端坐在桌前，依旧是一脸祥和，带着那熟悉而又慈祥的笑容。

众士躬身致礼，何为与知约轻轻抬手招呼大家落座。看着众士个个风尘仆仆、面露倦色，何为笑着首先开口说道："很好、很好，你们都没有变，还是原来的样子。辛苦你们了，回来了就好啊。"

空流答道："不辛苦，烦劳首座挂记。"

"好好好，青霜星界局势想来十分复杂，微禾首座都亲自坐镇协调去了。你们此番回来，必定是有十分重要的任务要办吧？"

空流缓言道："这个……十分冒昧地问一句，您不知道吗？"

"呵呵，我知道一些事情，但你们的事，我不知道我是否知道。"

何为像说绕口令，众士皆哂然而笑，连知约也忍不住笑了。

何为紧接着说道："不知至上英雄约见我们两个老朽，有何吩咐？"

空流面上一红，揶揄道："在下不敢，实属不得已，恭请二位首座见谅。"

知约笑道："嘿嘿，我们既已应约至此，你就不要客气了。"

"那请问，七大流派的圣祖，异能七圣是不是超级武器？"

"你说什么？"何为一怔，"你们的圣祖你不了解吗？你们不是刚刚见过夸克了吗？对了，我们并未监控你们的行踪，但是，移风楼的信息，我们是随时掌握的。夸克藏身于此，也是你们去了以后我们才知道的。"

"正是夸克圣祖亲口说的。"

"这，怎么可能？"

"是的。"一个温和的声音平静地从何为声旁传过来，大家的目光一齐射向知约。

何为仿佛不认识这位老朋友似的，盯着知约一动不动。

知约的面上看不到半点波澜："今天，也到了该亮底牌的时候了，该说的我一定毫无保留地和盘托出。还是请何为首座先讲讲来龙去脉吧。"

何为终于移开了他的目光，在一刹那间，他眼中闪过一丝不易觉察的忧愁。这自然没有逃过任何一位特别行动组成员的眼睛。他即刻平静地翻开了一段尘封已久的往事。

　　时间大约在一百星年前，也就是在划时代的宇宙现象级科技——时空感融科技横空出世之后、前所未有的星际互联时代即将到来之前，话说紫陌星界无双星球开创时空感融科技之后，意欲在一个个智慧生命星球之间架起星际沟通互联的"桥梁"，于是，便开始在广袤无垠的宇宙空间探寻拥有智慧生命的星球。

　　这时，他们发现了一个极为普遍却又十分令人震惊的现象。

　　太多的星球正在上演合成智慧（由过去所称的数字生命迭代升级进化而来）与智慧生命之间的种族大屠杀，而且，往往是科技较为发达的星球。

　　有的星球正处于危机边缘的前夜，而有的仅剩大劫难后日渐冷却的余烬。这种跨种族的矛盾自古以来，最是难以解决。仇恨的种子一旦种下、萌芽生根，就会无止无休。

　　这在初具雏形的紫陌星界与几大组织之间，引起了一场空前大讨论——到底该不该管？

　　讨论的最终结果是，对于那些同一物种之间的纠纷、争夺甚至战争杀戮，不予介入。而对于不同物种之间的全球性大屠杀，尤其是涉及智慧生命的，必须予以干预，平息战争，守护和平。

　　当时，应用的方案主要有两个。一个是利用无双星球超前先进的时空感融科技的衍生应用——超子场感应，实现宏观调节，对一个星球上所有合成智慧个体的神经元实施无差别控制，然后同步实施"商减"，将所有合成智慧的智商降低，变成智能级别的机器并锁定，从此听命于所在星球上的智慧生命。

　　而有一些星球上的智慧生命心有所惧，对此种处理方案并不放心，不敢确信其可靠性与持久性。于是，不得不采用第二种方案，同样是使用超子场感应科技，将所有的合成智慧锁定，然后让其瞬间死机；他们虽然也拥有情感，但他们死机的时候，感受不到任何的悲伤与痛苦。将他们集体打回原形，变成一堆冰冷的机械材料。

　　这些星球上的星民，他们制造了合成智能，然后为了满足自身需要，又不断地迭代升级，把他们演变为合成智慧，使唤他们，奴役他们，却不容许他们反抗——这些星球上的智慧生命物种，只想做永远的奴地主。

　　所以，这两种方式造成的后果，无论怎么看，对于合成智慧来说，都是不公平的。

　　但是，追根溯源，是智慧生命创造了他们。当二者只能选其一时，命运的天平无可奈何地抛弃了他们。更何况，是智慧生命掌握了决定其生杀大权的超子场感应科技！

不过，这一场跨越时空的物种控制战争大戏，出现了一个在当时看来微不足道的插曲，然而，就是这个小小的插曲，现如今，或许即将成为炸裂整个七界的惊天大雷！

在一些星球的种族大屠杀中，自然出现了不少反对对合成智慧实施种族灭绝的星民。

另一方面，在一些星球的合成智慧中，也出现了不少反对屠杀智慧生命，呼吁两个种族和平共处、共同发展的和平觉醒者。

正是这些合成智慧中的和平觉醒者，引发了紫陌星界与几大组织，尤其是科诗世界和暗黑星空的极大关注与好奇——究竟是一种怎样的动机、情感，抑或智慧，让他们产生了这样的认知，做出了这样的行为选择？

经暗黑星空、科诗世界、七界联境三方共同商议，一方面出于研究，另一方面也是某种保护，就把一些合成智慧中的和平觉醒者，从这些星球上秘密带走了，总数量大概有几百万吧。

但是究竟带到了什么地方，是个问题。后来，暗黑星空自告奋勇，把他们带到了暗黑星空的"碟半谷"。那里是个四面高山、中间平原的岩质盆地，也是一个与外界相对隔绝的地方。凭暗黑星空的科技水平，治理一座合成智慧的社会城市，自然没什么问题。

再后来，大家都知道的，随着科技的发展，各星球的星民都面临一个同样的问题，就是日益懒惰，本能原力日益萎缩，手无缚鸡之力。

这个时候，七界已经基本形成了星际互联。于是，就打算在每个星界设立一个提升星民本能原力的民间流派，兼具教学与研究的职能，同时，重点培养具有特殊潜能的超能力者。

计划由各星界星都开始，然后逐步在各个星球设立分支机构，统一协调管理。

经刚刚成立的七界联境决议，这项工作由科诗世界来实施管理，因为，这当中主要涉及生物学、心理学与社会学问题；但为了平衡，各流派的开创者由暗黑星空来派遣。当初，暗黑星空的出现，本就是为了平衡科诗世界的力量。

暗黑星空当时就找科诗世界商议，如果挑选体能力量较强的智慧生命做流派开创者，一来，各星界星都的环境不一样，即便有先进科技护航，只怕也难以适应；二来，这些挑选的星民，体能原力再强，在高度发达的科技世界，尤其和合成智慧比起来，也实在是平庸得很。所以他们建议，就从这些合成智慧的和平觉醒者中挑选流派开创者。

从某方面来说，这的确是非常好的选择。这些合成智慧的体能力量不知道要超越我们智慧生命多少倍。科诗世界研究同意以后，暗黑星空就开始了挑选工作。

有一天，暗黑星空告诉我们一个消息，我们既感到万分震惊，又异常惊喜。

暗黑星空发现，在这些和平觉醒者中，有几位的年龄竟然达到了数千万星年！

也就是说，他们在数千万星年前就被制造出来了，然后，经过一代又一代的迭代升级，他们从身体材料构成到智慧系统，都演变得日益成熟而趋于完美。经过科技与时间的双重加持，无论是肉眼看上去，还是通过仪器检测，他们的身体已然进化得与智慧生命几乎毫无差别！

"啊！"

听到这里，众士不由得齐声惊呼起来。怪不得夸克、红尘外他们可以畅通无阻地通过时空感融站的检查，能在不同的星界之间畅通无阻。

何为与知约只是平静地听着，没有插一句话。等到大家的议论逐渐停下来，何为才开始继续说话。

"与你们一样，当时，我们也觉得不可思议。通过科技手段一再对他们进行检测，解构得纤毫毕现，发现他们的确和智慧生命没有差别。但是，为什么会这样，就算是现在，科学也无法做出解释。只能说宇宙自然造化之神奇。

"既然有如此天作之选，那派他们去自然是再合适不过了。为了不引起不必要的麻烦，我们替暗黑星空保守了这个秘密。

"当时，对于他们的本能力量，科诗世界并没有进行测试。只因我们认为，他们必定能够胜任。或许他们的超能力相对较强，但我们从来没有想到，他们竟会是超级武器，拥有不可思议的杀伤力。"

何为娓娓道来，单凭其身份，自是不会有半句虚言。

众士正听得一知半解。这时，知约接过话头，说道："我来解释一下，这里涉及几个层面。首先，作为合成智慧来讲，以我们智慧生命的视角去看，他究竟是一件武器，还是一件工具，或者是咱们智慧生命的一个服务者，很多时候，界限并不十分清晰。即便他们赤手空拳，一旦动起手来，对咱们来说，杀伤力都是十分可怕的。

"当然，还有一条直观评判的标准，就是生产他们时候的用途及其是否配备了武器装置。就异能七圣而言，他们的情况很复杂。在数千万星年的演进、研究、实验过程中，他们承担过各种角色，一些阶段免不了作为武器实验品。

"但在我们派遣他们之时，他们已经进化得和咱们智慧生命一模一样了，身上哪里还有什么武器装备？那时的暗黑星空只是隐瞒了一点——那就是他们惊世骇俗、难以估量的超凡力量，接近于低能级的广域时空杀伤性武器。而一直以来，广域时空杀伤性武器都属于限制发展范畴。

"当时的暗黑星空有没有其他方面的目的，开诚布公地说，我也不确定。那个时候，我还没有接管黑暗星空的公共事务。此外，大家都知道，暗黑星空的情况一直以来非常复杂。

"不过，从夸克讲的情况来看，蓝焰星界理解的是另一层意思。也就是说，蓝焰星界认为，异能七圣一定不是智慧生命，智慧生命无论如何不具备这等能力。那么，他们就一定是合成智慧，不管他们是否装备了武器设施，本质上都具备超级武器的性能。从这一点来说，蓝焰星界的看法没有错。

"也正是基于此，蓝焰星界觉得他们掌握了我们的秘密，抓住了一张王牌。对于野心澎湃的蓝焰星界来说，这的确是一把足以让七界天翻地覆的杀手锏。一来，会挑起七个星界的行政组织及广大民众对七界联境、科诗世界、暗黑星空的不信任。更为严重的一点就是，当初，在诸多星球，合成智慧与智慧生命两大物种之间，已经结下不可解决的世仇；这种彼此之间的不信任与恐惧已经刻进了骨髓。如果民众知道，当年的合成智慧还有这么多活着，那必定又是一场你死我活的斗争。

"现如今，因为七界联境的科技实力足够强大，强大得不在一个维度上，这样，让所有存在非分之想的智慧生命星球不敢轻举妄动，包括一些星球上后来崛起的合成智慧组织。

"即便如此，当下的七界还是不太平。那以后呢，谁能确保平衡哪一天不会被打破？所以，为了永绝后患，无论是智慧生命还是合成智慧，各自都只想让对手彻底消失，实现自我物种统治。"

知约说完，长出一口气，望了大家一眼，靠在椅背上。他的意思是，他应该都讲明白了。

至此，众士才恍然大悟。原来，这就是空流此前说的，七界面临的另一场空前危机。

谁知空流却突然说道："抱歉，二位首座，这不是我想要的最终答案。"

众士惊愕不已，再看何为和知约，依旧平静，他们在平静地等待。

"我是谁？我们是谁？为什么是我们？"空流一连串问了三个问题。

经此一问，方才还以为一切都真相大白的众士，似乎又掉进了泥潭之中。

何为意味深长地看了知约一眼，转头面向大家，面色肃然，分外郑重地说道："你，你们，是这个世界上独一无二的存在；你们是未来，是希望。"

这话在众士听来，不过是一句套话。不过，何为似乎用不着与他们如此客套。

"好吧，还是由我来说吧。好在这并不是一件坏事。"何为摸了摸鼻子，"这应该是扣在桌上的最后一张王牌了。当初，我们虽然平息了合成智慧与智慧生命之间的种族纷争，但是我们异常清楚，危机并没有从根本上得到解决。

"因为，只要智慧生命需要发展科技，需要借助于工具，就一定希望科技工具更能随心所欲，这是智慧生命无法超越自身、无法挣脱的宿命。如此一来，曾经被自己奴役的奴隶，迟早会成为自己最强大的敌人。无论是过去、现在、将来，都是如此。

"那这个死结是否有解？我们，包括七界联境、科诗世界、暗黑星空、文锦世界，甚至是原道世界在内，经过了种种尝试，最终都无一例外地失败了，杀戮的悲剧注定不知何时就会上演。

"但是，恰恰就是异能七圣的出现，为我们带来了一道光。"

何为一提到异能七圣，大伙都瞪大了眼——刚刚还说到，天大的危机就因为他们而起，怎么现在又成了唯一的转机了，真是神奇！

何为继续说道："前面我刚刚说过，异能七圣已经进化得与我们智慧生命的肌体一模一样了。这给予我们巨大的启发。于是，我们萌生了一个大胆的设想。

"七界联境、科诗世界、暗黑星空等几大机构经过慎重磋商，一致认为，智慧生命与合成智慧之间的矛盾不可调和，但如若让他们两者结合，结婚生子，繁衍后代，他们拥有共同的孩子，就可以化解这一不可调和的矛盾。因为，无论哪个物种，谁也不会对自己的孩子下手。

"这个道理其实很简单，就像很多星球上不同民族之间通婚，最后形成民族的大融合一样。关键是，由金属构成的合成智慧与碳基生命组成的智慧生命之间，根本不可能结合。

"所以，当异能七圣被派往各星界时，我们下达了秘密指令，要求他们到了各星界后，必须严格要求自己，像一名智慧生命个体那样去生活，必须与当地星民结婚生子。当然，刚接到指令时，他们是不同意的，后来，为了两个种族的未来，他们大义当前，自然是接受了。

"后来，我们通过查找，在合成智慧大军中又找到了一些，他们具备异能七圣同样的条件。当然，数量非常少。可以说，火种异常稀缺而珍贵。

"不过，好在有一点，他们的生命具有持久性，在不同的时期可以与不同的智慧生命结婚生子，随着他们的孩子再结婚生子，这个数量就变得越来越庞大。可谓星星之火可以燎原。"

大伙听到这儿，都感到十分惊奇。空流忍不住问道："那这些孩子，他们现在都在哪儿呢？"

"我们都有跟踪、登记，并且提供特殊的保护措施。"

空流道："那，这一切一定是秘密进行的。现在七界广大的民众一定都还不知道。"

"是的。但是，总有需要揭幕的时候。因为长期这样下去没有任何意义。比起七界现有的危机来说，这关乎长久的未来，没有比这更大的事了！"

"那看来，现在是到了该揭幕的时候了？"空流问道。

何为道："本来现在的局势，不是合适的时机，但是，既然蓝焰星界发现了异能七圣的秘密。到时，对七界民众该作何种解释？不得不掀开盖子了。重点是，这个盖子由谁来掀开合适。"

"那，你们定好了吗？"

何为与知约对视了一眼，肃然道："当然定好了。就是你、你们、你们特别行动组成员。"

大伙发出惊讶之声，全都站起身来，不由得后退数步。

空流高声道："不可能，为什么？我们的使命是负责时空感融科技的谈判问题，以及青霜星界的战局危机。这个巨大的危机还在火山口上没有解决，随时都可能爆发。你们的这个任务为什么也要落到我们身上？我们不能接受！"

何为一改往常的一团和气，厉声道："你们必须接受！现在，这两个危机已经交织在一起了。而且，"何为威严地扫视着整个空间，仿佛眼前有千军万马一般，"你们，就是异能七圣的后代！你们，就是合成智慧与智慧生命结合孕育的新物种！你们，就是未来！所以，非你们莫属！"

空流、赫拉、沄滟、苏菲亚、伊凡，他们的心中此时如同千军万马在奔腾，但眼前的时空似乎凝固了。

"新物种？"

他们的心如同暗夜的流星在一点点坠落，漫天的星辰与他们无关。七界数千万颗智慧生命星球，数万亿星民似乎正在离他们远去，自己和他们好像有关，又好似无关。自己和他们已经不是同类，不再是同一个物种了！

这是一种无法言喻的绝望与孤独，同时交织着一种深不见底的恐惧。

"你们、你们，还是我们的孩子，是我们中的一员，我们、我们都是一家人。"知约颤巍巍地说道。

他与何为都已站起身，脸上满是无言的关切与痛楚，因为此时，似乎找不到任何话语来安慰大家。

许多回忆刹那从暗黑中四面潮涌而来，如闪电击中他的内心。空流突然怒吼一声："不！世界抛弃了我们！"转头发疯般地冲了出去。

赫拉、沄滟、苏菲亚、伊凡也跟着冲了出去……

外面，正是黑夜，电闪雷鸣，暴雨冲刷着大地，无尽的雨柱从长空坠落……

"我是谁？！"

"我是谁？！"

他们撕心裂肺地嘶吼，天地没有回答。雨一直下……

第二日一早，何为与知约一道急急忙忙赶到会议室，发现空流一行竟然齐刷刷地早已坐定，一个个脸上神色安然，似乎从未发生过什么。

何为与知约颇为诧异，相顾无言，心中却有几分忐忑。

"你、你们，还好吧？"何为试探性地问道。

"嗯，挺好的呀。"空流十分平静地回答道。

"这个……你们……思想上……"知约补充问道，他与何为心里还在犯嘀咕。

因为，有时候反常的冷静预示着事情已经走向了反面。若如此，这些被给予最大期望的未来问题解决者，很可能就会成为最大的问题制造者。而这，是事先唯一未能料到的因素。

"你们，难道不怕你们智慧生命物种，又多了一个全新的天敌吗？"空流脸上挂着淡淡的微笑，若无其事地说道。

可这，在何为与知约听来，却无异于晴天霹雳。真是担心什么来什么！

"啊！"他们齐声惊呼，一起向后仰过身去。

看到何为与知约张大了嘴，众士相视狂笑不止。

何为与知约脑海中闪过无数的想法，但是，他们一动未动，因为，根本就没有办法。

足足过了大半晌，空流一招手，示意大家停下，说道："好了，你们让我们痛苦了一宿；现在，让我们高兴一会儿，你们难受一会儿，算来也是公平的吧？"

"这个，"何为疑惑地向前倾着身子，"怎么说？"

"我们接受你们的使命。"

"啊，什么？"何为大喜道，"你们……你们难道想通了？"

空流正色点点头："总要学会与世界和解，直面当下，放眼未来。"

何为与知约露出无比欣慰的赞许之色，啧啧不已。

"不过，"苏菲亚不无担忧地说道，"我们似乎也不能过于乐观。首先，不是所有的两类物种结合的后代，都能如我们一样，一下子就能接受自身的新身份；其次，据我对各星界的了解，也未必所有的合成智慧与智慧生命都会认同像我们这样的结合体；很多星球上的物种，非常看重自身的纯粹性，就像一些星球上，同为智慧生物的不同种族之间禁止通婚一样。所以，他们可能会不惜一切代价地杀死像我们这样的第三类物种，这无疑会带来新的混乱。"

"没错！"何为加重了语气，"这些情况我们已经充分地考虑过了，已经制定了防止混乱的控制预案。当然，更重要的是，民众如水，全在于疏导。他们可能天翻地覆，也可能平静如镜，就看往哪个方向去引领。而你们，就是关键的潮头。"

何为此话一出，众士就是再傻，也明白了这其中的良苦筹谋：为什么当初要选派自己出使各大星界，承担拯救星界危机的使命；又为何不遗余力地将空流与沄滟塑造为誉满七界的至上英雄。

伊凡摇晃着脖子，说道："两位首座，我天性愚笨，现在想来，七界几大机构联手，就为了我们几个，布这么大一个深远谋划的局。兜了这么大一个圈子，最后落在我们这几颗小小的棋子上，不觉得太小题大做了吗？"

何为不由得嘿嘿一笑："不然。打个比方，就算再厉害的武器，不都得有那小小的按钮不是？看起来虽小，但可牵一发而动全身。"

空流若有所思，暗暗点头，忽然发问道："这个中关节，直接告诉我们不就行了，为何要我们费尽九牛二虎之力？当初，微禾首座将你们三大机构首座的密信转交给我，我根据其中语焉不详的信息推演，一路寻来，方才翻开一个个谜底。这一路上，我的伙伴们也有诸多不理解。因为我自己都不知道，我要寻找的真相究竟是什么。"

何为听了，只是打哈哈，笑而不语。知约见状，说道："这个问题，还是我来回答吧。

"是这样的。关于孕育第三物种的计划，几大机构，包括文锦世界、原道世界都有参与磋商，这就不用多说了。不过，关于将一些合成智慧带到暗黑星空，以及异能七圣的进化情况，在磋商会议之前，文锦世界是不知道的，所以，文锦世界不想牵扯到这里面去，毕竟，这关系到很多星球种族的仇怨。

"如此一来，如果要告知你们真相，也需要这么多机构一起。我们也曾有过这样的动议，但是文锦世界、原道世界都不愿意到场。后来我们一斟酌，这么多机构真要聚在一起，又通知你们参与，动静也是太大，同时也担心安全保密问题。

"如果就我们两家机构来与你们说，你们又都是出自不同的组织，最后还是要去询问各自所在的组织。再者，也只有通过对你们实战的考察，才能确定你们是不是最适合的选择，否则，根本没有必要告知你们这一切。

"现如今，像你们一样的第三物种在各个星界已经很多了，只是这些第三物种自己和大家都不知道罢了。第三物种大多是异能者——你们第三物种算是结合了合成智慧与智慧生命的精华，往往天赋异禀。所以，很多具备超能力的异能者，并非仅仅是通过练习而拥有的异能，更多的是由于你们第三物种的基因特质。这算得上是智慧物种的一种理想进化吧。而你们，又是其中的佼佼者。

"其实，就是到目前为止，也没有谁敢确定，所设计的计划一定会成功，尤其在当前战争阴云密布的局势下。各个组织为了自身生存发展的考虑，每做一个决定都极为谨慎，稍有不慎，就有可能被七界民众燃起的熊熊烈火烧为灰烬，尤其是民意与种族冲突的仇恨之火。

"现如今，你们无形中将我们几大组织绑到了一起。七界需要这样，大家只有在一条船上同舟共济，才有可能应对更大的危机。而你们，从一开始就注定了要么成为拯救世界的英雄，要么成为即便死去也难以翻身的罪魁祸首。"

空流惨然一笑："早就料到是这样。取得真经就成佛，否则就成妖成魔。"他看了一眼沄滟和赫拉，"这就像你们地球上的什么来着……"

沄滟苦笑道："唐僧师徒西天取经。"

空流道："对对对，多谢师父。"

空流想起了与沄滟在青霜星界扮演师徒的情形，随口说了出来。沄滟听了，面上一红。众士倒是没有觉察出什么异样。

空流道："既是宿命，也只能如此。即便是满天星辰，也不过是宇宙星空的棋子罢了。何况，咱们这些小小的棋子，似乎还有些作用。对了，敢问二位首座，我们这第三类物种叫什么名字，你们组织上有过考虑吗？"

何为揶揄道："这个，还真没有。你们可有什么好的建议？"

赫拉笑道："要放在我们红尘星界地球上，就简单了，叫机器人就好了。机器与人类结合孕育的后代，算得上是真正的机器人。远古的时候，我们把人形的智能机器，就叫作机器人，但实际上就是个机器，算不得真正意义上的机器人。当然，我只是抛砖引玉，启发一下大家的思考。放在咱们七界范围内，该怎么称呼，还真得好好想想。"

伊凡道："你说得还真是，其实咱们就应该叫合成智慧，咱们是由两种智慧合成的。现在的合成智慧其实是被智慧生命制造出来的，他们应该叫制造智慧或者说金属智慧。但是他们已经把这个名号占用了。"

苏菲亚突然兴奋地说道："你倒是提醒了我，你们看啊，其实，不管是合成智慧还是智慧生命，还是说咱们是第三类物种，其实都是由元素构成的，只不过，咱们体内的元素多一些而已，并进行了一种全新的组合。我看就叫多元智慧或者新元智慧，你们觉得好不好？"

大家齐声叫好，拍手称妙。

空流道："多元智慧的话，其实各个物种都是，只不过或以碳基、硅基、铁基、钛基等为主而已。咱们就叫新元智慧吧，象征着一种新物种的新纪元、新时代的开始；同时，与新元素也一语双关。"

众士一起鼓掌，何为与知约相视而笑："就这么定下来了。"

在一派其乐融融的氛围中，空流道："我还有最后一个问题，问完这个问题我们就该起程了，青霜星界的战事已然迫在眉睫了。"

"请讲。"

"我们应对这场战争的终极计划是什么？"

"什么，微禾首座竟然没有同你说吗？"

"没有，临走匆忙，他只写了一个'无'字让我来问您。说，武器的科技应用还需要科诗世界支持，所以需要根据战争的武器制定战略。"

"这个也有道理，不过，我们提供的只是工具，具体的战略还需要你和尘浪制定。至于武器科技问题，在前线的知末大师早已投入研制了。具体的工具情况我会传送密讯给你。"

"如此甚好，我等告辞了。"

空流说完，与众士一起起身致礼，转身疾步而去。突然，空流停住了脚步，喊道："赫拉执掌，请等一下。"

众士回过头来，空流示意他们先走，与赫拉折回。空流走到何为与知约面前，似笑非笑地问道："还有一个问题，我，又是谁？"

"这个，呵呵呵……"何为转头向赫拉说道，"执掌，你难道从来没有和他提起过？"

赫拉迟疑道："我，只知道那么一点。"

何为道："今日但说无妨。"

赫拉道："哦，我知道的情况是这样的。你的父亲是黄道星界星都陀螺星球的一名科学公务者，是负责黄道星界时空感融站的首席科学家，负责与七界联境对接关于黄道星界时空感融站的一切事务；你的母亲是我们地球人，是我们飞花落上一代的圣使。"

空流"哦"一声，叫道："原来是这样，难怪我第一次见到您，您就说咱们之间有渊源呢。可惜，小时候的事我是忘了个干干净净，只有某些残存的片段，似乎还有些模糊的印象。"空流转头问何为与知约："这是否就是选择我到特别行动组执行任务的原因，因为此前的第一站，就是红尘星界星都地球。"

何为笑道："算得上是一个因素，但绝不仅仅是这么简单。赫拉，你继续说吧。"

赫拉接着道："你出生在黄道星界，跟随你母亲在地球上生活。那一年，橙帆星界举行一个星际学术交流会，你父亲带着你母亲和你一道前往。按我们地球时间，当时，你刚满三岁。但是，就在橙帆星界星都，你们乘坐的飞羽遭到了意外袭击。你父母不幸罹难。不过，奇怪的是，搜救队伍没有在现场找到你。"

空流知道自己的父母死于意外，只是对他们的身份不甚了然，伤感之余，惨然笑道："看来，我这命挺大呀，自小以来，死了多少次都没死成。"

"后来，据我所知，因为一直找不到你，搜救队伍就放弃了搜救。但是，奇怪的是，七界联境驻橙帆星界星际飞地却接手了找寻你的工作，一直不放弃。现在我才知道，或许因你是非常重要的第三物种的缘故。"

空流道："他们是想找到我的尸身，做样本研究呢。想来我的父母都是第三物种吧。"

何为干咳了两声，接着道："那是自然，那是自然。"

赫拉道："后来的情况，我就不知道了。你还活着的消息，还是你加入特别行动组要来地球之前，七界联境微禾首座发来秘密传讯，我们才知道的。所以，那次遭遇'黑眼圈'的打击，救下你们的，我猜就是我们红尘外圣祖，但是，我不敢肯定。因为他还活着，仅仅是个传说。"

"嗯，那我来说吧。"何为接过话来，"就是红尘外，从'星空茧房'下救你们的，也是他。当然，这是我们后来通过探查才知道的，因为我们从来也不知道，异能七圣的能力已经强大到这种难以想象的地步了，这样看来，称他们为超级武器一点也不为过，难怪蓝焰星界有那样的种种举措。当然，他后来几次救你们就是我们授意的了，让他一直在暗中保护你们。

"目前来说，异能七圣中，我们只知道夸克与红尘外的情况，其他的都不了解，也不知道在哪儿，活着想必是肯定的了。从远古制造出他们，到现在，都已经有好几千万星年的时间了。这些事，以后慢慢再梳理吧。

"好了，不说他们了，还是说说你的情况吧。这说起来，也算是神奇了。接着赫拉刚才的话说，大概过了很长时间以后，搜救队突然发来消息，说是在当时飞羽遭受袭击的山中，发现了一个小孩，是活着的小孩，模样年龄和你都对得上。带回来一检查，还真就是你。你说神奇不神奇？"

何为挨个看了知约、赫拉与空流一眼，继续说道："这都过去多久了。赫拉，你刚才说他遇到事故的时候，按你们地球时间是三岁，是吧？"

赫拉道："是的。"

"你们猜猜，七界联境发现他的时候，他多大了？都四岁半过了。你想，这么小的一个小孩，在不同的星球竟然活了那么久，虽然你身上植入了环适宝，适应异星环境没有问题；但毕竟就是一个刚会跑的小孩，竟在那荒山野岭中一个人生活了那么久。所以，我们大家都觉得你这个野孩子不简单。七界联境把你带回来以后，就交给了我们科诗世界。"

"哦，"空流叹了口气，"我几乎是半点印象都没有，有时似乎有些画面浮现，但以为那都是梦境，我梦中的确常常出现一些这样的场景。尤其在被乌曼缠住快死的那次——那个在一片山火中坠落的场景格外深刻。想必是小时候飞羽遭袭击坠落的记忆。唉，我一直以为，我就是在科诗世界这样无忧无虑的环境中长大的。"

"这一切都过去了，孩子。"何为的语气变得无比慈爱。的确，在他眼里，空流就像他自己的孩子一样。"不过，"何为语气一转，"你现在厉害啦，科诗世界、原道世界、七界联境、飞花异能署，哪一个和你没关系？这一个个的，都是你背后的大靠山。所以你现在翅膀硬了，对我们这些老头子，都有些不尊重了。"

空流躬身道："那可不敢，不要骂我忘恩负义嘛。只不过，大家近来有些情绪需要消化，可以理解啊。"

"哈哈哈！"何为与知约大笑起来。

"好啦，现在知道这副重担非你莫属了吧。"何为道。

"感谢各位前辈抚育栽培。嗯，"空流稍作沉吟，问道，"应对七界的危机，异能七圣无论是能力还是心智，不是比我们更合适吗？"

何为笑道："看上去如此，实则不然。首先，他们是你们新元物种的种子之一，你们新元物种身心的问题，最后都要溯到源头去找。这种科研上的价值无可替代，种子是必须精心保护的无价之宝。再者，他们毕竟是合成智慧，不适合去解决咱们智慧生命之间的纷争。而且，他们自身也不愿去介入，谁也不能强求他们。"

"嗯，想来如此。那好，我们走啦！"空流拉起赫拉刚走两步，突然回过头来，神秘一笑，说道，"对了，还有最后一个问题，问完这个问题，我们马上就走。"

何为看了知约一眼，道："说来听听。"

"我，还是第三物种吗，在从'星空茧房'之下复活以后？"空流一字一句地问道。

听完空流的话，赫拉大吃一惊，瞪大了眼睛望望空流，又看看何为与知约。

何为与知约却分外平静。只听何为说道："你说呢？你如此聪慧，又何须问这个问题？"何为说完，目视了赫拉一眼。

赫拉会意，没有说话，快步退了出去。

"还有沄滟呢？"空流又道。

有的只是沉默。何为与知约依旧平静地看着空流，没有说话。

"那好，"空流用手指戳了一下自己的身体，"那，这是什么？"

这一次，何为开口了："和你们原来的身体构成没有任何差异。"

空流自始至终分外平静："当初，从这里出发执行使命之前，我就说过，我不需要不朽。"

这一次，许久没有说话的知约开口了："你可以秉持你的气节，或者说崇高的价值观。但是，和七界广大星民需要你去承担的使命比起来，别说是美誉或不朽，即便是忍辱负重、身败名裂，你以为又如何？我只知道，只有活着才能做事情。没有那么复杂，非常简单朴素的道理。"

　　知约，只因担任暗黑星空的公务首座，而背负着无休无止的骂名。从暗黑星空存在的那一刻起，谁坐在这个位置上，都逃不了这一切。

　　空流心下了然：什么都不必再问了，即便是同一棵树，从哲学意义上来说，昨天的树与今天的树，也是不一样的，也可以说不再是同一棵树了。又何须执着呢？

　　空流起身致谢，道："我释然了。我本身并不在意此虚彼实的，只是有时看到沄滟，她又不知道，有种莫名的哲学上的伤感。多谢了，前线的战斗还在等着我们。"

　　目送空流一行远去，知约问道："你感觉怎么样？"

　　何为道："比想象得要好，新元智慧无论是从身体还是心智，看起来都比我们智慧生命要强。而他们，更是久经考验的超凡战士，尤其是空流这孩子。生命，真是神奇啊。好，我们也该准备去了，一大堆事还等着咱们呢。"

　　"嗯，是的，他们真的非常出色，未来属于新生代。不过，呵呵，他们似乎有点初生牛犊的劲头。"

　　"哈哈哈，"何为大笑道，"怎么，感觉没有以前被尊敬、被重视了？这很好理解。一来呢，他们突然遭受身份认同的重大变故；再者，他们自认是一场大棋局上没有回头路可走的棋子，骨子里不服输、不认命的那股劲儿被激发出来了。未来的路，需要的正是他们的这股劲儿。"

　　知约道："他们将开启一个新的纪元。"

　　"是的，他们一定会成为英雄！"何为用一种分外郑重而又悲壮的口气补充道，"不朽的英雄！"

第十六章

追光打击

在秘密返回金杖星球的航程中，伊凡一路上有些不平："一夜之间，才知道自己被换了物种了。想我这一生本想追求不羁的自由，奈何现在成为一枚没有选择的棋子。我看那几大组织的长老，一个个仙风道骨，慈眉善目，跟神仙似的。没想到，也会深埋密计。"

空流转过身去，叹了口气说道："这个世界有光，为什么还有黑暗？只因光走直线，黑暗在正道之外。"

伊凡道："首座这是何意？"

"那些手持火光，历经曲折，从不同的方向去照亮黑暗的，我们可称之为阳谋；而那些费尽心机，总想把一束束火光熄灭的，我们称之为阴谋。"空流转过身来，"所以，如果换作是我，只怕也会这么做。我不是火炬手，那就甘为棋子。"

"哦！"伊凡深深地吸了口气，"我懂了。"

赫拉笑道："你这句名言可以传世的，我记在袖口上了。"

众士大笑。空流忽然说道："虽然我们，哦，我们成为第三物种，哦，新元智慧。以前，很多事情自己解释不清楚。现在感觉没有那么迷茫了，反倒轻松了不少。"

大伙点头称是。前路虽然面临种种危局，但，身为战士，去面对就好了。

"对了，"沄滟突然说道，"此行非虚，只是有一点，我当时没好意思问知约。当初，红尘外给你的那句提示，'风起于暗黑星空'，今天听知约这么一说，似乎暗黑星空也没有什么坏心思。"

空流道："这个问题，我也想过了，就这件事本身来说，知约应该不会隐瞒什么。但是，暗黑星空，知约也说过了，太过复杂。他作为公务首座，也只能管到浮在冰山上面的那部分。暗黑星空信息永不透明、秘密组织繁多，从根上就决定了那是邪恶藏身的天堂。只是不知道，这些邪恶的种子，飘向七界的究竟有多少？危机迟早会爆发，只是我们眼下还顾不上这些。也许，我们永远都顾不上那么多吧。"

阴霾笼罩下的青霜星界终于迎来了一丝好消息。通过服用七界联境的特效药"蚍蜉"，身中"蜉蝣病毒"的亚瑟、莫雨及各星球球长病情均日益好转，不日或将康复。微禾向包括鼎冠在内的各方均表示了关切与慰问。

特别行动组虽早已获取金杖星球的"蜉蝣计划"，知道是鼎冠导演了这一切，但是目前尚未找到直接证据，而且当前还面临多重危机，顾不上这些。

尽管外界皆有种种猜疑，鱼米星城只是放出消息，一定会彻查幕后黑手，私底下却未曾采取任何实际行动。

知末许久都未曾露面，这一日突然从秘密科研基地"临界洞"发来信息，要求尘浪监测金杖星球的气象信息并与他实时共享。

尘浪等并未发现异样——金杖星球各城市的天气如同往常一样。洺水却提醒大家务必要提高警惕。

就这样，三四星日过后，知末发来传讯，分析指出：单看金杖星球各城市天气，是没有什么异常；但是，用时间维度横向看整个星球，就会发现问题。

以首府御溪为坐标，每晚从九星时开始，时间十分精确，全球各地都是多云或阴天。刚开始，整个星球都是多云的时间长度为一星刻，然后与日俱增，目前时长已达六星刻。

看来，金杖星球的"乌云计划"已经开始了。微禾宣布进入一级战备状态。

这一夜，御溪黑云压顶，天空下起了大暴雨，雨中的世界与往常并无不同。第二日黎明，云淡风轻，似乎又是美好的一天。然而，一条消息却将黎明带回了暗夜，打破了整个星球的美梦。

青霜星界的军事基地——磨刀基地竟然魔幻般凭空消失了。

几乎所有的镜头都对准了那片海，实况直播的视镜上，那块知名的礁石岛屿似乎从来未曾存在过，只有一浪一浪的波涛奔流不息。而这一消息也正在向七界奔涌，席卷时空的风暴再次降临。

鱼米星城的机要室内，知末在线上说道："自从'自然之力'武器学说诞生以来，已经成为高度发达文明研究的主流。请你们看一个实战画面。"说完，发过来昨晚实战的演示画面。

御溪，昨夜的雨，不过是一场烟幕。在雨中，金杖星球的"乌云计划"已经完美地对磨刀基地实施了精准打击。而一切，发生在一场再寻常不过的自然天气变化之中，风流云散，了无痕迹。

昨夜，磨刀基地如同御溪其他所有的地方一样，的确下了一场雨；然而，那不是一场普通的雨，那是"乌云计划"使用的超级武器"乌云"发射的"雨花"。

当漫天的雨柱从天坠落，撞击地面，溅起无数的雨花，每一朵雨花都是一颗微型的高能集束弹，瞬间将目标炸为微末，而这些微末又消融在高能的雨花之中，无声又无息随波逐流。这看似弱小的"雨花"，却有水滴石穿、移山倒海之能，更让民众震惊的是，其摧毁之际天然无痕。偌大的岛屿就这样转瞬间被雨打风吹去。

"所谓海枯石烂，海依旧是那片海，只是石已经烂了。"沄瀄叹了口气。

苏菲亚道："可不是吗？曾经，我们说回归自然，遵循自然之道，是为了更美好的生活。现如今，科技道法自然，是为了更大的伤害、更强大的杀伤力。"

"不过，"洐水认真地说道，"受伤害的还是我们智慧生命本身。世界还是那个世界，只不过呈现的状态不同而已，一堆粒子还是一堆粒子。"

微禾听罢，微笑着沉吟不语。良久，见众男士一言不发，笑道："怎么？只听各位女士说了。"

空流与尘浪正在评估"乌云"的性能与破坏力，抬头笑道："我们更关注现实问题，思考如何应对危机。她们在诗情画意地探讨哲学命题。"

尘浪与伊凡、赫拉听罢，哈哈大笑。沄瀄、洐水和苏菲亚则相顾瞋目吐舌。

微禾笑道："既如此，那你们安排干活儿吧。我来，主要是象征意义，具体的事务我就不参与了。"

空流道："我主要是机动，打突击的。战时主要事务还需尘浪部署。"

尘浪是军政事务大家，加之事先早有分工，于是也不推迟，立即安排部署，调动各方力量。众士亦各自领命行事。

虽说摧毁的是军事基地，并未伤及广大星民。各方对这种蓄意挑起战争的行为进行了严厉的谴责，尤其是这种无差别的、全面摧毁的打击方式。

各方面料想，青霜星界行政公署的军事力量怕是荡然无存了，各种舆论铺天盖地而来，一致指向金杖星球。

鱼米星城也处于舆论的风口浪尖之上，民众纷纷指责七界联境的无能。尘浪下令立即派出星舰，全面封锁了原来磨刀基地所在的领域，并对外发出了调查令。

当方方面面正在搜寻青霜星界首座亚瑟的消息之时，旱海星球驻金杖星球星际飞地发出消息称：昨日午后，青霜星界军中首座惊鸿影代表亚瑟向旱海星球球长发来信函，邀请琅琊王立即前往磨刀基地议事。

琅琊王接到邀请，当时也有几分疑惑：按常规，如议事当前往擎天大殿才是。但想到既然是惊鸿影发来的邀请，料想亚瑟如此做法，定有他的道理。于是立即起身前去。

旱海星球的消息刚刚发出，其他星球陆续发出了同样的消息。

看来，昨日亚瑟与其他十一个权力星球球长，连同莫雨、惊鸿影在内，在磨刀基地，被一锅端了。整个青霜星界的火药桶瞬间被点燃了。

鱼米星城代表七界联境下令，各方在原因查明之前务必保持克制。若非如此，十一个权力星球的星际飞地虽然武装力量有限，恐怕也只有向金杖星球宣布开战一条路可走了。

面对各种质疑，金杖星球只发布了一条简短信息，信息表明：鼎冠没有接到来自惊鸿影的邀请；除此之外，一切无可奉告。

看来金杖星球是有恃无恐了。作为青霜星界的星都，抵达金杖星球的时空感融站开放权限掌握在其手中，所以他们不必担心其他星球的武器袭击。诚然，时空感融站的最高权限在七界联境总部；不过，除非通过特别决议，这一涉及星际通行的五项原则铁律是绝不会轻易改变的。

此外，金杖星球的"乌云"武器已然对整个星球秘密布控了，可以悄无声息地对星球上的任何一点进行精准打击。如果有可能，鱼米星城也不是不可以摧毁。

就在世界一片混乱之际，时空信息弧上出现了来自鱼米星城发布的一条炸裂信息：经七界联境秘密调查，磨刀基地的全面摧毁来自金杖星球的武力打击。金杖星球已全面启动"乌云计划"，对整个星球进行锁定。为了整个星界的和平与广大星民的福祉，要求金杖星球全面停止战争，放弃使用武力，不要错上加错。否则，必将自食其果。

各方都在猜测，看金杖星球怎么回应；然而，等来的只有沉默。沉默带来的是广大民众的恐慌。

紧接着，另一条消息更是让民众震惊不已。这条信息在时空信息弧上一出现，就成为头条热点。信息竟然来自青霜星界行政公署。

亚瑟、惊鸿影，还有莫雨，竟然都还活着！就连磨刀基地的所有安保力量，都未受到分毫伤害，安然无恙！

原来，磨刀基地的所有武装力量与设备早已秘密安全转移，这一切发生在金杖星球发动"乌云"打击之前。

青霜星界方面的信息还表明，应邀前来赴会的各星球球长均未抵达磨刀基地。据当前掌握的情报分析，他们乘坐的飞羽遭到金杖星球暗中伏击，全被金杖星球截获了，目前生死未卜，下落不明。

这一次，金杖星球方面意外地立即给予了答复。他们表示，这些星球球长的确在金杖星球行政公署。不过，他们否定了青霜星界行政公署方面的说法，称这些球长是被邀请而来的。只因他们分析认为，惊鸿影邀请球长们去军事基地，于外交惯例不合，恐其中或有不测，于是就将球长们秘密接到了金杖星球行政公署。

金杖星球方面还表示，球长们一切安好，行动自由，当前正在开会进行磋商——会议一致认为，青霜星界的有关事务，需要重新开会进行研究；同时宣布解除亚瑟与惊鸿影的一切职务——他们没有任何权力再代表青霜星界，行使青霜星界权力的全部星球球长代表，已经在金杖星球行政公署内了。

一波又一波出乎意料的消息将各方炸得昏天暗地、晕头转向。现在，所有的目光都聚焦在鱼米星城，这里被寄予了最后的期望；但这期望，如茫茫海上风浪中飘摇的渔火，甚为渺茫。只因到目前为止，七界联境首座微禾虽早已抵达鱼米星城，却尚未出来做任何表态，也看不到有任何威慑力量足以应对金杖星球的超级武器"乌云"。

针对金杖星球的表态，鱼米星城方面当即表示，金杖星球的声明无效，其行为已经严重违反七界法则，很快就会受到应有的制裁。

青霜星界行政公署立即对鱼米星城方面的讲话进行了回应，宣称金杖星球的申明无效，并宣布，代表整个青霜星界立即对金杖星球宣战。

虽说青霜星界已对金杖星球宣战，但外界普遍认为，这不过是形势所迫，更多的只是一种姿态；若要说到青霜星界通联署的军事实力，与金杖星球相比，简直是不堪一击，强弱力量的对比不是倍数关系可以描述的。

此外，六大星界驻青霜星界星际飞地除了表态性的谴责之外，亦未曾有任何实质性动作。此前，鱼米星城传令各星际飞地安保力量前往护卫十面塔；现在各方看来，此举或是鱼米星城早有谋划，定有约束各方介入混乱局势的一石二鸟之意。

基于此，各方呼吁七界联境能真正发挥实质性作用。七界联境军事力量的科技实力深不可测，这一点，各方深信不疑；只是其历来不轻易言战。就拿青霜星界当前的局势来说，如果七界联境此前能够亮出足够强大的武力震慑金杖星球，或许金杖星球就不敢轻易发动战争，局面也就不至于如此糟糕。

就是到了现在，金杖星球已经发动毁灭性打击了，七界联境依旧没有采取任何军事行动。在有关方面看来，这是一种严重的不作为。

尤其是蓝焰星界，不失时机地对七界联境提出了严厉而极其尖锐的批评。他们指出：这是对七界民众生命安全的漠视，这是严重失职，七界联境已经老迈而枯朽，是到了该变革的时候了。红尘星界曾经的危机被列为有力的例证，如若不是蓝焰星界的"星空茧房"营救，君山星球在宇宙中已不复存在了。

橙帆星界对蓝焰星界的表态予以附和。

不过细查这些观点的来源，却并非来自蓝焰星界与橙帆星界政治组织，而是来自民间，这一切已然在七界星民中掀起了声势浩大的舆论波澜。

苏菲亚负责各方消息的处理分析，当她把这些信息背后的逻辑呈现在尘浪眼前时，尘浪只是苦笑道："皆在意料之中。"

伊凡皱了皱眉，说道："虽说蓝焰星界他们没安什么好心，在一步步为阴谋布局，但是，从一个普通星民的角度来说，他们的理由说得过去，且易于被接受。自古民意都是决定性的，难道我们不向外界说点什么吗？"

尘浪似乎在思索，没有说话。

苏菲亚道："七界太大了，各星球的文明发展程度千差万别，尤其是文明越初级或越发达的星球，广大星民往往越简单，他们理解不了那些阴谋诡计，这个时候，单纯说什么都是苍白无力的。"

"说得没错，解决核心问题，赢得最后的战斗才是最重要的。"微禾一笑，显然对应付这种状况经验老到，"到那时再一一说明这个中曲直，民众才听得入心。"

空流转头向浉水、苏菲亚说道："所以你俩务必要把握好蓝焰星界的任何风吹草动，这才是生死存亡的关键。"

浉水与苏菲亚领命，让大家放心。离开前，浉水回头道："青霜星界通联署今日必有动作，不过就当下而言，于我方无碍，关注一下即可。"

尘浪笑道："放心吧，我们暂且隔岸观火，随机应变。"

午后三星时，原磨刀基地海域风浪突变，远处海面波涛汹涌，但磨刀基地所在海面却在顷刻间平静如镜，不见半点波澜，昔日云集翱翔的巨禽亦杳无踪迹；这里似乎成为一个遗世独立的小世界。

知末同步传来此处海水局部截面放大示意图，数据显示，水平面误差不超过 0.1 纳米，相当于原子大小。

尘浪不禁惊道："莫雨长期以来隐忍如斯，他们的'帷幕战略'之下，潜藏的实力却是非同一般。看来惊鸿影要放大招啦！"

"没错，与此前各方普遍认知的实力相比，他们即将展现的科技必将令各方惊掉下巴。"知末转而说道，"鼎冠一直以为，任他乌云压境、风高浪急，可以稳坐钓鱼台的。"

赫拉的拟真分身在线上笑道："哟哟，科学大师几时也开始激扬文字了？"

话音刚落，磨刀基地海面竟然涌现出一个个酒杯大小的漩涡，这漩涡漆黑如墨，悠然转动，转得极慢。

赫拉道："这让我想起了我们地球上的一句老话，杯中乾坤大，壶中日月长。"

知末赶忙答道："赫拉女神，哦，执掌，说得没错。这就是一个个扭曲的小时空。"

伊凡呵呵笑道："惊鸿影这是唱的哪一出，难道是要请谁到海上喝酒吗？果真如此，也真是浪漫之极。对了，空流首座，你们不是一起在雪浪岛喝过酒嘛，估计是要请你去吧。"

空流的拟真分身在线道："这，表面看上去风平浪静，底下可是步步杀机，我可不敢去，这是夺命还魂酒。"

泹水的拟真分身亦道："如此众目睽睽之下，当然无趣。空流首座自然是会挑时候的。"

空流故意说道："泹水姑娘几时跟沄滟学坏了。真要打趣，也到不了我头上。惊鸿影心之所向的是谁，你们可是知道的。况且这大战之际，微禾首座跟前，各位还是专注为好。"

尘浪似笑非笑地干咳了两声。

微禾笑道："无妨，这都什么时代了，还讲究这些陈规？各位想说什么，尽管畅所欲言。谈笑之际举重若轻，从容应对大事，方显大才之本色。"

众士一致称谢。

沄滟道："你看看，这就是境界，学着点吧啊。"

微禾之言正是空流想要的答案，于是开心应道："沄滟姑娘指正得是。"

众士正说话间，知末在线上叫道："快看！"

众士顺着知末拟真分身手指的方向看去，视镜上，磨刀基地海域一个个墨黑的漩涡中，射出了一道道刺目的白光，灰黑一片的海面，顿时之间，如天地相接。好一个白茫茫的光芒世界，其光亮不可直视。

再看空中，转瞬间，漫天乌云似火烧一般，通天云霞灿然似锦，向天际火速蔓延而去，地上的万物如沐浴在无尽的圣光之中。此情此景，正可谓天地色变。

这样的天象奇观，大家都看呆了，知末却突然问道："你们看到了什么？"

看到了什么，这不是明摆着的吗？大家在想知末这句话的意思。

"光！"沄滟与洰水几乎异口同声说道。

知末叫道："对，就是光！光怎么啦？"

"哦，我不是看到的，我就是心中感觉有些奇怪。"洰水道。

沄滟也跟着道："我也是心中感觉，似乎光在流转。"

"说得没错，"知末顿了顿道，"你们的精神力果然不一样。这个景象固然震撼、壮观，但是，真正厉害的是那一道道被忽视的光。"

微禾道："还请大师解惑。"

知末道："所有的光束走的都不是直线，它们可以拐弯。"

"哦！"空流与尘浪同时发出了一声惊叹，他们明白这句话背后的涵义。

知末接着道："光拐弯只有一种情况，就是时空场发生了扭曲；这在自然界中非常常见，光经过大质量天体都会发生这种现象。依靠科技力量实施此种控制，在很多的星球文明也能做到。现在，他们这个技术的核心点是，能够精确制导所有的光束，这就需要首先建立一个个的微时空场，然后要求在微小的时空中产生巨大的力场，再实现每一个微时空场的场力精准调谐。"

尘浪道："以我的理解，抛开非物质世界理论，在物质世界里，他们算得上是把物质场态的引力场顶级科技发挥得淋漓尽致了。"

知末道："嗯，基本上也可以这么理解。"

微禾道："如此看来，他们这个'帷幕战略'果真是名副其实，隐藏得够深的。"

空流道："这就是莫雨帷幕下的底牌，'追光打击'！"

知末道："没错！鼎冠的'乌云'称得上是自然式的超级武器，

除了雨花之外，其最大的特点是，通过形成的貌似自然现象的乌云，掩盖其武器发端。也就是说，你明明知道它在打你，但你找不到它，其隐藏在"云层"之后；而且，通过链接一体的'乌云'，它能实现所有的武器随时随地快速集结，对任意目标发动精准打击。

"而莫雨的'追光打击'，恰恰就是通过对光的精确制导，突破乌云幕后的黑障之后，任你藏到什么地方，都可以拐弯抹角地追踪你。所以，从我的角度理解，莫雨的'帷幕战略'，似乎也暗含要将金杖星球的乌云帷幕撕开的意思。"

空流哈哈大笑道："大师，虽然我不知道莫雨是不是这么想的，但我觉得你的解说更有意思。"

"呵呵，小子，"知末急忙改口道，"哦，首座，要得到你一句夸赞可真不容易。"

"好说好说。"

这时，天空炸裂轰鸣声不绝入耳，如天雷滚滚。天幕电光交加，一团团火花从云中坠落，连绵不绝，大多在离地面数百米处燃烧殆尽，一些空中之城火警不断。

大约不到半星时，天空中的云霞陆续冒出一个个大小不一的窟窿，慢慢地，燃烧的天空由赤红转为浅黄，最后竟一点点消失。最初乌云密布的天空，现在长空万里云无留迹。

亿万民众算是真真切切地目睹了一场风云变幻。接着，他们就收到了来自青霜星界的最新消息——青霜星界通联署以零伤亡的代价取得了压倒性的全面胜利。现命令金杖星球立即放弃一切抵抗，无条件投降，由青霜星界行政公署全面接管。

令外界大感意外的是，鼎冠竟然彻底摊牌，采取了极端手段——为了躲避"追光打击"，他将所有被控制的球长带到地底数千米深处的秘密堡垒，要求七界联境必须尽快出面做保证，让青霜星界方面立即停战，并前往金杖星球指定地点谈判。否则，所有的球长将性命难保。

为了施加压力，金杖星球放出了球长们被控制的实时画面。

鼎冠坐在高台之上，抬手示意，一名士兵拿起武器指向琅琊王，要求他向镜头喊话。琅琊王怒目而视，举起一只手高呼："不要与魔鬼做交易，虽死无憾！"话音未落，"啪"的一声重击，琅琊王当即昏倒过去。

另一名士兵向下一位球长走过去。所有的球长不约而同举起了右手，齐声高呼："不要与魔鬼做交易，虽死无憾！"旋即，所有的球长都被打晕，然后又一个个被刺激醒转过来。

"真没想到啊，还都是汉子！"伊凡感慨道，不禁又有些疑惑，"此前他们与鼎冠开会的时候，可一个个都是察言观色、八面玲珑的老滑头啊！"

微禾呵呵干笑了两声，说道："彼时能屈能伸，他们何不顺势而为。此时，乃是绝地，要么求生，要么求死。求生，万众瞩目之下，政治生命也就结束了；唯有求死一条路。这些，可是青霜星界数百万颗智慧生命星球中最强大的星球球长；而且，青霜星界以集权等级森严著称，个个都是铁腕强权派，岂会有孬种？"

伊凡躬身笑道："恕我愚钝，您这么一讲，我是有几分明白了。但是，他们这些球长，我有时还真是理解不了。"

"嗯，理解不了也不是什么坏事。身为一个星球的球长，不怕死并不是最重要的品质。对了，他们当中还有个别球长是鼎冠一条线上的，他不也是如此表态的吗？所以，只看现象能看到什么？"

就在这时，亚瑟发来紧急传讯："情况万分危急，请求七界联境允许击毙鼎冠。"

微禾与空流、尘浪交换了一下眼神，苏菲亚立即发出指令。

知末的拟真分身说道："大家注意，不要眨眼。"

众士紧盯着金杖星球传出的实时画面，突见稍显昏暗的室内，一道亮光一闪，转瞬即逝，旋即恢复常态。无论是谁，都不以为意。

突然，一名士兵惊叫道："球长！看球长！"

只见鼎冠硕大的身躯正在慢慢向前倾倒，室内顿时叫声一片。轰然一声巨响，鼎冠的身体如钢铁一般，重重地砸在高台台阶之上，又接连向下翻滚，仿佛高山滚落的巨石奔腾直下。

在一片呼喝声中，室内警报声大作，众球长也被这突如其来的变故惊呆了，不由得都起身站在原地，你望望我，我望望你，说不出话来。

"有字！"洇水眼尖，高声叫道。

只见画面显示，鼎冠控制众球长的室内，半空中竟然悬浮着一行闪光的文字——"鼎冠已被'追光'武器击毙！室内的每一位身后，都有一道光正对准你！"

赫拉道："看来，青霜星界的这'追光'武器，性能还真是非同小可，竟有钻天入地之能。地下如此之深，不仅能找到，而且精准打击，分毫不差。"

空流笑道："怎么着，有感触？"

沄潋哼了一声道："是比我们红尘星界强多了，那又怎样？还不是落得如此下场。"

空流哈哈笑道："看来还是在意。我们紫陌星界愿意做你们坚强的后盾。"

沄潋道："不需要！七界联境的宗旨不是比谁强。你，思想有问题。微禾首座，您说是不是？"

"是的，这么比下去没有止境。当你觉得自己是宇宙无敌的时候，自己就是自己的敌人。最后自己作死。"

空流道："我看赫拉执掌有所感慨，本是好意。看来是我浅薄了。"

浿水道："有自知之明就还有救，不算太浅薄。"说完，与沄滟一同开怀大笑。

知末亦大笑道："还得你俩来治他。"众士亦笑。

"对了，金杖星球那边的画面被关闭了，看来惊鸿影已经接管了金杖星球的武装力量。我下线了，该干活儿去了。"知末道。

尘浪应道："好的，大师辛苦了！我们也该进入一个新的阶段了。"

外界原本以为这是金杖星球一次压倒性、非对称性的战争。没想到，青霜星界通联署却以摧枯拉朽之势来了个绝地反击。舆论普遍认为，"追光"武器恐怕是鱼米星城的产物，青霜星界通联署不过就是前台操控的那双手而已。

夜初时分，惊鸿影代表亚瑟紧急来访，尘浪与苏菲亚代表七界联境出面接待。

惊鸿影首先代亚瑟表达了歉意："本该亚瑟首座亲自前来的，只是目前军事冲突刚刚结束，有诸多要务需要处理。对于七界联境在早期情报与战略部署上，暗中给予的大力支持，青霜星界更是万分感谢。"

尘浪表示："鱼米星城不过是做了些辅助性工作。尤其是青霜星界实施的'追光打击'，更是出乎意料；现在方才明白，面对强大的金杖星球，青霜星界方面为何一直以来都没有向七界联境提出军事援助的请求。当然，尖端科技超级武器属于最高军事机密，对青霜星界未与鱼米星城互通有无的做法十分理解。"

简单寒暄过后，惊鸿影急忙抛出了来意："基于金杖星球现有复杂局面，亚瑟与其他球长合议，准备立即解除金杖星球作为青霜星界行政权力星球的席位。"

尘浪沉吟道："这属于青霜星界的内政事务，只要程序合法，七界联境理当支持；只是如此一来，未来涉及青霜星界星都的变迁，七界各大组织、六大星界以及青霜星界各有关星球驻星都的星际飞地都得动。这将是一件浩大工程。"

苏菲亚道："最好改为暂时停止，等到局势稳定了，再从金杖星球选定合适的球长，然后恢复其合法席位。"

"这个，我亦如此认为，只是——"惊鸿影看上去十分为难。

尘浪肃然道："看来，这并非真正合议的结果，我想应该是莫雨的意思吧。亚瑟不过是傀儡吧……"

惊鸿影道："在七界联境这里，我不敢有所隐瞒。你们对我们当是了若指掌。他认为，鼎冠虽然倒下了，但其势力盘根错节，我们如果还长期依附在金杖星球的土地上，总归不安全；即便我们的军事实力足够强大。"

在另一处机要室内，微禾叹了口气道："这些球长绝大多数已在莫雨的掌控之中；此外，即便听取青霜星界其他数百万颗星球的民意，也只是象征性的。现在，各星球对金杖星球自是没什么好感。所以，程序上，莫雨已经是畅通无阻了。当然，我方若是坚决反对，再发动各方力量，莫雨肯定是难以如愿。如此一来，一波未平一波又起，这局面一下子又复杂了。"

空流道："莫雨长期蛰伏隐忍，定有大谋。只怕有一日，他比之鼎冠有过之而无不及。"

微禾起身踱步，转而说道："七界联境要是总以武力先行，自然是一上来就能将各方收拾得服服帖帖的，但这不就是又多了一个

326

靠拳头说话的势力吗？对于武力，我们的理念是必须保持最大限度的克制。不到万不得已绝不轻用；即便使用，也必须确保选择最小的伤亡方案。"

空流道："我理解，虽然七界联境总被认为是中看不中用、作风优柔寡断，但如若走向反面，不择手段地赢与征服，将是极为可怕的。即便承受再多的误解与非议，我希望永远不要有这一天。"

"那现在，你认为该如何？"微禾问道。

"自然是遵照规则行事。对方既然久久蛰伏，咱们何必打草惊蛇，见招拆招吧。"

"那好，你传讯给尘浪吧。"

尘浪接到传讯，心里有底，随即对惊鸿影道："必要的提醒是我方应尽的义务，按合法的章程行事是贵方的权利。言尽于此，请贵方以广大星民福祉为重。"

惊鸿影道："感谢贵使，我定丝毫不差传达。只是局势莫测难料，还请七界联境时刻予以关注。"言罢，转身离去。稍远，又回头望了尘浪一眼。

"她，"苏菲亚道，"今日似乎有些异样……"

虽然惊鸿影来去的身影一如往常，走路飒飒生风，行动果敢利落，但尘浪能感受到，她匆匆回望那一眼中隐藏的忧愁与不安。

"彼岸的故事，远比风中吹送过来的更值得寻味。"尘浪遥望着前方，缓缓说道。

苏菲亚道："在这个故事里，我希望她有个好的结局。"

尘浪苦笑道："希望我们都如此。"

回到室内，苏菲亚突然说道："微禾首座，我认为在他们行动之前，您现在对外界表个态为好。"

空流道："你说得非常好。如此，进退攻守有道。"

微禾当即向外界发表讲话表示，对青霜星界能够在如此短的时间内，以最小的伤亡代价快速控制、稳定战争局势，感到十分振奋。七界联境将坚守一贯原则，对青霜星界任何合规行动不予干涉。我们对当前局势时刻予以高度关注，并在规定的范围内采取必要而适当的行动。

青霜星界发出消息：裁定解除金杖星球的一切权力。

果不出所料，整个星球瞬间就成为怒海。那些身形庞大、不爱行动的金杖星球民众，一个个像咆哮的棕熊一般冲出了家门。街道在战栗。

青霜星界倒也心大，竟然事先在金印广场的上空释放了"全民民意气球"，星球每一位星民投下的意愿表达，都能在"全民民意气球"上得以反映。

93%！几乎所有的金杖星球星民都对青霜星界的决定投出了反对票。到了夜初，这一数字变为了99.7%。

亚瑟的神情极为凝重："这，可如何是好？"众球长亦是不知所措。

莫雨却忍不住放声大笑道："我从来不知道隔岸之火，除了观赏之外，还有什么可以值得焦虑的？"

亚瑟惊异道："此为何意？还请前辈示下。"

莫雨道："首座怎如此自谦？老朽不过是一孔之见。金杖星球都不是星都了，咱们自然要离开这里。我们一旦离开了，他们在自己的星球上，却为整个星界的事闹腾，那岂不是向空投石，虚无之极？最后自然不了了之。"

众球长先是一愣，转而鼓掌大笑，齐声叫好。

不过，很快，事实证明，莫雨还是把事情想简单了。

各大组织及相关星界不同的星球舆论四起，纷纷认为，青霜星界处理问题的程序虽然合法，但是做法欠妥，或者简直可以说是愚蠢至极。

由于外界舆论的广泛支持，本就群情激愤的金杖星球再生波澜。一些民众高呼，纷纷要求脱离青霜星界，点点火星很快燃烧了火药桶。要求脱离青霜星界的呼声一浪高过一浪。“全民民意气球”显示，支持这一主张的民众竟然高达72%，不过数字一直在波动。

就在各方呼吁理性克制的当口，蓝焰星界却再次激起千层浪，放出了一条搅乱风云的消息。

蓝焰星界郑重表示，为了使金杖星球的局势能够尽快平定，蓝焰星界愿意克服一切困难，在充分尊重金杖星球民意的前提下，接纳金杖星球加入蓝焰星界。而且，从空间地缘条件考虑，金杖星球本就距离蓝焰星界非常近，不到6000万光星年。

“潜藏深渊的大鳄终于浮出了水面。”尘浪召集大家开会，众士顷刻间上线就位：“我们的终极行动开始了。”

苏菲亚道：“蓝焰星界的基因决定了他们一以贯之的手法，实现任何目的，首先都要扮演救世主的角色。”

浉水笑道：“红尘星界的时候，我们已经见识过了，这一次，只怕又让他们踩到点上了。”

果然不出所料，蓝焰星界的话风刚刚放出，金杖星球整个大地就被撕裂了。星球迅速分裂为两大对立的阵营。

赞成的阵营自是兴奋异常：首先，蓝焰星界本就比青霜星界实力强大，加入一个更加强大的星界那是千载难逢的机会；其次，此前蓝焰星界“拯救”红尘星界危机的举措，各方都看在眼里，无论是实力还是行事风格，各方都不得不信服。相比而言，七界联境就是一壶永远都不能及时沸腾的温水。

反对一方的理由很简单，虽然对青霜星界之所为感到心寒，但是究竟归属何处，还是要遵照七界联境的裁定方才合规。当然，还有 26% 的星民并未提出退出青霜星界的诉求，此前，这一比例为 28%。

蓝焰星界的表态自然令青霜星界大为恼火，立即对此进行了强烈谴责，并表示坚决反对。青霜星界行政公署表示，将会不惜一切代价捍卫自身的权利与疆域完整。

更高层级的星际冲突已然在更为浩瀚的星空摩擦出火花。

尘浪问道："蓝焰星界是否在金杖星球秘密部署了隐秘武器，这方面的情况调查得怎么样了？"

浀水道："我已经发现了比较可靠的线索，正在与知末大师进行沟通认证，一旦时机成熟，我们会第一时间上报。"

尘浪道："还有，对青霜星界的武装力量动向也要全面掌握。"

沄滟道："已知的情况目前全在实时跟踪中，我现在调查的重点是其可能存在的、刻意隐藏的武力装备。"

尘浪道："哦，那这可够知末大师忙活的了。"

空流闻言，在线上笑道："伊凡，你有空的时候，尽量去陪知末小酌几杯琼浆玉液。他这心情一好，灵感就来得快，咱们最终的底气不还得靠他们科学公务者不是？"

伊凡叫道："您太抬举我了，我都去过两次了，根本排不上号。知末钦点了赫拉执掌给他们搞后勤服务，情绪高昂得很。可没有我什么事。"

"如此甚好！"众士大笑。

"快！"有紧急密信，苏菲亚突然喊道。她来不及读取，直接发到了线上。

"啊！"众士大吃一惊。原来是旱海星球星际飞地发来的密信，琅琊王球长刚刚暴毙！

众士还未反应过来，苏菲亚急切地说道："还有，一、二、三……啊！这么多，同时来的！"

"你说什么？"尘浪急忙问道。

苏菲亚没有说话，只是把一封封密信发到线上。

"天哪！"

青霜星界十三星球行政联盟的所有星球球长，都在同一时间、以同样的方式在各自的星际飞地暴毙！

"会不会是莫雨干的？"伊凡率先问道。

"应该不是，"空流道，"青霜星界应该也同时收到了密函。什么也别说了，伊凡，立即准备与赫拉执掌一起前往调查。"

第十七章

蓝焰燃七界

亚瑟的密信也第一时间到了，请求七界联境协助调查。依照青霜星界的科技，查清问题本不难。只是现如今的局势，青霜星界单方面的调查结果只怕是会引来诸多的质疑。尘浪当即回复，答应亚瑟的请求。

不管莫雨后续如何翻云覆雨，七界联境只管对事实的真相负责。紧接着，各大星球又寻求七界联境的意见，是否及时对外公布球长遇害的消息。

苏菲亚建议，让他们自己拿主意，七界联境不予干涉；不过几大星球最好口径与步调一致，以免信息混乱而造成后续被动。尘浪采纳了她的意见。

青霜星界行政公署自然是不希望现在对外公布任何不利消息，于是向相关星球驻青霜星界星际飞地下达了禁令。

伊凡出发不到一星时，很快就发回了众球长的死因报告——还是蜉蝣病毒！鼎冠早先在这些球长体内种下了生物定时炸弹。目前查明的情况显示，鼎冠秘密雇佣仙菌异能署的异能者，参与了蜉蝣病毒的研制与具体实施。蜉蝣病毒的某些性能与仙菌异能署的超能力具有异曲同工之处。

伊凡道："暂时还不敢确定的是，蓝焰星界是否参与其中。"

"这一点，恐怕一时难以查明。"尘浪看了看微禾与空流，"不过，似乎也并不重要。"

微禾与空流点点头。

伊凡又道："他们询问，现在是否可以对外公布？是否由鱼米星城统一代表发声更好？"

尘浪道："不！由我们发声不合规制，如若由青霜星界发声，恐又难以被采信；所以，最好还是由各星球自己发声，但应当说明我们参与了联合调查。"

一星刻后，这些星际飞地同时发出了各自球长的死讯与死因，整个青霜星界各星球个个自危，七界随之震动。

随后，十二个行政权力星球同时向金杖星球宣战，并要求将金杖星球驱逐出青霜星界。只是这一次，他们并未同青霜星界行政公署商量。

尘浪道："莫雨的如意算盘恐怕是要落空了。他的本意，是既要撤销金杖星球参与青霜星界行政事务的权力，将星都迁往他星，但又不想让金杖星球脱离青霜星界。因为只要金杖星球开了这个头，以后定会有其他星球效仿。"

浉水发上来的情况显示，金杖星球内部，现在吵得更凶了。十二个行政权力星球的消息，让天秤稍稍偏向了脱离青霜星界的一方。

颇为意外的是，青霜星界方面这一次却未发表任何态度，但是他们采取了行动。很快，青霜星界通联署派出的战舰、军用飞羽与侦察飞行器光芒，在最短的时间内布控了整个金杖星球。

他们一方面是给金杖星球的民众看的；另一方面，也是为了震慑对金杖星球宣战的十二个行政权力星球。

局面却正在向失控的方向加速。莫雨心中压抑的恼怒可想而知，他的一生，都在鼎冠这座大山倒映于山谷溪水的阴影中，小心

4

翼翼地跋涉。现在，鼎冠终于死了，他好不容易笑到了最后；却未曾料到，鼎冠留给了他一个死亡陷阱。

蓝焰星界自然不会放过这一千载难逢的良机，他们发出的消息已然占据了时空信息弧的头条。

蓝焰星界方面表达的意思极为巧妙：此前，蓝焰星界之所以提出可接收金杖星球的动议，完全是为了尽快平息金杖星球与青霜星界行政公署之间不可调和的矛盾争端。而且仅仅是一种可供参考的建议，并未付诸任何实际行动。从现在愈加复杂的局面来看，也许青霜星界的方案并非毫无可取之处。当然，必须坚持的一点就是，充分尊重金杖星球的民意。

蓝焰星界看似轻描淡写的一条消息却将莫雨逼上了绝境，他本来不过是想要将星都迁移而已。

赫拉与伊凡刚刚被鱼米星城派去的飞羽接回来，目前整个金杖星球也只有鱼米星城的飞行器能自由通行。

知末在线上急急问道："你们回来啦？情况这么乱，一下子跑了十几个飞地。"

伊凡坏笑道："先告诉你啊，我们的任务还没完，赫拉现在还不能过你那边去。"

"你们这不都回来了吗，还有事？"

"现在到处都封锁了，只能靠异能者大显身手了，还在外面活动的全是各流派的异能者。"

知末叹了口气："唉，这个莫雨老儿也真是，青霜星界有几百万颗智慧生命星球，放弃金杖星球一颗星球，影响能有多大？事情闹得越来越复杂了。"

伊凡嘲讽道："你几时这么关心政治了？你这方面的觉悟还不如我呢。"

赫拉道："怎么能和大师这么说话呢？他可是咱们的底气。"

知末在那头高兴得"呵呵呵"笑个不停。

尘浪接过话头，耐心地解释道："这个头，莫雨可不敢开啊。否则，他在青霜星界的统治就会土崩瓦解。所以他不得不为了每一寸疆域而战。因此，青霜星界与蓝焰星界必有一战，而且战斗就在眼前。所以，大师，你责任重大啊！"

"得嘞！好好干活儿去了！"

午后，青霜星界在时空信息弧上再一次发布了他们捍卫金杖星球主权的决心。

蓝焰星界也不再故作深沉，他们主动出击了，而且非常迅速。几乎就在青霜星界发布信息不到一星刻，蓝焰星界同样在时空信息弧上不卑不亢地放出消息，表示蓝焰星界谨守七界联境之章程，绝不轻易诉诸武力，除非对手苦苦相逼，为了金杖星球广大民众最后的生存权利，才有可能选择不惜一战。

看到蓝焰星界发出的消息，空流叹了口气："该来的还是来了。蓝焰星界放出的不是消息，而是狂风。这金杖星球，现在的民意，就好比风中的火苗，蓝焰星界想叫它往哪边烧，它就会任由摆布地烧将过去，哪怕是一切最终化为灰烬。"

"民意……最可怕的也许还没有来临……"微禾似乎有些颤抖地说道。

空流从来没有看到过微禾如此奇怪的表情，他突然想到了什么，不由自主地发出了一声惊叹。现在，他终于明白了，墨白、何为与知约他们，为何想要逃避却又不得不面对的纠结，以及对不可预知的恐惧。

微禾的话，再加上空流的这一声惊叹，众士一下子全都想到了"第三物种"。一场或将燃遍七界的熊熊烈火不知何时将会突然喷发，谁也不知道那时的自己是否会被烧为灰烬……

金杖星球的星民们果然疯了。

"为了我们最诚挚的选择，战斗吧！"

"让青霜星界的独裁者们下地狱吧！"

"请赐予我们最猛烈的武器，我誓与你们一起战斗到底！"

……

众士明白，往往并非因他们是一群乌合之众而做出愚蠢的选择，而是那些自以为崇高的抉择，让他们成为一群愚蠢的乌合之众。

鱼米星城对双方发出不得宣战的呼吁，同时也是警告。

"这个警告，我们是否需要遵从？"接替尤里的新特使，小心翼翼地抬眼望了哈妮一眼，努力地压低声音问道。

尤里的死多少让哈妮有些兔死狐悲的伤感，所以当神弧星球发来密信征询她接替者的意见之时，她推荐了一位自认为眼缘不错、年纪比自己略小的后生。她不想在这个生死存亡的节骨眼儿上再来一次内部争斗了。虽然她心知肚明，挑选一名潜在的对手，可能会让神弧星球总部更放心一些。

哈妮用不以为意的眼角余光扫了一眼，转而又发出了妖媚而恣肆的笑声："哈哈！哎呀，我只怕他们就要自顾不暇了。"

她刷地弹出了莫雨、亚瑟与惊鸿影的全息影像，"看好了！这才是我们的目标！"

哈妮一步三摇地走过去，用手指轻轻划过新特使的肩部，"尤里死了，我很伤心。我们合作得很好的。咱们可要好好通力合作哦！"声音里有说不出的柔媚。

新特使只是感觉后背发凉，尤里究竟是怎么死的，他一无所知。他只知道，特使之间从来都是心照不宣的竞争对手。对于哈妮，他听过太多的传说。

"我，我初来乍到，情况都不熟悉。何况，这里是你的领地，全凭前辈安排。"

对于新特使的马屁，哈妮似乎一句也没有听进去，因为他说什么根本就不重要。哈妮盯着莫雨、亚瑟与惊鸿影的影像，端详了半晌。

"吱！吱！"哈妮将莫雨与亚瑟的影像熄灭了，独留下惊鸿影的影像。少顷，她突然用手一弹，惊鸿影的影像顿时燃起火来，在火光中一点点坠落。

新特使心想：确然比你要美一些。

在蓝焰星界不着痕迹、步步为营的推波助澜之下，金杖星球要求脱离青霜星界的民意达到了前所未有的新高——89.1%。

青霜星界行政公署毫不犹豫地对这 89.1% 的星民宣战了。他们告诫这些星民，"追光打击"能够精确无误地对这些星民一个一个地实施点对点打击。这也是青霜星界绝对自信的杀手锏。

布局至此，时机已完全成熟。蓝焰星界立即对青霜星界的表态做出还击——对不同意脱离青霜星界的 10.9% 的星民宣战。

如同战争阴云密布的金杖星球，惊鸿影明艳的面庞愁云日见深重。这，自然逃不过莫雨和亚瑟的眼睛。

"大战在即，你作为主帅，怎能以这样的精神状态指挥全军。你，到底在担忧什么？"

莫雨对惊鸿影近来的表现并不满意，但他的话语并不重。一直以来，他喜欢以润物细无声的方式实施控制。他自信自己能掌控一切，包括惊鸿影在内。

"民意……"

"民意？相对于我整个青霜星界亿万星民，这一个星球的民意算得了什么！只要你放眼全局，这不过是草丛中一个微不足道的蚁窝而已！"莫雨似乎在有意克制心中的怒火，"况且，我们只是针对那些出头鸟杀一儆百而已。如若不是考虑到七界联境的因素，他们全都下地狱又如何？"

惊鸿影的眼帘微微颤动了一下，但她不经意地用手捋了一下秀发，避开了莫雨的眼神，说道："我只是感到奇怪，一直没有找到蓝焰星界的超级杀伤性武器。难道他们仅凭星际飞地那一点安保力量，就要和我们开战？"

莫雨摆摆手，缓慢而有力。

"不，不，我担心的并不是这个。我唯一担心的还是七界联境。青霜星界的事务，小而可控的，他们不会插手；大而失控，他们一定会干预。所以，如果蓝焰星界真有比我们还要强大的毁灭性超级武器，他们自然不会坐视不管。

"所以，蓝焰星界越厉害，就越发不是我们所操心的事。我原本是要逼蓝焰星界知难而退的，不料他们竟然针锋相对。看来，我还是要让他们鹬蚌相争比较好。"

言罢，莫雨当即指示惊鸿影即刻在时空信息弧上发出消息——青霜星界通联署即将在金杖星球死亡之海海滩进行战前军事演习，部队将于七星时后准时抵达，并提供全程实况直播。

鱼米星城机要室内，青霜星界军事演习的实况画面传来。只见青霜星界通联署的十余艘微型天幕战舰已同时到达死亡之海滩头，士兵从战舰纷纷降落。按青霜星界方面公布的数据，参加演习的是三十万名士兵。

坐落于金杖星球西南部的死亡之海硫化物含量极高，看上去，目之所及皆为不毛之地。

军事演习开始了，只见数十万名士兵在广阔而漫长的海滩上杂乱无章地奔跑。

这也算军事演习？视镜前的观众一个个瞪大了眼睛，疑惑不解。

不一会儿，画面突然切换，镜头聚焦于士兵们踩踏过的脚印。这些脚印红黄蓝相间，色彩颇为富丽，在海滩上相互交错。

视镜画面又转向了天空，天空中空无一物，画面似乎静止。

突然，千万道明晃晃的光芒如无中生有，破空而来，从天而降，好一个漫无边际的光幕世界。细看来，一道道光线细如雨丝，密密麻麻却纷落有序。

视镜前的各界感到极为惊异的是，这些光线并非按光速运行，却能可控有序，时快时慢，有时竟然如时空凝冻般静止不动。

转瞬间，画面又切向海滩，这些光线如遮天蔽日的雨丝落下。海滩上一个个五色斑斓的脚印变了，被炙烤成了霜白色，固化在海滩上。而除了这些脚印，无论是地上的其他之处，还是奔跑的士兵，却不曾被一丝光线照射到，毫发无伤。

这种史无前例的演习令视镜前的无数星民们张大了嘴巴——简直超越了平生想象，现实如同梦幻之不可思议。

"不得不说，他们对光能的超控已然超越了自然力，达到了随心所欲的程度。"知末在线上干咳一声，又再次强调了一下，"就算要让光线在指尖上跳舞，相信对于他们来说，也并非难事。"

"好一个'追光打击'，果然……"

尘浪还未说完，苏菲亚突然大叫一声。画面中，不知从哪里突然飞来了黑压压的一片云鸟，足有数千艘，向演习的士兵队伍疾驰而去。接着就听见他们高呼："为脱离青霜星界而战！冲啊！"他们竟然开火了，看来这是一批死士。

演习的士兵们毫不犹豫地予以还击。眼看着一艘艘云鸟炸裂、坠落，战斗毫无悬念地片刻间就结束了，数千名星民付出了生命的代价。青霜星界方面立即关闭了实况直播。

数千名星民的死，让主张脱离青霜星界的星民们无比愤怒；但一切又似乎无话可说。对袭击军事演习士兵的行为，可视为战争。予以击毙，这种例行做法让青霜星界并未受到各方势力过多的指责。

现在，有一点是再明白不过的了。如果脱离青霜星界的金杖星球星民站到青霜星界行政公署的敌对阵营，无论你身处金杖星球的任何角落，你都在"追光打击"的枪口之下。

即便数十亿之众，虽非同生，让你共死却可在顷刻间。而这种打击不会伤及任何他物——包括金杖星球上的一切山川河流、花草树木、飞禽走兽、建筑与其他星民……

同样是毁灭，这似乎是一种文明式的毁灭——至少在青霜星界行政公署看来如此。

微禾神色凝重，只是十分简短地说了一句："蓝焰星界该出招了，且看他们的杀手锏吧。"

蓝焰星界当是早就计划好了，青霜星界通联署的军事演习刚一结束，他们立即就跟着发布了军事演习部署。

魔鬼大峡谷位于金杖星球的西北部，同样是星民罕至之处。

除了墨黑幽深的大峡谷，这里以一望无际、形态各异、大小散落的碎石而闻名。蓝焰星界的军事演习就选在此处。

演习的时间到了，但实况直播的视镜画面上丝毫没有动静，有的只是峡谷凄厉的阵风与从碎石间缓缓流过的水声。过了片刻，镜头在缓缓推移，最后的焦点竟落在一块拳头大小的白色石头上。

这石头起初一动不动，过了一会儿，在水中轻轻律动，慢慢地，在水中浮了起来，最后竟然凭空飘飞。此时，镜头一展，放眼所及，白茫茫一片，漫无边际。原来，空中已然飘浮着数不清的大小不一的石头。

所有的石头均为白色。

知末急切地说道："他们释放了'星空茧房'，这是利用'星空茧房'的引力效应，将这些石头全都吸了起来。除此之外，更叹为观止的是，他们能够对引力效应实施远程微观操作，而且是大数量的同步操作。在辽阔的旷野里、这些杂乱无章的石头中，他们能够准确无误地专门选取白色的石头。"

尘浪道："这与青霜星界演习时，对士兵脚印的精准锁定，似乎是异曲同工。"

知末道："没错！"

这时，沄滟发来秘密传讯说：已经对金杖星球外太空五千公里内的全域进行了全方位搜索，目前尚未发现蓝焰星界部署的"星空茧房"引力源，将进一步向更深远的深空搜索。

在昏暗的天幕下、在墨黑的峡谷大地上，被吸往空中的白石越来越多。

"有星民！"监控画面信息的苏菲亚向大家传送了细节处理影像。

原来，一群身穿黑衣的金杖星球星民事先潜伏在了峡谷中，此刻，他们一个个地开始爬起身来，黑压压一片。是一群反对加入蓝焰星界的星民。他们都张开双臂，挥舞着拳头，向空中输出含混不清的咒骂。

一些星民开始伸手抓空中的石头，被摔落在地。然后又有星民在地上、在浅水中拾起白色的石头，裹在衣服中，用双手牢牢地捂住。他们连同石头一起被吸起，向高空飞去。然而，没有一位星民退缩，所有星民都在争先恐后地寻找石头，裹在衣服中。

视镜上的石头，还有那些被吸在空中的黑衣星民，如飞鸟投林，慢慢往一处聚拢，眼见一座巨大的白石山悬浮在半空。随后，这座巨大的白石山越来越小，像一座山峰、一座小岛、一方石堆、一个大圆球、一个足球、一个乒乓球、一粒药丸、一粒沙粒……

所有的石头，还有那些星民，都在这一粒沙粒中。这是一粒沙粒，是一个世界，亦是一个微小的黑洞。

"这是一次屠杀，一次大规模的屠杀，一次对青霜星界金杖星球星民的恶意屠杀，是对青霜星界赤裸裸的挑衅与宣战。"青霜星界行政公署发出了最强烈的谴责。

接着，青霜星界行政公署全面公开了在死亡之海演习时参与袭击的星民信息——原来，这些星民都是青霜星界通联署方面打造的仿真品，而非真正的星民。所有的一切都是演习！这些信息得到了有关方面的专业认证与确认。

相对于此，在蓝焰星界实施的演习中，死去的可是实实在在的金杖星球星民。如此一来，对蓝焰星界的谴责铺天盖地地潮涌而至。

空流叹道："其心可诛！这些星民虽死于蓝焰星界之手，陷阱却是莫雨布下的。他们在演习中的布局，向蓝焰星界传递了一个错误的信号。现如今，他却站在了道德的高地之上。帷幕下的底色当真是阴暗之极！"

微禾道："战争就是这样，不计手段，它的代名词就是奴役与杀戮、阴谋与死亡。"

金杖星球的局势已然危如累卵，尤其是被划归为两大阵营的星民，早已在宣战双方的生死簿上了，无差别的毁灭只在一念之间。

青霜星界行政公署发出了最后的时间表，如若到那时，这些意欲脱离青霜星界新民的意愿还没有改变，他们将被视为敌对者而予以击毙。

蓝焰星界的公开答复极为简洁：同样！同时！

各大组织与星球立即作出反应，都将驻金杖星球的星际飞地转移到了各自的时空感融站领空，一旦金杖星球覆灭，随时准备撤离。

鱼米星城的机要会议室内，尘浪召集大家召开紧急拟真会议。原来，洢水发来一份截获的绝密情报，是神弧星球发往蓝焰星界驻青霜星界星际飞地的。

情报的内容十分简要：取于彼而施于彼。

根据知末的分析，无论是青霜星界的"追光"，还是蓝焰星界的"星空茧房"，武器的激发终端一定都部署在金杖星球外的深空之中，而且一定是物质化的物体，只是其物理构象空间规模较小，加之具有极其优越的反探测隐身屏蔽功能，所以，在茫茫的时空领域中，非常难以追踪捕捉。

知末进一步指出："这些武器的发射运行虽可实现远程自主操控，但一定有相关科学公务者与行政公务者负责实施。一方面，我们通过科技手段加紧探查；另一方面，可从这些科学公务者或行政公务者入手。找到了他们，也就能找到这些武器的激发终端。所以，咱们要充分发挥异能者独有的侦查能力。"

于是，空流调遣赫拉、伊凡协助洢水和沄滟，统帅有关异能者全面展开隐秘行动。

与此同时，鱼米星城代表七界联境总部，向青霜星界与蓝焰星界发出了最严厉的谴责与警告：双方的争端绝不可任意伤害广大的金杖星球星民。

红尘星界、橙帆星界、黄道星界、绿缈星界、紫陌星界等五大星界，原道世界、科诗世界、文锦世界、暗黑星空等各方组织，青霜星界十二个行政权力星球，均对七界联境的表态予以响应。

青霜星界十二个行政权力星球虽因球长之死而对金杖星球宣战，不过目前均未付诸实际行动，但这一箭之仇迟早要还。诸星球一致坚持，不再承认金杖星球在青霜星界的合法地位，至于其归属，希望七界联境最终做出答复。

蓝焰星界与青霜星界实施终极打击的时间在一点点迫近。

就在这紧要关头，蓝焰星界终于对七界联境开启了致命一击，不动声色地将七界联境踢进了燎原的火海。

蓝焰星界与暗黑星空的某些隐秘极端组织早有勾连，一份绝密情报由神弧星球传到了哈妮手中。哈妮深夜当即召集各方势力，连夜部署行动。

第二日清晨，时空信息弧上的一条重磅消息将星民从本就不安的睡梦中炸醒。

这条消息由一家知名的分析研究机构放出，逻辑严谨，证据确凿。炙热的消息像一条刺目的宇宙射线，飞向了七界各大星球。

舆论瞬间炸裂，民意的怒火烈焰飞腾，燎燃至整个七界……

"七界联境竟然联合暗黑星空与科诗世界一起，秘密收留了我们的世代仇敌！你知道他们杀了我们多少的同类吗？我们几乎都让他们杀得绝种了！"

"我们还以为把他们都灭种了呢，没想到他们残留的孽种还在啊！必须把他们赶尽杀绝！"

"他们以后一定会向我们复仇的！从此以后，不得安稳了！杀了他们！去除一切后患！"

"把他们交出来，七界联境和暗黑星空没有理由收容他们，他们应该由我们各个星球自己来处理！"

"把他们找出来！他们藏在哪儿啦？让他们没有藏身之地！"

"七大星界教习异能者的开山始祖竟然都是合成智慧！是一台机器！当初，培育异能者，以及让广大民众提升体能原力，就是为了让智慧生命本身自强，而非一味地依靠机器，对抗合成智慧给智慧生命带来的失能陷阱。"

"让曾经杀害了我们祖辈的仇敌来教习我们，让我们变得强大，简直是莫大的讽刺与奇耻大辱！"

"七界联境，守护我们智慧生命的七界联境，竟然秘密收容曾经杀害我们智慧生命的仇敌。这样的七界联境我们不要，推翻七界联境！"

"还有科诗世界、文锦世界、暗黑星空，都参与了。推翻他们！"

"这是一场最大、时间最久的骗局！一切都是谎言，一切都是彻头彻尾的欺骗！"

"这个世界彻底崩塌了！谁都不能信任！打破这个荒唐的世界！"

……

空流，还有七界联境特别行动组所有成员，他们历经过重重生死，却从未经历过如此不可言喻的、可怕的一幕。

现在，他们才真正明白，洪流中的一粒泥沙是多么的渺小而无力……

一个个星球、一段段尘封久远、几被遗忘的历史细节从宇宙的深空逆流而来，一齐潮涌般淹没了时空信息弧，也淹没了广大星民的理智，淹没了和平、善良、友爱的土壤……

此刻，似乎唯有仇恨可以被共情，唯有复仇可以被视为壮举。七界的时空似乎辽阔无际，却在刹那间被无形的黑幕所掩盖。烈火，在一个个星球上熊熊燃烧。一个个辉光煜煜的星球，正在坠入疯狂而可怕的深渊。

一万世太久。文明生长、进步的时空旅途是那么漫长、那样艰辛，而毁灭，只需要一瞬！

七界联境不断发出呼吁，文锦世界不断发出呼吁，科诗世界不断发出呼吁，暗黑星空不断发出呼吁；红尘星界、橙帆星界等各大星界行政公署不断发出呼吁……

这些权威的声音，曾经黄钟大吕般响彻七界，左右四方。现如今，在民情的滚滚热浪中不过似骄阳下的滴露，气化于无垠的旷野，丝毫不可见。

"我们只有等待。"面对众士恐惧而焦灼的目光，微禾用低沉而嘶哑的嗓音吐出了半截话。

"等待什么？"伊凡急急问道。

微禾没有回答，却道："我们，唯一要做的，就是按计划做好眼前的事。"

伊凡异常急切地问道："现在，千千万万颗星球都是一团火，谁还会关注这一颗星球的事。我的意思是，即便平息了金杖星球的战争，对整个七界而言也于事无补啊。"

微禾摇摇头，神色十分严肃，转而却露出一丝笑容："并非因为这颗星球，而是因为你们。希望起初往往都是一丝萌芽，你们或许就是这希望的萌芽。"

"反者道之动。毁灭还是新生，就看这变化的生发了。"沄滟扑闪着大眼睛，似脱口而出。

微禾频频颔首："质朴、聪慧！"

星域坐标：紫陌星界星都——无双星球，首府炊烟，七界联境总部。

　　巨幅球幕全息影像上，七大星界千万颗星球的火情战报一刻不停地飞舞，射基下达的武装筹备指令一个接着一个。

　　此刻，四位老者静静地坐着，背对着屏幕，身后吵闹的一切似乎发生在遥远的隔世之地。他们神态自若，一个个闭目养神，似乎在等待着什么。

　　时间一刻不停地流逝，射基的手指在翻飞，却不时焦急地回过头来向这边张望，四位老者依旧纹丝不动。

　　射基叹了口气："真能忍，只怕他们的内心早就山呼海啸了吧！"

　　这四位老者正是七界最具影响力的几大组织首座——墨白、何为、知约以及微禾的拟真分身。

　　他们等的也是一位老者——原道世界首座云流意。自从蓝焰星界点燃七界的火药桶以来，几大组织在短短时间内发过数道公函，几大首座亦亲自登门，云流意都没有任何回应。

　　射基出动了最先进的侦察设备，将无双星球翻了个遍，也没有找到云流意的半点踪迹。难道云流意竟在这紧要关头遭到某种不测？原道世界方面的回复却道一切安好，那就只能说明云流意在刻意回避什么。

　　"各位首座，只能靠我们自己了。而且，也没有更好的办法，一方面安抚，一方面只能发动各星界武装力量维稳了。时间拖得越久，局面越难以控制！冲突加剧，牺牲越大。真的不能再等了！"射基高声请求道。

　　四位老者如入定一般，充耳不闻。

　　"来了，他、他、他来了！"

　　这一声急切的传讯如平地炸雷，穿透了大厅里的一切。

　　四位老者双目圆睁，"唰"地站起身来。云流意那熟悉的身影远远地映入眼帘。他依旧不紧不慢、神态自若、笑容可掬。

"各位老友，久等啦。对不住，对不住。"

四位老者离席急步而下，将云流意拥在中心："不急，不急。来了就好，来了就好呀！"

射基也赶忙箭步而至，过来施礼："首座，我们真的是找你找得好辛苦啊！"

"呵呵，是吗？上哪里找我了？"

"我把整个无双星球都翻了个遍。"

"哈哈，竟然这么大的动静。可惜呀可惜，你找错了地方。"云流意大笑不已。

"那……您，究竟在哪儿呢？"

"你看到我怎么进你们七界联境了吗？"

"我也正奇怪呢，这里比我们七界通联总署管得还严格，连一粒灰尘飘进来，都应该知道啊。"

"哈哈，我呀，就在你们七界联境，在你们这儿的湖底下坐井观天呢。哈哈，连你也不知道哟。"云流意得意地指着微禾的拟真分身说道。

原来，微禾在前往青霜星界之前，就将云流意接到了七界联境总部，后来出去的是云流意的拟真分身，真正的云流意根本就没有离开。

微禾深知，这一天很快就会来临，而只有云流意才有可能为这场燎原之火送来雨露。为了保密，更为了守护云流意的安全，微禾对谁都没透露消息，包括他自己的拟真分身。

"分身就是分身，还是不如真身管用啊。不过，我今天还是能全权代表本尊的。"微禾的拟真分身笑道。

"好说，好说。"众老寒暄一番，各自坐定。

　　云流意抬头看了一眼全息影像上倏忽变换的信息，首先说道："那我就开个头啊。这一切，该来的自然会来。自从你们当初做了那样的决定，这就只是个时间问题。至于这一切为什么在这个时间点发生，我想，你们比我更清楚。我既然来了，就做自己该做的事。"

　　知约道："当初，收留那些合成智慧，包括后来的第三物种计划，原道世界都没有参与。今天七界水深火热，我们又找不到你。自然以为你们原道世界一直都在逃避。"

　　云流意从容道："我们原道世界手无寸铁，世代生生不息，在各界开枝散叶，全凭本真之心。现如今的这一切，从最初就注定是一场烈火，或者是一阵洪流，如若我们身在其中，只怕是毫无作为。"

　　微禾的拟真分身点头应道："原道世界正因为固守本心，才能看得长远。正因为你们不在其中，如今所作所为才不会被认为有利益关切。现在的局势，一切组织，尤其是政治组织，都已经失灵了。"

　　何为笑道："我们虽然不是政治组织，但不仅仅是失灵，而是沦陷了。尤其是各异能流派的开山祖师，都属于我们体系。"

　　墨白道："这些时日，他们上天入地找你都找不到，这个消息，你是故意要让各方都知道的，是也不是？"

　　云流意微微一笑，道："这是自然。不是离你们越远越好吗？"

　　微禾拟真分身笑问："你这算不算权谋，或者至少是阳谋？"

　　云流意道："你们政治组织叫权谋，我这叫因势利导，有道而为。"

　　众老抚掌大笑。

　　微禾拟真分身接着道："今事急矣！还请老哥倾力相助，以情礼晓谕各界众生。武装力量方面，目前只是筹备以备不时之需，各界尚未动一兵一卒。"

云流意道："事虽急，然不忙。各界众星球本无事，只此消息一出，方才有今日之乱。试问，此消息出之前与之后，各星球损失了什么吗，又增加了什么吗？可谓无分毫损益。不过是以古乱今，唯心乱耳！"

众老闻言不住地点头称是。

云流意接着道："心为何乱？从根源上来说，就是一个'我是谁？为了谁？'的问题。先说'我是谁'，智慧生命也罢，合成智慧也罢，都以'我'为中心，视对方为异类。合成智慧往往还是由智慧生命构建的，智慧生命亦是由生物进化构建而来。只不过身体内元素的种类、多寡不同而已，都是来源于宇宙物质，源于星尘，归根结底都是一样的，都是同一个'我'。

"再说'为了谁'，既然都是同一个'我'，那究竟是为了过去之'我'、现在之'我'，还是将来之'我'？过去之'我'已成为历史，不可改变；今日之'我'需要的是和平与幸福，而非血腥屠杀。而未来之'我'，路在何方？是无休止的征战、仇敌，还是融合共生？你们不是已经走出了一条新路吗？作为第三物种，未来之'我'都已经融为一体了，现在之'我'还在这里仇杀，有意义吗？

"所以，这'我是谁'的工作，我们原道世界来做，'为了谁'的工作，你们抓住时机，会知各界。解决好这两个根本问题，事情就解决了一半。"

众老大喜："如此说来，岂不是不费一兵一卒，就能解七界之危于水火。"

云流意道："也不尽然，虽说攻心为上，但众生的世界，看重的是事实说话。所以说，青霜星界的局势，七界联境对战局的掌控与对星民的拯救在此关头显得尤为重要。要让仇杀者看到力量，让和平者看到希望。"

众老一齐致礼："还是原道世界高瞻远瞩，生生有道。"

微禾拟真分身道："还请老友尽快部署。"

云流意道："请老友勿虑，本是分内之事。这些时日，我身未动，心已行，早已遍谕七界原道世界门生，于各星球调停纷争。历经上百星年的发展，建立星际互联的星球，基本上都已经具备较为系统的原道世界组织体系。"

众老长舒一口气，脸上露出喜悦之色。

云流意又道："还需墨白兄加持一臂之力。文锦世界皆风雅高绝之士，沟通传播说服能力无可比拟，最适合做调解工作。"

墨白道："有你们在前倡导定调，我等摇旗鼓噪，自然不遗余力，这就安排动员下去。"

云流意道："多谢老友。"

微禾拟真分身转头看向何为、知约道："亦需二位老友大力协同。"

何为先说道："具有超能力的异能者大多是第三物种，他们保护好自己基本上不成问题。我方将尽快与七大流派掌座沟通，一方面，让异能者充分发挥自身的速度、体能优势，全力协助原道世界与文锦世界各地之士，多干些苦力活儿；另一方面，保持最大限度的克制，禁止与情绪激愤的星民发生冲突。"

知约接着何为的话说道："暗黑星空这次在火山口上，虽说我方组织与成员情况极为复杂，但我们已经第一时间发出禁令，禁止一切以暗黑星空名义组织发起的任何加剧局势冲突的行为。一旦违反，即刻圈禁。"

微禾拟真分身道："如此甚好，咱们这几大组织成员，在各有关星球所占的比例，也不是一个小数；只要咱们自身稳住了，就立住了一股足够强大的力量。以此为依托，张弛有道，步步为营，不怕大势不定。"

何为道："接下来就看你之本尊与这几位新生后辈了，那是真正的死生之战。"

微禾拟真分身道："这是自然。"

知约道："那几位战士，也可都是你们原道世界的门生。"

云流意笑道："当然。这不，他们的命运从一开始就被七界联境画到棋盘中去了嘛。现在，就连我们不也都在这棋盘上吗？"

微禾拟真分身略有几分尴尬，转而摇头笑道："世事本就是一盘棋局，谁又不在这星罗棋布的尘网之中？"

星域坐标：青霜星界星都，金杖星球首府——御溪。

赫拉、伊凡与沄滟一行，正风驰电掣地从磨刀基地海域附近赶往金杖星球通联署。原来，早在青霜星界从磨刀基地海底发射"追光"武器之时，空流就秘密派遣伊凡前往追踪，探查实施操作的科学公务者信息。

果然，伊凡凭借超绝的追踪能力，探知到当初那些操控"追光"武器的青霜星界科学公务者，已经不在磨刀基地海底下了。根据地上与空中残留的为寻常者不可捉摸的信息，伊凡一路辨析，最终锁定，这些科学公务者一定是将操控之所转移到了金杖星球通联署。

不得不说，这是一个大胆而出其不意的策略。蓝焰昱界也正在寻找"追光"武器的蛛丝马迹。

待赶到金杖星球通联署外围，赫拉下令在一隐秘处藏身。商定由沄滟潜入探查，赫拉与伊凡在外面接应。因沄滟天赋异禀，其幻影异能较之赫拉更为持久。沄滟施展幻影异能，转眼间便无影无踪。

赫拉与伊凡在外等待，许久，沄滟竟然还未现身形。时间正在一点点逼近沄滟的隐身时长极限，赫拉不断地计算着时间，万分焦急，决定与伊凡直接闯入。

这时，一直在鱼米星城远程指挥的空流发来密令：不得擅自行动。这样直接闯入只能白白送死，做无谓的牺牲。

伊凡虽然心中明白，但捂着的拳头重重砸在身上，吼道："冷血！"

"撤退！回来另行商议！"空流再次下令。

伊凡不为所动，赫拉一咬牙："执行命令！走！"

就在这时，从墙角突然闪出一个身影来，正是沄滟。赫拉与伊凡一惊，叫出声来，扑上前去，左右查看。

沄滟脚步踉跄，瘫倒在赫拉怀中，有气无力地说道："没事，我很好。"

赫拉将沄滟揽在怀中一探："嗯，还好。幸无大碍！"

"嗯，哪来的怪味，好像是……"伊凡突然道。

沄滟咯咯轻笑道："不可说。"

赫拉搀着沄滟，一行急匆匆回到鱼米星城机要室内，众士汇聚，知末的拟真分身亦实时在线。

原来，操控"追光"的科学公务者们被秘密安置在金印大厅地下深处，地形蜿蜒曲折。沄滟找了许久，眼看幻影极限时间已尽，不得已，翻身潜入一垃圾箱内，待养足精神恢复原力，再施展幻影异能行事。女孩儿家最爱干净，这番滋味自是不好受。

经过安康公务者紧急处理，沄滟精神头儿恢复了五六成，于是赶忙将获悉的情况告知众士：青霜星界并未动原来磨刀基地底下的"追光"武器，而且打算暂时遗弃不用。

尘浪闻言一惊："如此耗费巨大的工程，难道就用一次？他们一定还有其他备手。"

知末拟真分身笑道："他们怎肯舍得放弃？只是暂时用不上罢了。这'追光'武器需要的是巨大的能量源，上次与金杖星球的战争消耗得差不多了。这个武器的制造，并不是关键所在，主要是能量的来源。所以，不在于武器数量的多少，造多了也没用。"

根据沄滟描述的参数，知末已经在全息影像上标注出了"追光"武器的位置。

"这颗恒星就是它的新能量源。"

"对，就是这样！"沄滟格外兴奋，这幅影像在她脑海中的印象十分深刻，"金杖星球，还有它们的恒星金汤，与'追光'武器恰巧构成了一个等腰三角形。和它们的恒星一样，'追光'武器与金杖星球的距离大约是 2.36 亿千米。我当时就想，这么小的一个东西，离得这么远，难怪这么难找。"

伊凡道："可不是吗？与在海里找一粒特定的沙子没什么差别。"

"对了，"沄滟接着道，"'追光'武器设计了防摧毁模式，它与这颗恒星，也就是金杖星球的太阳，已经构成一个能量体。"

知末表情凝重，起身踱步，稍许方道："这是必然的，他们设计之初就会考虑到这一点，'星空茧房'也一样。你要摧毁它，必定要付出不可承受的代价。这种武器，一旦探测到引力波压力，就会自动开启坍缩，最后膨胀爆炸。咱们所在的金杖星球就会化为灰烬，而且还会引发恒星的连锁反应。"

很少发表意见的微禾却道："它们出现在了不该出现的地方。摧毁，只是时间问题。"和蔼的面容露出少有的决绝。

"唉，"知末痛苦地摇摇头，"还不是需要牺牲吗？"

空流道："还不是感慨的时候，咱们必须以最快的速度找到'星空茧房'的位置。'追光'为我们提供了参考。要把视角推向更远的深空，'星空茧房'的位置只怕还要深远得多。"

　　知末道："是的，我会测算出可能的距离，提供一个可能性的参考。"

第十八章

虚空计划

次日上午，有关应对行动有条不紊地部署完毕，空流和尘浪的心里却颇不踏实，打明牌极有可能刺激对方提前发动突然的军事行动。而作为七界联境，从来没有先下手为强实施打击的先例。

此外，微禾近来的举措似乎有些不同寻常。到目前为止，七界联境针对当前局势的终极战略仅限于微禾与空流全盘知晓，尘浪甚至都不甚了然。知末因参与武器研发，自然是大体知道一些。

对"星空茧房"与"追光"的摧毁打击方案，微禾却是自始至终都未曾提起过的。不过，他已经向知末下达了这样的武力准备指令，而且并没有绕过空流与尘浪，当然也未做过多的解释。

只因这仅仅是一种武力上的准备，并没有进入实质性的实施阶段。既然微禾没有细说，空流与尘浪也不便多问。

显然，对"星空茧房"与"追光"的摧毁打击极有可能搭上整个金杖星球毁灭、一百多亿星民死亡的代价。放眼过往，这样的方案从来不在七界联境的考虑范围之内。

空流和尘浪想，也许，蓝焰星界在整个七界燃起的烈火，带给了七界从未有过的危局，在青霜星界的战斗只能胜，不能败！最坏的方案也是一种选择。毕竟，有选择总比没有选择要好。

时间像河流一样从空流和尘浪的心上流过，一层一层堆积的泥沙愈发沉重。

"伙计们，快上线！"线上突然传来洄水的声音，急切而热烈。

"星象家终于回来了！"伊凡率先在线上搭话。

"嗨，没错！猎户，是我。"沄滟笑道。

"情况怎么样？"尘浪尽量控制自己说话的语速，保持一贯的节奏。

"找到了，我们找到了'星空茧房'的位置！"洄水异常兴奋地喊道，"报告，我们正在返程的星舰上，已进入安全地带。"

"好！太好了！""是真的吗？"所有成员一齐冲到了线上。

"这一切还要从垃圾站说起。"洄水神秘兮兮地说道。

"垃圾站，一个是垃圾桶，一个是垃圾站。怎么，你们的发现都跟垃圾干上了？"苏菲亚笑道。

"这说明，道在下处。"沄滟笑道。

苏菲亚道："嗯，有哲理。"

赫拉清了清嗓子道："进入正题吧，这是大事。首座他们等着呢。"

尘浪道："嗯，也不急。"

洄水平静了一下语气，娓娓道来。

　　我们把时空感融站开通以来蓝焰星界进入金杖星球的所有东西都过了一遍，分析了天文级的海量数据，通过重重筛查，终于在他们送给青霜星界的垃圾站上发现了端倪。

　　就在二十五星年前，神弧星球在环保领域取得了技术上的重大突破。环保是永恒的主题，一直以来，各大小星球都在开展环保保卫战，为环保付出不可挽回的代价，然后又以无底洞的投入去试图修复、弥补。

　　垃圾的分类、处理、净化、降解、循环利用……诸多星球都在这条路上不知疲倦地行走。

神弧星球别出心裁地走了另一条路，他们的方法看似简单粗暴，却十分有效。

他们在没有星民居住的辽远旷野建设一个垃圾处理站，或者在近地轨道发射一个空间垃圾处理站——名曰"归来处"。尤其是那些已经便捷使用核聚变能源的星球，运输所需的能源不再是个问题。于是，全球各地堆积如山的垃圾，源源不断最终汇聚于此。

这些在世间千种万类的垃圾物——金属、塑料、木头、石头、食物、尸体、有毒物质……不管是气体、液体、固体，在"归来处"，回归粒子化，都被毫无差别地压缩在一起，或变成一个沙粒、一个药丸大小的物体——它的密度，最终接近于中子星。

一个星球海量的垃圾在这里变成一个只手可掬的小泥丸，还有什么比这更环保的呢。

于是，这个技术一出来，各星球都想引进，神弧星球更是不遗余力地推广。只有无双星球发现了可能存在的隐患，向七界联境提出风险建议。

七界联境通过科学论证指出，这项技术如果被军事化改造应用，会造成极为严重的后果。于是各有关星球纷纷打消了引进念头。最后，因青霜星界星都金杖星球和蓝焰星界星都神弧星球交好，只有金杖星球自愿引进了四个环保站，解决了整个星球所有的垃圾处理问题。

此前，金杖星球对"归来处"都有监控管理，后来，因忙于青霜星界的权力争斗，加之时间一长，根本没把这个日常公共事务运行处放在心上，因此疏于监管。

也不知何时，蓝焰星界驻青霜星界星际飞地偷偷将其中一个"归来处"，神不知鬼不觉地移走了，藏到了外太空深处。

现今的"归来处"已经不再是一个造福星球的垃圾处理站了。经过改造，俨然成为一个广域时空杀伤性武器——"星空茧房"。它的构象空间，也就是理解为看上去的大小，不过两三间普通的房子那么大，但它可以轻而易举地将一颗星球吞噬。

"我现在可以说一下吗？"知末突然道。

"当然可以。"尘浪回答。

"根据泖水实时秘密传讯的信息，我粗略了解了一下，这颗'星空茧房'的性能与他们在红尘星界君山星球释放的那颗，基本上一样，不过能级更高一些，金杖星球的质量本来比君山星球也要大不少。这颗'星空茧房'，吞噬三个金杖星球都绰绰有余。"知末匆匆说道，"位置距离嘛，正好是'追光'武器的两倍稍远一点。它启动后的引力场比'追光'要大得多，太近的话，会与金杖星球产生共振效应，所以，它必须远一些。按照他们双方此前公布的精准打击时间，真正开战时，'星空茧房'会比'追光'提前发射。详细的应对情况，我们需要尽快进一步研究。我先下去了。"

一直苦苦搜寻的"星空茧房"终于有了结果，大家脸上露出了久违的笑容。微禾更是如释重负，对大家说道："有什么事你们继续商议吧，我还有点要事，先下去了。"

空流和尘浪对视了一眼，心下略有不解：就算"星空茧房"找到了，眼下的局势是何等严峻，微禾近来却不甚关注，工作都托付给空流和尘浪。也许是有意不给大家压力吧。

微禾走后，空流宣布了当前要做的紧急工作。要以七界联境的名义发布一项民意调查动议并动员，内容很简单——金杖星球的广大星民要继续为是否脱离青霜星界而撕裂，哪怕付出百亿星民死亡的代价；还是选择让更多的星民活下去，不管这些星民们被转运至何方？

"哦，看来咱们的方案是要将金杖星球的星民转运到别的星球去？"伊凡道出了众士心中的疑问。

大家都一目了然，青霜星界的局势比之当初红尘星界，不知要危急多少倍。可是这一次，截至目前，赫拉、苏菲亚、泇水、沄滟、伊凡，众士对七界联境的战略一无所知。

反观空流和尘浪，似乎一点也不着急。尤其是微禾首座，更是甩手大掌柜。

他们也知道规矩，不该问的不问。实在忍不住了，想从知末那儿打听点消息，知末也是百般敷衍，只说在忙研究，啥也不知道。他们也曾经私下问过泇水，看看她能否感知到什么端倪。

泇水说，青霜星界的现状，加上蓝焰星界暗中挑起的七界骚乱，现在大大小小的星球，死亡、灾难每时每刻都在发生，她心中的忧郁就没有断过。说到眼前，泇水感觉一定有惊天巨变要发生，但要说是彻底的灾难，似乎也不是。至于到底是什么，也说不清楚。

众士以为，这也许是微禾他们看上去不那么心焦的原因吧。但是转过来一想，既然如此，又何必对大家保密呢。在之前，这种情况是讲不通的。

现在听空流这么一宣布，众士彼此之间迅速交换了眼神——我们来自不同的星球，难道说要把金杖星球的星民、分别转移到咱们这些成员所在的星球去，怕我们向老家透露了消息。不过，我们都是经过严格训练的战士，这点担心不应该有啊。

众士的神情变化自然都落在了空流和尘浪眼里。空流微微一笑，并未挑明，只是说道："这也不失为一种选择，只是要让他们放弃故土家园，工作定然十分难做。"

尘浪表情略显严肃："是的，金杖星球的情况与此前的君山星球完全不同，君山星球是已经确定整个星球要发生毁灭性爆炸。而金杖星球星民，他们不相信开战双方真的要拿他们当活靶子。虽然双方都开展过军事演习，但毕竟没有真正看到惨烈的现实状况，而只有经历过灾难才知道灾难有多可怕。此外，他们从内心坚信，七界联境绝不会容许这样惨绝寰宇的事发生。所以，最后，能被动员的，一定是非常少的少数。"

经过几大组织的铺垫、游说与调解工作之后，这一日，七界联境等几大组织面向七界，正式联合公布了雪藏上百星年的"第三物种计划"。联合公布的组织名单中包含了原道世界，如此一来，所有的组织都齐了。

关于"第三物种计划"的解释说明等各种文件，源源不断地从几大组织传向各智慧生命星球。"在金杖星球一线战斗的战士全都是新元物种，包括七界至上英雄空流与沄滟"，他们甚至将这样细节的消息都不遗余力地向各方传播。

"新元物种"一下子成了整个七界最热辣滚烫的话题。

诸多星球之前仇杀敌视的火焰似乎瞬间暗淡了不少，取而代之的是不知所措——个中交织着欺骗、震惊、好奇、希望、亲情、伦理……局面一下子变得纷繁复杂起来。

谁都知道，彼此之间的世仇、杀戮，再也不像原来两个物种之间二元对立那么简单了……

蓝焰星界与青霜星界公布的打击时间在一点点迫近，然而，各界星民们都在关注自己星球上和自己切身相关的新元物种，金杖星球这粒微尘瞬间从他们的日常生活中被吹拂而去了。

在时空信息弧上，只有金杖星球星民们的各种段子、调侃、玩笑、嘲弄掀起一波又一波信息热浪。看来，即便是青霜星界与金杖星球的星民们，同样没当回事，没有谁相信这一切真的会发生。

倒计时一星日、十四星时、七星时、三星时、一星时……一切如常，宣称要开战的双方一点动作都没有，七界联境更是没有半点动静。

突然，一条信息横空出世，夸张地霸占了时空信息弧的头条。是七界联境发出的信息：全域传播视镜即将启动。

倒计时一星刻，七界联境全域传播视镜上的全息影像瞬间开启，看到的却是一片漆黑，如同深不可测的星空深渊。

寂静无声的视镜上悄然浮现一段文字：一切将如期发生。

视镜前的各个星球霎时静默了，星民们用迷惘的眼神一动不动地盯着凝滞的画面。突然，星民们发现，时空信息弧上的其他所有信息凭空消失了，全部信息都被封锁了，发不上去，传不出去，什么也看不到了。

唯一剩下的，只有七界联境全域传播视镜画面。

就在这时，一道刺目的白光划过漆黑的视镜，无数道白光从天而降，如同无边无际的雨丝，射向金杖星球的街道、广场，扑向一座座城市、一幢幢建筑…………所到之处，星民瞬间气化无痕，而周边的物件丝毫无损。

"啊！他们真的发动打击啦！"

"打击提前啦！"

"怎么可能？他们是魔鬼！"

"七界联境干什么去了？他们还在实况直播！"

……

视镜前是无尽的愤怒与惊恐。

金杖星球已经变成大半颗死亡星球——那些反对青霜星界的星民们全都难逃一死。

而那些还未死亡的星民们已经嗅到了死亡的味道——他们都是蓝焰星界的反对者。既然青霜星界的打击已经实施，蓝焰星界的打击必定已经在路上了。

直到此刻，他们才知道，死亡是如此真实。然而，更可怕的事立即就发生了。

一个白色蚕茧形状的物体在空中出现了。在湛蓝的天幕下，在耀眼的辉光中，它是那样洁白、轻盈，让你情不自禁地想起那些可爱的蚕儿——它们在这里奉献出青春、生命，也在这里筑梦，在这里挖掘坟墓，也在这里死亡。

这是它们宿命的牢笼……

星民们注视着视镜上的"星空茧房"，在遥远的深空，如同君临天下的王者，冰冷地俯视着金杖星球。

它是黑洞，是时空深渊，它将释放出可怕的宇宙洪荒之力，实施"高维碾压"攻击。

在绝对的力量面前，一切都是那么简单、那么狂暴，如同宇宙间的一切宏大事件。这颗星球上最高的巨峰、最深的海沟，将被毫无差别地全方位碾压，变成一个表面极其平滑的小小泥丸。

这将是一场极为宏大的广域时空之战。然而，在这颗看上去可爱灵动的"蚕茧"这里，不过是一局再寻常不过的游戏，抑或一顿家常便饭中要捏的一个汤圆而已。

金杖星球的空中城市如同失翅的鸟儿在风中坠落，山峰柔弱无骨地滑坡、塌陷，所有的建筑都似乎被无形的重力压垮、坍塌，树木在泥土中挣扎，山川河流都被折叠、压缩。滚滚红尘、苍茫大地，一切都被隐入了无尽的尘烟。

整个星球仿佛被一只巨大的魔爪死死握在手中，眼看着一颗星球被活生生地碾压，一点点收缩，以不可思议的速度转化为一颗泥丸。这颗泥丸的四周，仿佛有透明而又似有若无的光影在挣扎、律动，那是时空在颤抖。

一颗泥丸在向蚕茧飞速靠近，与这颗泥丸一道的，还有两颗小泥丸，被碾压缩小得近乎不可见，那是金杖星球的卫星。"蚕茧"张开了一条裂缝，将泥丸吸入其中，这就是金杖星球最后的归宿——包含了一颗星球所有的故事、生命与物质。

没有殊死的搏斗、没有血痕的死亡，只有绝对的全维度碾压。

目睹现实的其他星球星民，难以置信电光石火间发生的一切，金杖星球那曾经广袤无垠的大地、亿万丰盈的生命，瞬间归于虚无。

如果这一切发生在自己身上，"我会变成什么？我将是谁？又将归向何处去？"惊愕与迷惘让他们忘却了愤怒与呐喊。

转瞬间，七界联境全域传播视镜从时空信息弧上消失了。取而代之的，是海量的信息瞬间被释放出来。

"太可怕了！"

"这不是真的！"

"我们还活着，我们是金杖星球的星民！"

……

就在各星球民众又一次陷入惊愕与迷惘之际，七界联境全域传播视镜又出现了，再次霸占了时空信息弧的头条。画面中出现了一个熟悉的身影，是七界联境首座微禾！

微禾发表了讲话："亲爱的奇异七色视界各位星民们，我是微禾。此时此刻，我正在金杖星球时空感融站释放的子站——类似一个飞行器上与大家见面。因时间万分紧急，我长话短说。刚才大家看到的，的确不是实际发生的现状。

"这是蓝焰星界与青霜星界发动实际打击之前，七界联境发布的拟真演示画面。

"但是，发布的内容完全依据科学计算，没有丝毫夸张的成分。而大家刚刚看过的情况即将到来。因为，蓝焰星界与青霜星界的实际打击已经全面启动，只因他们的武器引力波与光波到达金杖星球还需要一点时间，大约还有九星霎。我们抢在真实的毁灭性战争之前发布了这段画面。

"大家不要慌乱，七界联境绝不会坐视这种杀戮的发生，我们将全力以赴确保每一位金杖星球星民的生命安全。不管这里曾经发生了什么，也不管这里有多少恩怨与仇恨，我们首先要拯救的是每一个平等的生命。

"我们的至上英雄空流，作为合成智慧与智慧生命结晶的新元智慧，将再一次执行这一无上光荣的使命。我来送他一程。现在，就让我们把最美好的祝愿送给他，送给金杖星球，也送给七界星空下的每一位星民。"

微禾的话音刚落，视镜上出现了一个飞行器的全景画面，正是时空感融站的子站，相当于一个微缩版的时空感融站。在时空感融站内，微禾与空流正并排站在驾驶舱内，神色严肃而镇定。

"大师，你怎么啦？"

特别行动组成员拟真分身都在线上，沄滟突然发现知末在暗暗流泪。

"我，我……"知末说不下去。

大家发现尘浪的眼眶中也闪烁着泪光，就在一瞬间，什么都明白了。

短暂的沉默之后，伊凡发出咆哮般的怒吼："为什么不事先告诉我们，为什么?! 为什么?!"

"好! 很好! 你们、你们究竟是什么样的战友! 你什么都知道，是不是? 你、你，就是这样对待你们的战友的吗! "苏菲亚用颤抖的手指着尘浪。

"我……怎么什么都不知道，一点感觉都没有! 一点都没有! 我一点用都没有! "浧水痛苦得几近昏厥，说不出话来。

尘浪紧紧咬住牙关："这是命令! 这，是命令。我无话可说。现在，真正的战斗已经开始了。我、我们唯一能做的，就是坚守岗位，做好该做的事。我、我们，总不能让空流首座白白牺牲。"

赫拉哭着道："我理解，但是，我真的也不理解。我们、我们甚至连告别都没有……"

沄滟只是默默地哭泣，不只是沄滟，大家都在无声泪流。

视镜影像上，微禾与空流一直在交流，只是听不清他们在说什么。这时，空流深深地看了微禾一眼，脸上泛起了温情的笑容。

视镜上传来了空流的声音："亲爱的广大星民们，亲爱的战友们，最后的时刻就要到了。这个世界真的很美好，此刻，我一想到这些，就感到无比幸福。我将授命去摧毁'星空茧房'与'追光'武器，我们一直致力于以最小的牺牲换来最大的和平。愿我们生命中的每一刻都能感受到这个世界的美好。再见! 亲爱的! "

空流挺直身姿敬礼，脸上的神色异常坚毅! 微禾亦面向前方致礼，脸上却挂着不易觉察的微笑。

"星舰分离启动。"视镜上响起微缩版时空感融站发出的指令。

星舰上的驾驶舱突然出现了一道旋转门，空流皱了皱眉头，望了一眼微禾。旋转门忽然快速转动起来，将微禾与空流吸入门内，双方被快速调换了位置。

就在这一瞬间，星舰一分为二。

微禾的脸上竟然露出了未曾见过的、顽皮的笑容，并做出了一个再见的手势。

"不！不！不！"空流如梦方醒，撕心裂肺地捶打着舱门，"首座，不要！为什么会这样！为什么？"

眼前突然出现的一幕让视镜前的星民们惊呆了，不知道究竟发生了什么。

视镜上响起了微禾的声音："亲爱的星民们、敬爱的战友们：这项特殊的任务此前定下由空流来执行，但最后真正的执行者是我，这并非刚刚临时起意的决定，而是早已计划好的。当然，这项决定只有我知道。空流，还有更重大、更艰巨的任务需要他去执行。

"敬爱的战友们，在这场纷乱的棋局中，你们或许就是一颗棋子，我或许是为了应对棋局的棋手，选择了你们这些棋子。但实际上，我也不过是一颗棋子，只不过是领头参与的棋子而已。在世事这盘大棋局中，我们都不过是一颗棋子；但是，我们是为了正义、为了和平而战斗的棋子。即便是被当作一颗弃子也无怨无悔，何况我们还能为和平做一点事，这是我们的幸运，我何其有幸！你们，新元智慧，是我们的孩子，是未来，是希望，你们一定要好好活下去。再见了，战友们，星空会留下我们的传说。再见了，星民们，幸福之花永远不会开败！"

微禾的星舰一点点消失在天际。

画面转回到空流的星舰。

空流紧握双拳，俯身泪流满面。

"首座，他、他、把生的机会留给了我，选择了牺牲自己。"空流痛苦地摇摆着手，"不说了，什么都不说了。这最后的时刻，不应该被忘记。"

视镜上，小蜜蜂形状的信号源——那是微禾驾驶的时空感融站子站，正在远离金杖星球，飞向深空。在更远的深空，两个红色的预警信号源出现了，正是"星空茧房"与"追光"。

小蜜蜂信号源与两个红色信号源正在不断地接近，不知道最终是何景象。时间在一点点流逝。

星民们惊奇地发现，这三个信号源虽然彼此在接近，但它们却离金杖星球越来越远了。

这时，视镜前响起了空流嘶哑的声音："亲爱的广大星民与金杖星球的星民们：是的，你们看到的没错，'星空茧房'与'追光'虽然正在飞向金杖星球，但实际上，它们离金杖星球的距离却越来越远。

"这正是七界联境实施的终极计划——'虚空计划'，简言之，就是以时空感融科技为依托，实现局部但属于广域时空范畴的时空膨胀。时空膨胀的速度远远超越'星空茧房'的引力波与'追光'武器的光速，它们追赶的将是一场虚空。实则虚之，虚则实之。我们出击，摧毁他们为实；我们撤退，留下一片空域为虚。自然赋予我们的是科学与哲学的约会。当它们抵达之时，那里将一无所有。这让我想起了我的战友告诉我的，红尘星界星都地球上古老的故事，'空城计'。"

就在这时，视镜前的星民们发出了惊呼——三个信号源同时消失了。

空流闭上眼睛低头静默了稍许，泪水打湿了他的脸颊："微禾首座，他、他、牺牲了。"

空流默默致哀。哀伤的画面在星空飞逝……视镜前，一个个星球上的亿万星民，都在致礼默哀。

"他用生命为我们换来了安宁。但是，我们甚至来不及悲伤。

那里发生了相当于六个金汤质量的宇宙大冲撞，可怕的引力波与伽马射线暴正在向金杖星球袭来。

"我们唯一的选择只有远离。我们金杖星球，连同金杖星球的太阳——金汤，还有卫星，也就是我们整个的金汤星系，必须立刻逃逸现在的星域。也就是说，我们金杖星球的星民，无须转移到其他星球。金杖星球还在，金汤星系也在，只是金汤星系离开了这片星域。

"我所在的时空感融站子站，与微禾首座的一样，将驱动时空，调谐金汤星系从这一星域位移到另一星域。这一使命，本该由微禾首座担当，现在，将由我来完成。在辽阔的宇宙中，这点距离或许如同你手中的掌纹；但是，对于我们金杖星球的所有星民，从此却大为不同。

"我们从战争的魔爪下逃脱，似乎一切无恙；但所有的得到，必须付出应有的代价。曾经，由于金杖星球统治者的罪恶，意图毁灭红尘星界数千颗星球，谋杀青霜星球十二行政权力星球球长。

"现在，金杖星球仍然还在十二颗星球的宣战名单之上，仇恨的种子已然种下。过往，金杖星球崇尚等级森严，追求权力与扩张；今天的一切，除了蓝焰星界神弧星球与莫雨的罪恶，也有我们自身的原因。我们曾经想得到更多，却偏又失去。

"未来，金汤星系、金杖星球依旧在七界之内，但既不再属于青霜星界，也不属于蓝焰星界。我们将成为一个未知暗域的孤岛，时空感融站也将撤离。

"我们将远离仇恨，远离权力与野心。这既是应对今日之战的必然选择，亦是不得已的惩戒与因果，但也许是命运最好的安排。

"在未知的暗域，我们将与世隔绝，成为一颗寂寞的孤星。然茫茫星空，从来福祸如渊；文明多歧路，生命总是无常，命运诡谪。谁又能预料，今天步入绝域的我们，不会成为他日的世外桃源呢？一切在于我们内心的选择与安宁。我，将与你们同在，永远在一起。"

金杖星球的星民们终于明白了一切，他们发疯地在时空信息弧上，留下最后的诀别。时空信息弧上，涌动着无尽的不舍、忏悔、感恩、悲伤、回忆、恐惧与希望……

"空流！空流！球长！球长！我们未来的球长！我们永远的球长！"他们呼喊着空流的名字。

空流看着时空信息弧上瀑布般倾泻的信息，没有说话。他知道，他有好多话要对战友们说，对遥远的故乡诉说；但此刻，他的心必须与金杖星球的星民们在一起。

"就在这七界的滚滚烽烟之中，我们更换了物种，腾挪了星系。同样在地球上，古老的中国，一位生命如流星短暂的天纵英才，酹酒临江，挥毫写下了具有宇宙哲学意象的词句——'物换星移'，预言了今天的故事。这就是造化的神奇！

"金杖星球，将是我的第二故乡。我，愿意承担你们赋予的一切使命。既然上苍赋予了我们重生的机会，我们将共同面对未来的一切。相信，美好的未来必将属于我们金杖星球，属于我们所有的星民。"

"最后，"空流的声音低沉得几乎听不见，"我遥远的故乡，养育我的亲人们，我最最亲爱的战友们，我来不及告别，来不及……"

时空感融站的连接断开了！一切戛然而止！

七界联境的时空视镜上只留下一片寂静的星空，再也听不见空流的话语，看不到金杖星球的画面。

时空信息弧上，最后一位金杖星球星民的留言尚未写完……一切终止，成为永恒的过往，又似乎从未发生，从未存在过。

面对那一成不变的星空，视镜前的星民们久久不肯离去。一切是那样遥远，又那么迫近。昨日还在熊熊燃烧的纷争烈焰，转瞬间就化作绵绵不绝的忧郁的雨丝，漫天坠落，坠落在无尽的星空，也坠落在被掏空了灵魂的忧伤的心河。

除了无声的眼泪，特别行动组成员们像原野上的树木一样，静静地站立，凝视着视镜前的星空。他们不知道已经站立了多久。即便他们是经历过生死的战士，但一切是那样的突然，来不及告别，来不及诉说。一切已成为铁一样的现实，一切又恍惚如昨日。

不知过了多久，沄滟缓缓转过头望了沜水一眼。就在她们眼神相交的刹那，双双昏厥于地……

地球长安，黑夜，没有一丝风，天幕之下，铁一般的山脊之上，一排黑影肩并肩坐着，看着无尽的夜空。

良久，一个声音突然叹道："唉，这七界烽火刚息，七界联境的'催婚令'就来了。这传宗接代的事，估计也算一种使命吧。"

说话的是尘浪。坐在尘浪身旁的伊凡道："七界联境发出的是一种倡导，这种事也没法强制啊。原来可是禁止咱们谈情说爱的。现在，为了让新元智慧开枝散叶，也算是拼了。据说，科诗世界甚至可能会提出规模化培育新元智慧的方案。"

"作为备选方案，一定会有的，以备不时之需。不过，目前恐怕还不会，就看现在的新元智慧们，包括咱们各位，在开花结果这事上努不努力了。"知末说完，"咕咚"喝了一大口酒。

赫拉道："你呀，少喝点。以前滴酒不沾的，现在倒酗起酒来了。现如今，咱们都知道了，咱们都是各自组织抚养大的。可是，我们只知道，我们的亲生父母都是新元智慧，但究竟是谁，是否还活着，组织上也没说。只让我们面向未来，至于我们从何而来，一无所知。一想到这些，总未免有些迷惘。"

"对、对啦，"知末口齿不清地问道，"赫拉，你们地球人还管你们叫人类吗？当有一天，新元物种遍布地球的时候，人类这个称呼，就该消亡了吧？"

赫拉没有搭话，沄滟却道："不过是称呼罢了，我们曾经叫作猿人、智人之类，进化的不同阶段而已，不是物种的灭绝。"

赫拉道："说得对，只是咱们新元智慧不能算进化，而是咱们智慧生命自身干预的结果。"

"嗯，物竞天择，咱们算不得天择，但也算是物竞，物竞的一种特例。在智慧生物的进化史中，这种干预，也许有先例。"沄滟道。

知末道："嗯，你、你、你说的这个，值得研究。就是咱们新元智慧，未来之路将向何处，一切仅仅是开始。还是那个'我是谁'的问题，在这万类生物中，在与合成智慧及智慧生命的相处中，我们究竟该扮演怎样的角色？"

众士谁也没有说话。

过了许久，尘浪突然大声喝道："不说了，喝酒！"

"啪！啪！啪……"七盏酒樽撞在了一起。

"这两杯敬微禾与空流首座。"尘浪的声音格外疲惫。

"唰！唰！唰！唰！"一片凄然，酒被洒向了空中。

尘浪与知末、伊凡，举起酒樽一撞，无话，一饮而尽。

饮罢，良久，尘浪突然长叹一声，站起身来，喃喃道："咱们好歹还能在这星空下一起喝酒；可是，他呢？他的父母牺牲了，他又一去无回。命运为何要这样的残忍，为什么要这样对他？"

他突然高声怒吼起来，疯狂地挥手击向天幕："为什么，被抛入暗域的不是我？为什么？为什么？为什么不是我？不让我去？我又是谁？……"

大伙好不容易聚在一块，都小心翼翼地，谁都怕提起这个伤心的话题。

伊凡猛地一拳砸在地上，掩面不语，转而起身狂笑，哭吼道："对，你、你们、你们为什么不让我和他一起去？多一个做伴的，他就不会像现在这样孤单吧！你们，是你们太残忍！不，是我没有用！我没有用！我又是谁，算什么东西，有什么用？我算什么战士，什么战友！"

言罢，他将酒樽向空中一抛，又纵身接住。长啸一声，狂奔而去。

尘浪摇晃着身子，发出一声吼，起身追去。

赫拉抢上前一步，道："让他们去吧，发泄出来了，也许会好受一些。"

知末踉踉跄跄地走过来，苦笑道："是，让他去，让他去。"转过身，一一指着众士，"哈哈，你是谁，你们又是谁？我们在哪儿？他，又在哪里？不知道。我知道，你们都不知道。哈哈，重要吗？哈哈，战友！战友！过去现在未来，都只是幻觉、幻觉；就让我留在昨天吧。空流，他、他、只属于昨天。"说完，怅然醉倒在地。

一切又归于寂静。

"这，夜空数不清的星星，竟没有一颗是他那颗……"一位女子的声音，幽幽打破了这寂静，是沄滟在抽泣，"天涯本可咫尺，却依旧是天涯。永远的天涯。"

"那是一片未知的暗域，咱们看不见他，他也看不见咱们。即便你望见了我，我望见了你，那又怎样，又能怎样呢？今生今世，已不可见。拥有的，只有不可触摸的追忆。"浒水泪水涟涟，唯有悲寂而幽微的叹息。

苏菲亚起身走到她俩中间，伸胳膊紧紧地搂住她们："我们，终将在各自的星空，消逝于天际。至少我们，战斗过！至少我们，还活着，还有回忆，伴着我们的余生。"

赫拉站在她们身后："是的，至少现在，我们能在这无尽的星空下，一起看星星。这一定是空流想看到的画面。无论我们相隔多么遥远，但我们了解彼此，我们有能力快乐地活着。空流，他也一样，他比我们更坚毅、更乐观。我们既然看不见彼此，就让我们用心去守望吧。星空，本就是一片虚空；我们唯一能把握的，只有我们的内心。"

望着孔明灯上红尘星界的星徽———一抹流沙，沄滟记起了空流送给自己的唯一一首诗。于是，在孔明灯上和泪写下了肝肠寸断的诗句。

流沙

有多少生命

在我的生命中坠落

连同那远走的季节

午夜

总有回忆的心碎

呜咽

如一条悲伤的河

身在万丈红尘

谁曾在意过那一粒流沙

在流沙的世界

你曾来过

我们终将都是一粒流沙

在红尘中飘过

午夜，孤峰之上，伴着放飞的孔明灯，传来那首古老而忧伤的歌谣："不知道为什么，让我爱上了你，在这个错误的时间世界里……在无尽的夜空看星星，猜一猜哪一个是你……想要把你拥入怀里，你却变成流星，消逝在这茫茫的天际……"

天际，一颗流星划过，红尘，几多伤心泪落。就是那一颗流星，在多情的生命眼眸倏忽消逝，却在无感的宇宙中自在永恒。

问芸芸世间，物换星移几度？

图书在版编目（CIP）数据

物换星移／朱宇清著. -- 北京：作家出版社，
2024. 12. -- ISBN 978-7-5212-3185-4

Ⅰ. I247.5

中国国家版本馆CIP数据核字第2024C9W562号

物换星移

作　　者：朱宇清
责任编辑：李　娜
装帧设计：纸方程·于文妍
出版发行：作家出版社有限公司
社　　址：北京农展馆南里10号　　邮　　编：100125
电话传真：86-10-65067186（发行中心）
　　　　　 86-10-65004079（总编室）
E-mail:zuojia@zuojia.net.cn
http://www.zuojiachubanshe.com
印　　刷：北京盛通印刷股份有限公司
成品尺寸：152×230
字　　数：298千字
印　　张：24
版　　次：2024年12月第1版
印　　次：2024年12月第1次印刷
ISBN　978-7-5212-3185-4
定　　价：56.00元
